古诗海

顾问：马茂元 王运熙 程千帆 程俊英 霍松林
编委：王镇远 杨明 李梦生 赵昌平 黄宝华 蒋见元

唐五代诗鉴赏

本社编

3

执行编委

赵昌平

韦应物

韦应物（737—790后），京兆长安（今陕西西安）人。早年豪侠，以三卫郎事玄宗，冠年后折节读书，由洛阳丞累迁至比部员外郎，出为滁州刺史，移江州。贞元元年（785）入朝为左司郎中，四年复出为苏州刺史，后去职住苏州永定寺以卒。诗擅五言，古律并能，于冲远闲淡中有平大秀雅之韵、雍容纡徐之度，盖与其体承王、孟，质性高洁，而久宦地方，早年豪侠有关。七言古律则清丽流朗，近大历而上窥六朝。山水田园诗外，亦间有反映民瘼、微见不平之作。白居易评云："近岁韦苏州歌行，清丽之外，颇近兴讽，其五言诗，又高雅闲淡，自成一家之体"，诗史常以"陶谢王韦""王孟韦柳"并称。有《韦苏州集》（一称《韦江州集》）。

（赵昌平）

同德寺雨后寄元侍御李博士

川上风雨来，须臾满城阙。

岩峣青莲界，萧条孤兴发。

前山遽已净，阴霭夜来歇。

乔木生夏凉，流云吐华月。

严城自有限，一水非难越。

相望曙河远，高斋坐超忽。

永泰二年（765）春，诗人因惩处不法军吏被讼，弃官洛阳丞，闲居城郊同德寺，夏夜忆友人御史台元侍御、国子监李博士，遂作此诗。以雨后山寺景色转换，在怀想中寄寓抑郁之思。

诗分三层：前四句写风雨遽来，引发孤兴；中四句写雨霁天净，云空明净；末四句因势导入怀友，向往曙后交游。

诗题雨后，却从雨来起笔，颇有深意。诗人以"岩岿青莲界，萧条孤兴发"为全诗关锁。青莲界即佛寺，诗人夜坐于山顶佛寺，从风雨中似乎有所悟彻。试看满川风雨，飙至杳来，遽然间，前山如洗，阴云消散，高树间习习凉风吹走了暑气，流云中拥出一轮光华皎洁的圆月，照临着净明无垢的山岭。顿然，诗人的心地也似乎为凉雨洗净、明月照彻，一片空明，使他急于要将自己的感触告诉友朋们。他盼望洛城的宵禁快快结束，以便早早度越那相隔的一水。这时天河终于淡远了，而山寺高斋中诗人的心，却已超越了城池的阻隔，飞向了友人身旁。

诗人何以如此兴奋，他感悟到了什么呢？联系他去官的原因，不难想见，从自然界风雨清暑的景象，他似乎感到了人生中的尘垢也必将为时间的风雨驱散，他又似乎感悟到了只要保持心地的纯洁，则尽可无往而不适，所以他称这种感悟为"孤兴"。

"孤兴"二字颇能反映韦应物前期的心境，如以本诗与后来《寄全椒山中道士》对读，可见诗境的澄远是相通的，然而不同于后者的微带凄迷怅惘，本诗境界开朗，词气也较猖急，少年时为三卫郎时的豪侠之气还留有较多的遗痕。

由于这种孤兴，诗中的景象也显然比后期之作较多动感。"须臾""遽"为风雨之倏来、飙去传神，"岩岿""萧条""孤"等字连用，刻画出自我之孤高形象。而"乔木生夏凉，流云吐华月"，更是传诵的名句，读之能感到一种清澄的思绪，在山林云树中酝酿升华。其设色得宜，层次细致，并藉"生""流""吐"三字之动感，使景象清而不弱，丽而有含。明人说韦诗得六朝余韵，从其前期诗中可以明显地看出。应当补充的是，这种六朝余韵经初、盛唐二期的发展，此时已转化为对全体境界的提炼和把握。本诗正是一例。

（赵昌平）

寄全椒山中道士

今朝郡斋冷，忽忆山中客。

涧底束荆薪，归来煮白石。

欲持一瓢酒，远慰风雨夕。

落叶满空山，何处寻行迹。

　　全椒，属滁州，即今安徽全椒，因知诗作于滁州刺史任上，当在建中四年（783）或兴元元年（784）秋日。王象之《舆地纪胜》："淮南东路滁州神山在全椒县西三十里，有洞极深，唐韦应物《寄全椒山中道士》诗，此即道士所居也。"则知诗中所记之山为神山。

　　诗为五古，写清秋寂寞，风雨怀人。八句分四层。因郡斋感知秋凉而忽生"忆"想；因"忽忆"而想象道人隔绝人世之幽独生活；因此想象而更生招饮以慰风雨秋夕之念；因此念又转思道人飘忽、无处寻踪，故不胜惆怅之感。

　　全诗看似极平极淡，细味之则意思深曲，滋味醇厚。苏轼评韦诗"发秾纤于简古之中"，此正一例。

　　"忆"字是全诗出发点，看似全为忆想，一线单衍，然而一、三两层由"我"忆着墨，二、四两层则由道士一面虚拟，彼此相间，虚实相生，形成单衍之中的自然曲折，转转入深，而"冷"

"风雨""落叶"诸词，又随处点缀，既明节令，又贯诗脉，结构自然而妙。

诗写寄怀招饮，而又于怀想中刻画出一离尘绝俗、遁世无闻之高人形象，反过来又自见不世情怀。白石即白石英，道家有"煮五石英法"以薤白、黑芝麻、白蜜、山泉和白石英熬炼以服食。葛洪《神仙传》记："白石先生者，中黄上人弟子也，尝煮白石为粮，因就白石山居，时人故号为'白石先生'。"应物取义于此，又云"束薪"、云"涧底"，顿见清幽孤洁之神。对此高人，自不宜以华灯丰馔待之，故诗人仅以"一瓢酒"招之，颇有心神相通之意，故结句"落叶满空山，何处寻行迹"绾合两造，已不知是写道人之浮云野鹤意态，抑或是抒诗人自身潇洒孤高之情怀，而表面又以怀友深情出之，故自成名句。

《许彦周诗话》云："韦苏州诗：'落叶满空山，何处寻行迹'，东坡用其韵曰：'寄语庵中人，飞空本无迹。'此非才不逮，盖绝唱不当和也。"施补华《岘佣说诗》："《寄全椒山中道士》一作，东坡刻意学之，而终不似，盖东坡用力，韦公不用力；东坡尚意，韦公不尚意，微妙之诣也。"二评正见出此诗随意点染，纯以神行，超妙自然，以至笔墨俱化之境地。

（赵昌平）

观 田 家

微雨众卉新，一雷惊蛰始。

田家几日闲，耕种从此起。

丁壮俱在野，场圃亦就理。

归来景常晏，饮犊西涧水。

饥劬不自苦，膏泽且为喜。

仓廪无宿储，徭役犹未已。

方惭不耕者，禄食出闾里。

　　这首五古作于滁州刺史任上。诗人建中四年（783）夏到滁，兴元元年（784）冬去官，诗有"惊蛰"语，则必为兴元元年春作。全诗看似平淡，却颇见提炼之功。

　　诗分三层。前四句写惊蛰雷起，田家始耕。"田家几日闲，耕种从此起"二句为上下过渡，引入中八句正写"观田家"，描述耕作之苦。其中"仓廪无宿储，徭役犹未已"又为二、三层过渡，自然引出末二句之感慨，结出诗旨。韦诗结构多一线单衍，随感情展开，然顿束收放甚有章法，妙在不落痕迹，此诗为又一显例。

　　其写农耕之苦颇有拣择。"丁壮"二句就耕作人员之多、头绪之繁落墨，"归来"二句就劳动时间之长刻画，"饥劬"二句则从强度之大生想，谓既饿且累，又逢春雨霖淫，当然更增强了劳作之艰辛，但"不自苦"而反"为喜"，盖因禾苗有望，而不复能计劳苦之加重，颇启后来白居易《卖炭翁》"可怜身上衣正单，心忧炭贱愿天寒"之先鞭。这三组不同角度的描写，又因前后各二句的顿束而加深了悲剧意味。"田家几日闲，耕种从此起"，由本年上探去年，原来这种辛劳并非一次，而是年复一年，未有止息的，"几日闲"冷然一问，便显得意味深长。然而这种常年辛劳的结果又如何呢？"仓廪无宿储，徭役犹未已。"耕者无食，雪上加霜，这一强烈的反差不能不催发出诗人结末的感喟。

全诗的悲剧意味又在于这样一个矛盾："微雨众卉新，一雷惊蛰始"，自然界春回大地，万象更新；但作为万物之灵的人又如何呢？从后文的描写中可以看出，春天并未能使农夫苏生、带给他们的只是又一年的辛劳饥馑。这两句是名句，不仅因为它脱胎于陶潜的名句："仲春遘时雨，始雷发东隅，众蛰各潜骇，草木纵横舒。"（《拟古》）而更简净，还因为它在内涵上构成了自然与人的反差。

可见在这首看似平淡的诗中实包含了三个反差，即自然与人、田家劳苦与贫困、田家与官吏的反差。所以似淡实腴，耐人寻味。兴元元年春，长安一带正是李希烈、朱泚兵变，德宗出奔的大乱时期。作为一州长官的诗人，一方面作了多首勉励友人从军杀贼并遣责朱、李乱国的诗作，另一方面，他也痛感战乱加重了东南财赋的支出，苦难的最终承担者，只能是下层百姓。诗人初为州牧，却逢此多事之秋，因此屡有咏叹民瘼、反复自省之作："风物殊京国，邑里但荒榛。赋繁属军兴，政拙愧斯人"（《答王郎中》）；"亩税况重叠，公门极煎熬。责通甘首免，岁晏当归田"(《答崔都水》);"身多疾病思田里，邑有流亡愧俸钱"(《寄李儋元锡》)等，这些都与本诗之"方惭不耕者，禄食出闾里"，为同一心态下的吟唱。这种精神表现了诗人冲淡以外的又一侧面，与杜甫"三吏三别"、高适《封丘县作》、元结《舂陵行》等一脉相承，而下开元、白、张、王乐府讽喻诗。过去有人说应物这种慨叹只是"道德的自我完善"，明白了上述背景，对此则必不能苟同，因为能如此"自我完善"的地方官，至少在今天仍值得借鉴。

(赵昌平)

初发扬子寄元校书

凄凄去亲爱，泛泛入烟雾。

归棹洛阳人，残钟广陵树。

今朝此为别，何处还相遇。

世事波上舟，沿洄安得住。

　　兴元元年（784）冬韦应物卸滁州刺史任，次年夏日归赴洛阳。从有关诗作推断，应物当由滁水入江水至扬子口（今江苏扬州南）。更沿漕渠入淮水，西行入汝水，更北上向洛阳。依常规，至洛后当更进京述职，然后于秋日为江州刺史，诗当作于去扬子口时。历来注本于本诗及《淮上即事寄广陵亲故》二名作之作时均甚含糊，故略说以备参。元校书，生平未详。

　　赠别类诗一般的体式是起笔先写别离，再悬拟途中景象心情，而以惜别或悬想别后思念作结。这在大历、贞元间尤其多见。本诗则不然，其起笔先写去后舟行江上心境，"凄凄""泛泛"二叠字道尽烟波江上之迷惘心境。然后以"归棹洛阳人"点明此行去向之远，"残钟广陵树"挽转，回听始发处佛寺钟音，在朦胧夜色中曳响，一种满盈的悲凄遂弥漫于江天，钟声似乎已将诗人的心紧紧系住。然后自然迸发出此地相别于一旦，何处重逢于他年的惊觉，不禁感慨人生世事之难于逆料，正如波上之舟，沿洄而上，要想停住再与故友一晤，也竟不能。

从诗歌技法而言，"归棹"二句的相互位置是逆挽，有此一折，诗势便不平弱，俾笔意集中于回思始别时一刹那的极度悲痛，较一般悬拟行程更真切饱满。试想，如先写"残钟"，再写"归棹"，下文"今朝此为别"就无迸发而出之真切感。然后更细味之，这逆挽似又并不仅止于技法之高明，而更是一种特定的心境所致，即所谓"痛定思痛，其痛更甚"。

诗人与元校书分别时凄伤的感情似难以言说，带有一种迷茫感，"泛泛入烟雾"，舟行后一段时间，他都处于这一心境之中，行行无已中猛然想起此归是向数百里之外的洛阳，遂产生一种突如其来的痛感，于是回望树色，但闻钟声，其痛难堪，这时方感今朝一别的分量之重，下四句的抒怀才有不可遏抑之势。这种心情，在有过远离家乡或亲友经验的读者，当不陌生。说诗人这一逆挽完全是情之所至，无意得之，也许无据；但至少这一逆挽最生动地传达出诗人的真情，达到了情辞的高度统一，当不为过。由此可说所谓名句，只有在诗歌的整体中，在全诗的感情节奏中，方能显示其不尽的艺术魅力；不然，只能是等而下之的秀句而已。　　　　(赵昌平)

游开元精舍

夏衣始轻体，游步爱僧居。

果园新雨后，香台照日初。

绿阴生昼静，孤花表春余。

符竹方为累，形迹一来疏。

苏轼有云："论画以形似，见与儿童邻。作诗必此诗，定知非诗人。"（《书鄢陵王主簿所画折枝二首》其一）说的是诗画当传神而具文外之致、弦外之音，本诗即一范例。

诗记首夏一次游寺，"游步爱僧居"的"爱"字是显而易见的中心。爱什么呢，诗人爱清和天气，衣轻神爽；爱新雨后僧园中领受了大自然恩赏的累累初果；爱朝日照临下，佛殿香台上那一缕袅袅上升的清烟；爱浓密的树阴远隔了尘世的烦嚣，而显示出的那一种幽静的意况。一句话，他爱这初夏佛寺中那种独具一格的清趣。然而又并不仅止于此，"孤花表春余"，他也爱这独枝晚秀的孤花，万绿丛中一点红也许更为鲜艳惹人，他为之沉醉。但是一个"表"字转出了新想，孤花虽美，却在提醒诗人：三春已经过去，春光已仅剩余。于是他感叹身为刺史，困于公务，与这自然美景阔别得太久了。于是我们在诗人的心旷神怡中感到一线憾怅，感到诗人虽爱这清和的首夏，却更爱繁花争艳的春光，而他对春光的热爱，我们又只能从那一丝憾怅中去细细体会了。这就是文外之致、弦外之音。

沈德潜评此诗云："'绿阴'二语，写初夏景人神，'表'字尤见作意。"颇具慧眼，然语焉未详，特申论之。

《唐会要》卷四十八记："天授元年十二月二十九日，西京及天下诸州各置大云寺一所，至开元二十六年六月一日，并改为开元寺。"应物历任滁、江、苏三州刺史，本诗作于何州，就难于详考了。

（赵昌平）

幽 居

贵贱虽异等，出门皆有营。

独无外物牵，遂此幽居情。

微雨夜来过，不知春草生。

青山忽已曙，鸟雀绕舍鸣。

时与道人偶，或随樵者行。

自当安蹇劣，谁谓薄世荣。

由诗题及首尾观之，这首五古乃抒写罢官隐居之生活情趣，应物数度闲居，作时难以详考。

"独无外物牵，遂此幽居情"二句是全诗的关锁，前此二句写众生营营，无分贵贱。"独"字打转，由宾入主，引出"幽居"之情，而以"外物"二字立一篇主旨，以下写景叙事申足之。结二句与主旨相应，结束全篇。结构顺畅中微见拗折，适足表达其恬淡中微见愤世之情趣。

"外物"为《庄子》术语，《庄子》更有《外物》篇，大意谓人生虽处世事百端中，然而不可拘执于任何事物，而当任运随缘，顺心适意，应物向不以物为意，得虚空之中道耳。幽居当然是不达，然而既不为外物所牵，则自可无所萦其怀。既然物不萦怀，则贫居塞劣本身，亦不当自以为清高，否则岂非执着于贫穷一事了吗？故结云"自当安塞劣，谁谓薄世荣"，意谓今贫而幽居亦非有意为之，乃顺其自然而已，此正《养生主》所谓"为善无近名，为恶无近刑，缘督以为经"之意。由三、四两句到结末两句，意思深了一层，而这种理念的深化，全由景物之转换得以升华。

一夜微雨自来，休憩的诗人自然并不知觉，而晓来推门，春草已自生自长了，青山也"忽"然披拂了一片明丽的曙色，鸟雀更是自在地绕檐欢鸣。见此一片自发的生机，诗人心中更是一片空明，则偶遇僧道，不妨小语片刻，随同樵夫，也尽可山路闲行。由景观悟彻人生之理，将理念融入景观之中的艺术表现，是陶谢王孟以来山水田园诗的胜境，所谓理趣云云，就是这种蕴有活生生的生活情趣的理念，韦应物诗最能得其神髓。

这种承继也在诗歌的语言中表现出来。"青山"二句颇近陶潜"朝霞开宿雾，众鸟相与飞"（《咏贫士》之一）；"时与"二句又脱胎自王维之"行到水穷处，坐看云起时"（《终南别业》），最妙的是"微雨夜来过，不知春草生"，融会陶潜之"微雨从东来，好风与之俱"（《读山海经》）及谢灵运之"池塘生春草，园柳变鸣禽"（《登池上楼》），而自成佳句，青胜于蓝，更可见出韦诗冲远闲雅之艺术个性，所以为历代所传诵。

（赵昌平）

郡斋雨中与诸文士燕集

兵卫森画戟，宴寝凝清香。

海上风雨至，逍遥池阁凉。

烦疴近消散，嘉宾复满堂。

自惭居处崇，未睹斯民康。

理会是非遣，性达形迹忘。

鲜肥属时禁，蔬果幸见尝。

俯饮一杯酒，仰聆金玉章。

神欢体自轻，意欲凌风翔。

吴中盛文史，群彦今汪洋。

方知大藩地，岂曰财赋强。

　　燕集诗，可以说是一种"应用诗"，应酬的意味甚重，然而贞元五年（789）初秋韦应物写于苏州刺史任上的这首五古燕集诗，却不同凡响。既十分得体，又典型地表现了诗人当时领袖东南诗坛的气度，及其淡远中见闲雅雍容之致的创作个性。

　　诗分四层："兵卫"以下六句述宴集；"自惭"以下四句抒情；"鲜肥"以下六句又述宴集，"吴中"以下四句再作抒情。这是述宴与抒情交替而下的结构，然而每一转换，均深入一层，对宴集的具体描写，其实流注着诗人情感的变化，而过接处则浑然无迹。

第一层的实写是总写郡斋燕集，点题并渲染气氛。郡府中卫士执仗着御赐代表州守身份的画戟，宴席间薰香清芳，烟柱袅袅上升，一个"森"字，一个"凝"字，使宴席有一种庄重典雅的况味；然而海上风雨东来，又给设宴的池阁中带来一种轻松逍遥的清凉之感。庄重典雅是对来客的敬重，逍遥轻松又足以见主客融洽。两者结合，十分得体地显示了州守宴请治下文士的气氛，也为全诗定下了基调。五、六句又承势云初秋的风雨吹散了长夏的烦溽病苦，今日嘉宾满堂，是随清风而来呢，还是嘉宾带来了这阵清风，其语意双关，并自然由铺写宴席收入"嘉宾"。

二层由宾及主，自然转入抒情。诗人自云一直内疚居崇位而未能安康民生，这当是"烦疴"的根由，然而今日清风驱暑，嘉宾云集，使我悟得事物必有消长生灭之理，会此胜理，足可遣是非、忘形迹，正不必为事功之成否烦恼。这是诗人身居高位的第一层感想。

由"形迹忘"又自然转入述宴，虽然因时世维艰，朝廷禁用珍味时鲜，但蔬果数篹，对于不拘形迹的主人来说，亦足表诚愫，一杯酒、一首诗，俯仰之间，自有妙趣。至此庄肃的宴集已变得一片融和，主客双方均有飘飘欲仙、真正逍遥凌风之感。

于是诗人更进而悟得，自己拜领君命，守土大藩，治理东南财赋之地，其实还不足幸，最幸运的是东南形胜，人杰地灵，群彦荟集，文史兴盛。这一结尾既承上申足诗人的情趣，又隐含作为州守，当以文教兴邦的深意，而在结构上，更上应全诗的枢纽——

"烦疴"至"未睹"四句，在切合燕集诗应酬交际的体制的同时，表现出无尽的余味。

如果想以韦应物自己的诗句来概括他的诗风，那么"兵卫森画戟，宴寝凝清香，海上风雨来，逍遥池阁凉"四句，可说是最能表现其淡远中见雍容之致的特点了。人们常说韦应物最得陶潜精髓，这并不错，但不全面。韦诗得陶之萧散冲淡，但更注入了这种典雅、雍容的气度，原因有二。首先是身份不同，历经显宦的韦应物必然于陶潜的野体中注入中朝体的成分，本诗即是显例。从诗史传承而言，在诗歌体势上，韦诗也在陶体中融入了若干谢灵运体的成分。本诗的赋写抒情交替而下的结构，正是谢诗的典型手法。韦诗用谢而能去其雕琢巉刻，却仍以陶体为本，故不易觉察。唐诗清远一脉的中朝诗体多承谢，在野诗体多近陶，而又均能出此入彼，以其性之所近融会之。这是清理王、孟、韦、柳及其流裔之同异、演化的一把钥匙。故特借此一有典型意味的诗作表出之。　　（赵昌平）

赋得暮雨送李胄

楚江微雨里，建业暮钟时。

漠漠帆来重，冥冥鸟去迟。

海门深不见，浦树远含滋。

相去情无限，沾襟比散丝。

　　本诗见韦集卷四，为广德永泰年间在洛阳所作。同卷又有《送李十四山人东游》诗，疑即李胄。"赋得"云云，是规定诗题作诗，诸友同送一人。常用"赋得"某某为题，均须一方面紧扣所赋事物，一方面见出送别之意。

　　此即由"暮雨"与"送别"二点下笔，人在洛阳，故知诗中所赋均为虚拟李胄东行景象。

　　首二句切入暮雨，悬想李胄江行氛围，由楚入吴，江面微雨迷濛，佛寺暮钟凄切；以钟衬雨，渲染离别气氛。建业即今南京，南朝起多佛寺，杜牧《江南春》诗云"南朝四百八十寺，多少楼台烟雨中"，是以烟雨衬佛寺，与此异曲同工。

　　次二句以悬想正写行舟，"漠漠""冥冥"，都为雨意朦胧之状。重、迟既是帆席、鸟羽为雨所沾湿的景象，又表现了惜别之沉重心情。帆、鸟互文，来时重重，去时迟迟，由来而去，引出下联。

五、六句想象李胄由建业远望江东景象，大江入海之口，因烟雨朦胧而深不可见，江浦绿树，经雨沾润，越见葱茏，其意与王维《送沈子福归江东》"唯有相思似春色，江南江北送君归"正同。

尾联归到自己，友人远去，所余唯彼此珠泪沾襟，至此已与"密雨比散丝"（张协《杂诗》）两相混和，竟不知是泪还是雨了。

此类诗贵在状物与送别二者之有机结合，而本诗则不仅能使之水乳交融，更使之互为生发。暮雨为送别渲染了气氛，而送别又使暮雨这一无生命的自然景象渗透了黯然神伤的感情色彩。前六句赋雨是明线，送别是暗线；末二句暗线转为明线，明线转为暗线。二线的隐显与主次变化，又表现出诗人送别时感情节奏的变化。

同人赋得以送友人，虚拟景物以写情意，源于六朝，以后中朝诗人多用之。因多虚拟，尤重技巧，故表现出工丽雅致之特色，而往往缺乏真情实感。应物此诗则能于虚拟中见出执着感情，尤属不易。此为应物早期之作，由此可窥其初学实多中朝雅体，其后来山水田园诗之冲淡中每见雅丽雍容之致，与此始学过程大有关系。

（赵昌平）

淮上喜会梁州故人

江汉曾为客，相逢每醉还。

浮云一别后，流水十年间。

欢笑情如旧，萧疏鬓已斑。

何因不归去，淮上有秋山。

　　本诗作于滁州刺史任上。滁州在淮水之南，因得称淮上。梁州即今陕西汉中，为汉水上游，诗中江汉即指梁州。应物早年久居长安，或曾西往不远处梁州，故有旧友。

　　诗题"喜会"，但诗情却喜中有悲，悲中有喜，一喜一悲，时今时昔，随情跌宕，不胜今昔之感，因成佳制。

　　故友相逢必话旧，故起笔即忆昔时欢会情景，当年相逢必饮，饮必醉归。使客居生活充满了豪逸的情趣，回忆起来亦多欢笑。忆旧又必计算时日，不觉一别之后，弹指十年，思此豪兴顿时转为黯然神伤。此时方悟今笑已非昔笑，四目相对，双双鬓发已经斑斑白矣，不觉更有凄凉之感。然而故友相会又焉能悲悲切切，效小儿女样！于是诗人答友人"何因不归去"之问曰：此地甚佳，"坐厌淮南守，秋山多红叶"（《登楼》），正可为伴。结语颇有微意，其语气不乏调笑意味，然而不言人只言山，可知此地并非真可久恋，真有知音，山好云云不过是安慰友人，聊作自嘲而已。应物在滁，常云"身多疾病思田里，邑有流亡愧俸钱"（《寄李儋元锡》）、"责逋甘首免，岁晏当归田"（《答崔都水》），对照便可见本诗结句之真意。

本诗语浅情深；然善摹情状，道得心曲中事，其节奏流动，又富于跌宕起伏之感。"浮云一别后，流水十年间"最为传诵，浮云东西，流年似水，明白如话，而又用李陵、苏武赠答诗"仰视浮云驰""俯视江汉流"语意，用典"不啻自其口出"（《文心雕龙·事类》），更觉深沉。而在结构上，浮云上承"为客"，"流水"上承江汉，"一别""十年"更下启"情旧""鬓斑"。不仅在起伏中见顺畅，更将抽象的别情离伤化为富于时空感的视觉形象，便有浩荡不尽之意。

司空曙《云阳馆与韩绅宿别》颔联云："乍见翻疑梦，相悲各问年。"李益《喜见外弟又言别》颔联则云："问姓惊初见，称名忆旧容。"合本诗以观之，可见颔联用流水对善道难言之情，似为大历、贞元间一种流行的句式。三作并称佳绝，而相比之下，应物此联似较二家更为宽远深沉。

（赵昌平）

自巩洛舟行入黄河即事寄府县僚友

夹水苍山路向东，东南山豁大河通。

寒树依微远天外，夕阳明灭乱流中。

孤村几岁临伊岸，一雁初晴下朔风。

为报洛桥游宦侣，扁舟不系与心同。

有道是一切景语皆是情语，确实，我们不必像索隐派那样把一切景物都附会为某一事件的象征；然而中国古典诗歌中的景物总是或者显明，或者隐微地显示出诗人一时的心态，却不能不说是事实。

放在我们面前的有三联景语与最后一联情语。这情，是从前三联的景象中酝酿而生的，偏偏这三联景语意象又大不一样，于是不能不令人费一番思索。

第一联是豁然开通的景象。建中四年（783）秋，诗人由比部员外郎出为滁州刺史，由长安经洛阳会故友后，顺洛水经巩县，穿越夹岸青山；猛然天地开展，进入浩浩荡荡的黄河。

第二联转为沉寥迷茫，岸树在秋寒中伸向远方，渐远渐杳；夕阳西下，余光残照在汹涌的黄水上映成了无数明明暗暗的跳跃的光点。

第三联的景象颇有孤峭强韧之感，"孤""一"二字最传神。伊洛、大河流域是中原地区，历代人烟辐辏，而今叠经安史之乱后的不断战伐，望中只见一座孤村。但是"几岁临伊岸"冷然一问，这孤村顿然获得了摧折不倒、在苦难中挺生的新精神；而江天之上那一只乘驭朔风飞向初晴远空的孤雁，更将诗人的心潮引向高处。

于是诗人向广德永泰间他任洛阳丞时的同僚们寄语：我心正如这一叶扁舟，无所系索羁绊，将与大道共沉浮。

有人认为这是表现诗人济世无望，只是应命赴任的心情，但前述一、三两联的意象，显然并非仅仅如此。韦应物的质性本是豪侠的，对于民生，即使到晚年栖心佛氏时仍念念不忘，更何况这是他的前期作品？我们认为当时诗人心情极其复杂，受命于多事之秋，由京师出任东南财赋之地的长官，诗人有报国的抱负，有出涯涘而观于海的感觉，但是多难的世事，却又使他感到此行前景难卜。然而看到历劫不倒的孤村、弄风向晴的孤雁，他从迷茫中似乎产生了知其不可为而为之的亢奋，但究竟应该怎么办，他也不清楚，不系舟之喻，此处不当解作浅层的随波逐流，《庄》《列》此喻的深层意思是无我外物，诗人化用之，赋予了新的含义。他告诉旧友，唯有以一片公忠无私之心才能报答朝廷的任命与友人的厚望。诗中豁然开通——沉远迷蒙——孤峭强劲这三重景象的转换，正反映出诗人这一复杂的心理过程。如果联系前此诗人在任洛阳丞时曾因处分不法士民而遭贬，后此至滁后写出了一系列咏叹民瘼的诗章，那么相信以上的分析当属不误。

七律至大历后向清丽流荡发展，韦应物此诗得此风气沾溉，然骨力深厚，多存盛唐气息。故能于流动中见出浑厚之致，与他五言诗清淡中有古雅之韵异曲同工。

（赵昌平）

寄李儋元锡

去年花里逢君别，今日花开又一年。

世事茫茫难自料，春愁黯黯独成眠。

身多疾病思田里，邑有流亡愧俸钱。

闻道欲来相问讯，西楼望月几回圆。

自建中四年（783）首夏离长安赴滁州刺史任，至兴元元年（784）春，转瞬已是一年。去京时诗人虽感到前景迷茫，然仍思努力有所作为，但随着年来战乱不息、赋税日重，他已身心俱疲。春夜，他遥忆长安，给故友李儋、元锡写了这首诗。

"身多疾病思田里，邑有流亡愧俸钱"，是诗人年来的感触，也是全诗之警策。这可从两方面领会。

首先是其本身内含之深曲。"思田里"的原因，明说是为"多疾病"，而细味之，这病却更多是心病，是深疚于"邑有流亡"。同时期《答崔都水》诗云："亢税况重叠，公门极煎熬。责逋甘首免，岁晏当归田。"正说出了诗人不如归去的思想底蕴。于是我们看到了一位黾勉职守却回天无力的正直的地方官的形象，他似乎太疲倦了，以致连愤慨也已懒得，剩下的只有内疚与自嘲。

于是，这一联在全诗举足轻重的地位也显示出来了。

全诗的框架是因春愁而怀友寄赠。前四句蝉联而下，极写愁绪，至此方反挑愁的根因所在，再因思归而折入听说友人要南下相访，却数月未见果行。思归与盼友本属二事，但王命在身，思归也只能仅仅是"思"归而已。于是唯有待友，以慰情聊胜无，然而连这一点安慰都不能得，"西楼望月几回圆"就显得分外悲苦凄伤，大有"欲说还休"之况味。月夜楼头，诗人是否仅仅是怀友而已呢？读者不妨作出自己的领会。

伤春思友的题材是很一般的，但因为有了这一深沉的颈联，立意顿然不平凡；全诗的节奏是流荡的，却因有此一收放，才显出顿挫之势。特别在句序上，诗人倒装因果，不是写因有流亡而思归田，却先讲思归而落到"邑有流亡愧俸钱"，就意蕴上说倍见沉痛，就体势而观，则加强了拗折之感，于是使这一联犹如中峰崒兀，真正起到了警策的作用。

说韦诗淡然天成并不错，但更应看到淡然中的深致，天成中的锤炼之功，深而能浅，炼而无迹，这才是韦诗的胜境。　　　（赵昌平）

秋夜寄丘员外

怀君属秋夜，散步咏凉天。

空山松子落，幽人应未眠。

　　丘员外是诗人丘为之弟丘丹，曾官仓部员外郎。韦应物贞元四年至七年（788—791）刺苏州时，丘丹已弃官在浙江临平山学道，二人常交往。李肇《国史补》记："应物性高洁，所在焚香扫地而坐，惟顾况、刘长卿、丘丹、秦系、皎然之俦，得厕宾列，与之酬唱。"本诗当作于这一时期。

　　绝句讲空灵，此为典范之作。诗由对面着笔，以见怀人之深。"松子落"与"人未眠"二者，本应是人不眠方能听到松子落地的些微声响，而此则倒过来写。这样就将秋夜独吟的诗人与远处未眠的幽人，由"空山松子落"来空谷传响，联成一体。至于这"松子落"，是由此地景况而联想到彼地，还是纯从彼处着想，不可究，也不必究，读来唯觉精诚交通，一片空明。

（赵昌平）

滁州西涧

独怜幽草涧边生，上有黄鹂深树鸣。

春潮带雨晚来急，野渡无人舟自横。

本诗为韦应物建中、兴元间为滁州刺史时作，西涧在滁州西门外。

这是一首即兴诗。首句"怜"字、末句"自"字贯串全篇，而"自"字尤为点睛之笔。逆探上三句：涧边幽草生是自生，深树黄鹂是自鸣，春潮带雨是自来，野渡之舟是自横。作者所"怜"爱者，正是这种"无人"，亦即超越人为的自生自荣的自然美。全诗深得陶潜意趣，而设想清丽、音调圆美、写景如画。胡应麟《诗薮》称："韦左司大是六朝余韵，宋人目为流丽者得之。"此诗正可见其以六朝流丽入陶潜体格之一斑。

宋人又有此诗有无寄托之争，至有认为此通首比兴以见"君子在下，小人在上"之意者，可谓胶柱鼓瑟。唯从诗歌意象中，正可见诗人外放后由萧索而趋放达之心态。与《寄全椒山中道士》等合看，其意不难解会。心态的有意无意之流露，每能成意象朦胧之诗景，说死了，就味同嚼蜡。

"春潮"二句传诵最广，宋寇准"野水无人渡，孤舟尽日横"（《春日登楼晚归》）、史达祖"还被春潮晚急，难寻官渡"（《绮罗香·咏春雨》），均由此化出。

（赵昌平）

戴叔伦

戴叔伦（732—789），字幼公，润州金坛（今属江苏）人。曾任东阳令，历参湖南、江西幕府，擢抚州刺史，终容管经略使。曾师事萧颖士，有诗名于德宗朝。乐府诗题材新颖、哀丽动人，启元白新乐府先声。五、七言近体清词丽句，语浅情深，富于韵度，颇见中唐前期南方诗人的特色。有《戴叔伦集》二卷，多有同时人与后人之作羼入。

（赵昌平）

女耕田行

乳燕入巢笋成竹，谁家二女种新谷。

无人无牛不及犁，持刀斫地翻作泥。

自言家贫母年老，长兄从军未娶嫂。

去年灾疫牛囤空，截绢买刀都市中。

头巾掩面畏人识，以刀代牛谁与同。

姊妹相携心正苦，不见路人唯见土。

疏通畦陇防乱田，整顿沟塍待时雨。

日正南冈下晌归，可怜朝雉扰惊飞。

东邻西舍花发尽，共惜余芳泪满衣。

安史之乱将李唐王朝由繁华富庶的顶峰猛然推到土崩瓦解的边

缘，政治、经济形势十分危急，繁重的兵役赋税全压在广大农民的头上，给他们带来无限的痛苦和不幸。此诗即通过两个青年女子耕田的故事，从一个侧面典型地再现了当时的社会现实。

诗分为四段，前四句为第一段，写二女耕田的艰难情形。首句起兴，既交代了时令为暮春，又对下文起了反衬作用。燕有巢居，笋长成竹，各得其所，而不知谁家的两个弱女子却不得安居，在耕田种谷。三、四两句是作者所见的她们耕田的情形。以两个弱女子而用刀砍地，那是多么辛苦不堪的事啊！诗人忍不住要问她们为什么家中没有男劳力、没有牛，于是就引出了下面六句女子的自述之词。这是诗的第二段。诗中没写问话，直以"自言"表示女子答词，文辞简省，同时又增加了诗的跳跃性，给读者以想象的余地。

女子自述的六句解开了诗人的疑惑。家贫母老，哥哥尚未娶亲就服兵役，家无男丁。然而不幸还不止于此，去年牛又病死，无法犁田，为了活命，她们只得"截绢买刀都市中"。自古男耕女织，女子，尤其是未婚者，都深藏闺阁。所以"截绢买刀"不只意味着女子家贫，更暗示了她们劳动性质的转换。正因此，她们才为不能织绣必须耕田而难堪，以至于用头巾将脸遮住，生怕被人看见。以上六句通过女子的自述展现了广大农村劳动人民的不幸及其根源。唐制："若祖父母老疾，家无兼丁，免征行及番上。"（《旧唐书·职官志》）像两姊妹家中只有独丁（长兄）的农户，本来是在免役之限的，但战争破坏了一切律令和秩序，独丁也照样被拉上前线，于是女子耕田的悲剧就发生了。

对于这样一个悲惨的故事，诗人没有停留在简单的叙述介绍上，他从多方面揭示了女子耕田这一故事所包含的社会内容，通过多侧面的艺术表现加深了作品的悲剧性。"姊妹相携心正苦"到"整顿沟塍待时雨"四句是第三段，写女子的劳作，从外表姿态动作来表现她们的心理。"姊妹相携心正苦"是从旁观者角度观察到的结果，比较笼统，下面接一句"不见路人唯见土"就用生动细腻的笔触写尽了她们埋头砍地、不敢抬头看人的难堪情状。尽管难堪，还得忍耐，疏通田里的沟，修整田边的埂，直到日正午时才收工回家吃饭。到这里女子耕田的故事就已结束，诗本来可以收尾了。然而诗人却没住笔，反而抓住一个细节作文章，在最后四句别开生面，使意境得到了升华。"可怜朝雉扰惊飞"一句暗用《诗经·小雅·小弁》"雉之朝雊，尚求其雌"之典。女子收工回家，惊起道旁双飞并栖的可爱的野鸡，不禁顿生感触。更看到东邻西舍花开已尽，意识到青春将暮时，一种迟暮之感油然而生，再也忍不住泪水潸然！

　　这首诗叙事妥帖，刻画细腻，作为"即事名篇，无复倚傍"（元稹《乐府古题序》）的新题乐府诗，直接继承了杜甫的传统，而在心理描写方面，又启元白新乐府的先声，在文学史上占有很重要的地位。

（蒋　寅）

除夜宿石头驿

旅馆谁相问，寒灯独可亲。

一年将尽夜，万里未归人。

寥落悲前事，支离笑此身。

愁颜与衰鬓，明日又逢春。

　　这首五律是诗人在除夕之夜旅宿石头驿（在今江西新建）时所作。

　　诗起首二句破题写宿石头驿。诗人除夕独宿，唯寒夜孤灯相伴，旅况凄清。然而有寒灯相伴，慰情聊胜于无，竟转觉也还可亲。两句似淡实深，曲折细腻地传达出作者当时的心境，同时也为颔联作了铺垫。在这一岁将尽阖家团圆守岁的欢乐时刻，诗人却只能在万里外的旅馆中度过孤独的寒夜。首联的孤苦凄凉衬出万里未归的可悲，而颔联的除夕旅泊，又反过来渲染了寒夜独坐的不堪。"一年将尽夜，万里未归人"两句都以纯客观的笔墨陈述事实，但因为它将羁旅中寻常的思乡之情纳入到除夜这一"每逢佳节倍思亲"的特定场合，味道就显得格外的醇厚。明代胡震亨曾指出，戴叔伦这两句诗系袭用梁简文帝（按应为梁武帝《子夜四时歌·冬歌》）"一年夜将尽，万里人未归"两句，"但颠倒用之，字无一易"（《唐音癸签》卷十一）。其实经诗人这样一改，就像李光弼将郭子仪军，旌帜不变，"一号令之精彩皆变"（李肇《唐国史补》）。他将夜与人作为中心，一岁之余的除夜之速逝与旅人未归的万里之遥远，在时空上形成强烈的对比，遂将诗人叹衰惜时的伤感和怀归不得的无可奈何之情浓烈地烘托了出来。清代薛雪说："五字诗，其点化在一字间，而好恶不同。"（《一瓢诗话》）这正为一例。诗至此题意已足，但其内容尚属一般情感，而诗人之所思所感当然不会停留于此。

果然，颈联两句就时下所感推广到自己的平生遭际。诗人半生奔波于仕途，以至抛妻别子，独宿他乡。在这种无边的寂寥中，他抚今伤昔，忽而俛首愁思，忽而含悲苦笑，孤独、落魄、迷惘等种种情绪一时都浮集于心，于是在除夜客情中注入深沉的人生感慨，深化了诗的内涵。尾联由此自然引出。"愁颜与衰鬓"是说衰老，其实诗人此时才四十多岁，这种衰老的感觉与其说是生理上的还不如说是心理上的。"明日又逢春"，一个"又"字不仅表明诗人对时光飞逝的感叹，还表示出一种对命运无可奈何的悲伤，使全诗结束于一层迷惘的色调之中。

本诗对后世影响极大，如晚唐卢延让《冬除夜抒情》："兀兀坐无味，思量谁与邻。数星深夜火，一个远乡人。"曹松《除夜》："残腊今又尽，东风应渐闻。一宵犹几许，两岁欲平分。"来鹄《鄂渚除夜书怀》："自嗟落魄无成事，明日春风又一年。"元末戴良《除夜客中》："岁月遽如许，蹉跎老却人。一年唯此夜，明日又逢春。湖海未归客，风尘老病身。感时浑不寐，灯火独相亲。"均脱胎于此，可见其魅力之永存。

（蒋　寅）

题三闾大夫庙

沅湘流不尽，屈子怨何深。
日暮秋风起，萧萧枫树林。

　　此诗一题作《过三闾庙》，是诗人大历中作宦湖南期间路过三闾大夫屈原庙时所作。屈原庙在今湖南汨罗境内。

　　大历年间，元载当道，嫉贤妒能，排斥异己。诗人来往于沅湘之上，面对秋风萧瑟之景，吊古以抒情。

　　首二句一开一合，沅、湘两江之水千百年来汩汩流去，屈原的悲剧也就被赋予一种超时空的永恒意义。诗的后两句轻轻宕开，描绘了一幅秋景："日暮秋风起，萧萧枫树林。"这让我们想到屈原《招魂》中的名句："湛湛江水兮上有枫。"如今骚人已去，只有他曾歌咏的枫树当黄昏的秋风吹起时，还在那里萧萧摇曳絮响，似乎在诉说那个千古悲剧。刘永济先生说："末二句恍惚中如见屈原，暗用《招魂》语使人不觉。短短二十字而吊古之意深矣，故佳。"(《唐人绝句精华》)清人施补华也说此诗"并不用意，而言外自有一种悲凉感慨之气，五绝中此格最高"(《岘佣说诗》)。

(蒋　寅)

戎昱

戎昱（740？—798？），荆南（今湖北江陵附近）人。进士及第。大历初，从卫伯玉之辟，入荆南幕。后又入桂管观察使李昌夔幕。德宗年间，历任辰州（湖南沅陵县）、虔州（江西赣县）刺史。抵御异族侵扰是其诗歌的主题之一，此类诗曾获德宗赏识（《唐诗纪事》卷二十八）。宋育仁称其诗"薄骨清言，达情婉至"（《三唐诗品》），部分诗粗率快露，已开晚唐之渐。

桂州腊夜

坐到三更尽，归仍万里赊。

雪声偏傍竹，寒梦不离家。

晓角分残漏，孤灯落碎花。

二年随骠骑，辛苦向天涯。

大历十一年（776），戎昱至桂州（广西桂林）入桂管观察使李昌夔幕。李昌夔待其甚厚，诗即作于其时。农历十二月八日，古人在此日祀祖，称"腊"；其夜，父母家人欢宴一堂，是一年之中的重大节日。

此是游子思归之作。首联"三更"切夜，前缀"坐到"二字，状其夜不能寐，暗逗中间二联之景。"万里赊"，极言桂州去故乡之遥，暗示乡思之殷。第二联写坐中所闻、所思。雪洒竹叶，淅沥有声，夜静独闻，更扰游子心境，故曰"偏"，即偏偏之意。"寒梦不离家"，即承此而来，极形乡思之苦。第三联状将晓之景。滴漏是古代夜间计时工具。夜将尽则漏水即将滴完，称"残漏"；拂晓军中吹角，其声与漏声不一，故曰"分"。古人以油灯取明，灯草余烬时或结为花形。一夜之中，灯花纷落，故曰"碎"。末联点明羁旅难归之由。汉代霍去病曾官骠骑将军。唐时，军府由骠骑将军管辖。桂州是中都督府，也是桂管观察使的治所。此以"骠骑"指李昌夔。

　　诗言乡思，是古人常题。第二联"雪声"句构想颇佳，自然而巧为名句。全诗脉络疏朗，二、三联由夜而晨，转折尤能空间运神，末联反挑，亦凄清中见健羡之致，凡此均得盛唐余响而不如大历之一味清雅。唯题云"腊夜"，诗仅言冬，未能紧切，是何文焕所云"法脉渐荒"（《唐律消夏录》），亦戎诗之常病。　　　　（刘初棠）

灵 澈

灵澈（749—816），诗僧，俗姓汤，灵澈为法名，字澄源。会稽（今浙江绍兴）人，初奉律宗，后随严维习诗，维卒，复从皎然游，得南宗禅风气沾溉，以"竹林七贤"自况。贞元中西游长安，缁流嫉之，因遭侵诬流福建汀州，后赦归东越，游于大江东西，卒于宣州。诗工近体，善营清迥之境，警策之句，颇见逸荡之气；又每以拗韵促节，助成拗峭意象，显见寒山一脉影响。《全唐诗》录存其诗一卷。

（赵昌平）

天姥岑望天台山

天台众峰外，华顶当寒空。

有时半不见，崔嵬在云中。

李白《梦游天姥吟留别》云："天姥连天向天横，势拔五岳掩赤城。天台四万八千丈，对此欲倒东南倾"。为了突出天姥岑，让名山天台受了委屈，其实天姥并不高峻，灵澈此诗正可为天台山扬眉吐气。

天姥在浙江天台县西，天台则在天台县北，其主峰为华顶。诗写由天姥远望天台景象，前二句用了双重陪衬，天台山本已迥出众峰之外，而华顶更于天台群峰中高标独绝，矗立寒空。诗至此似已写足，然而后二句别出心裁，状写了一幅水墨山水，当山岫中云雾升起时，高峰半腰被遮，而崔嵬峰尖，仍挺立在云雾之上，这样又以云雾为烘托，不仅将山之峻拔作了第三层刻画，又以云气雾霭与"寒"字相应，写出了天台的神韵，即大气磅礴中的孤兀峭劲。

　　大历后诗趋于清秀，故灵澈此作尤为突出，无怪乎黄生《唐诗摘钞》评云："浑沦空旷，极似太白笔兴。"然而更难得的是，这种"浑沦空旷"能与巧妙的构思浑然一体。

（赵昌平）

卢 纶

卢纶（748—798），字允言，河中蒲（今山西永济）人。少孤，天宝末避乱江南。大历六年（771）为阌乡尉，数任卑职，郁郁不得志。贞元元年（785），于困顿之际，为兵马副元帅浑瑊提拔为元帅判官，终户部郎中。"大历十才子"之一，诗风明快爽朗，尤工五言。诗才敏捷，不窘于篇幅。与钱起、郎士元相比，有较多的中唐气息。

（刘初棠）

腊日观咸宁王部曲娑勒擒豹歌

山头曈曈日将出，山下猎围照初日。
前林有兽未识名，将军促骑无人声。
潜形跼伏草不动，双雕旋转群鸦鸣。
阴方质子才三十，译语受词蕃语揖。
舍鞍解甲疾如风，人忽虎蹲兽人立。
歘然扼颡批其颐，爪牙委地涎淋漓。
既苏复吼拗仍怒，果协英谋生致之。
拖自深丛目如电，万夫失容千马战。
传呼贺拜声相连，杀气腾凌阴满川。
始知缚虎如缚鼠，败房降羌生眼前。
祝尔嘉词尔无苦，献尔将随犀象舞。
苑中流水禁中山，期尔攫博开天颜。

非熊之兆庆无极，愿纪雄名传百蛮。

诗作于贞元元年（785）至贞元十四年之前。唐时习俗，常于腊日（十二月八日）猎兽。时卢纶在咸宁郡王浑瑊幕中，目睹其部下勇将白娑勒赤手擒豹的惊险场面，写下了这首中唐前期少有的雄放之作。

全诗共分三段。

前六句写于猎场中发现猛兽为第一段。诗言将军催促部下凝神屏息，搜索兽踪；猛兽弓身伏于草莽之中，欲作困兽之斗：这是人兽搏斗前的对峙。双雕发现豹踪和群鸦噪鸣在前，但是诗人故意将它置于第一段之末，用以渲染猎场的紧张气氛，逗出下文。

“阴方质子”至“生眼前”为第二段，写白娑勒徒手擒豹。“阴方质子”即白娑勒，少数民族首领子弟，入唐为人质。擒豹的过程在诗人笔下如一连串特写镜头的剪辑：豹子“人立”猛扑，娑勒“虎蹲”，暂避其锋；然后，伺机扼住豹颈，力击其首，使它爪牙垂地，腥涎淋漓；“既苏（苏醒）复吼拗仍怒”“拖自深丛目如电”状豹之威猛；尾声以被擒之豹尚足以使万夫失色、千马颤抖，反衬娑勒的神勇。这一段文字笔饱墨酣，再现了徒手擒豹的凶险、紧张的场面，是神来之笔。沈德潜称此诗：“何减太史公叙巨鹿之战！”（《唐诗别裁集》卷七）就结构而言，“果协英谋生致之”与前文“译语受词蕃语揖”遥相呼应，点出娑勒擒豹与浑瑊指挥得当的因果关系。古代，常借狩猎练兵。围猎的成功，意味着未来战争的胜利：万众"贺拜"者在此，"杀气腾凌"者在此，由"缚虎如缚鼠"产生"败虏降羌生眼前"联想的原因亦在此。这便是"手挥五弦，目送飞鸿"之妙。

"祝尔嘉词"以下为第三段，点明擒豹之目的和作诗之意。其中"非熊之兆庆无极"乃诗中之结穴。周文王在出猎之前，卜辞有"非虎非熊，所获霸王之辅"之语，结果得姜尚而开周室之王业。浑瑊出猎获豹，与文王卜辞暗合，也就意味着德宗以浑瑊为辅佐，雄名远播，唐朝中兴可期，这便是此诗的主旨。

此诗即兴而作，雄放而不失步骤，布局善于取势，颇得李颀七古之神。诗中擒豹一节，多用生硬的字面和散文化的句法，颇有戛戛独造之致，似为韩愈一派的先声。

（刘初棠）

泊扬子江岸

山映南徐暮，千帆入古津。

鱼惊出浦火，月照渡江人。

清镜催双鬓，沧波寄一身。

空怜莎草色，长接故园春。

卢纶一生曾两度流浪江湖：一在安史乱后至大历初，一在大历十二年（777），受宰相元载、王缙案牵累，失官后旅食四方，直至建中元年（780）前后，诗恐作于其时。长江从汉口到扬州一段称扬子江。南徐（今江苏镇江）东、南、西三面环山，北临长江，其地古称扬子津，自古为江滨津要。

诗抒羁旅之思。首联言舟泊南徐，异乡山川是牵动客子愁思之由。颔联状眼前之景：鱼性趋光，见火而跃，乃是常理，然在愁人目中，则是惊扰不安的表现；月下渡江，亦属常事，但在泊"千帆"于"古津"的映衬下，就显得孤凄。周珽赞此联"写景寓意，不徒以声响成律者"（《唐诗选脉会通评林》）。颈联由景入情：寄一身于浩淼无际的长江、起伏动荡的波浪之间，形孤影只、萍飘无依之念顿生；落魄江湖，双鬓易衰，一"寄"一"催"，含多少辛酸！尾联睹岸边莎草又绿，顿念故园春色；嗟卑叹老之愁未减而乡思已浓。诗化用淮南小山《招隐士》"王孙游兮不归，春草生兮萋萋"语意而不见痕迹。

全诗不着一愁字，然句句含愁。中间二联对偶工整而不板滞：一写景而一抒情，其间有远近、虚实之别；二联句眼位置各异，句式或平行，或倒装，亦错落有致。中唐雕琢之风渐兴，于此已微见端倪。

（刘初棠）

晚次鄂州

云开远见汉阳城，犹是孤帆一日程。

估客昼眠知浪静，舟人夜语觉潮生。

三湘衰鬓逢秋色，万里归心对月明。

旧业已随征战尽，更堪江上鼓鼙声！

《全唐诗》题下注:"至德（756—758）中作。"按:至德初,卢纶避安史之乱至鄱阳（今江西鄱阳北）,大历初,返长安应举,均途经鄂州。鄂州（今湖北武昌）在汉阳东南,与长安至鄱阳的路线相反,且诗有"衰鬓"之句,也与其至德时的年岁不符,唐人《才调集》无此注。可以确定此注系后人误加。诗似作于大历初。

这是一首行旅诗。首联言傍晚舟泊鄂州。鄂州与汉阳相距仅七里,然此段水路"激浪崎岖,实舟人之所畏也"（《水经注》）,非待潮生水顺而不可行舟,故汉阳虽已在望而犹须费一日水程。颔联言舟中所见所闻。朱东岊称:"明知再须一日,而心头眼底,不觉忽忽欲去,于是厌他估客昼眠而知浪静,曰'浪静',是无风可渡矣;喜他舟人夜语而潮生,曰'潮生',又似有水可行矣。"（《唐诗鼓吹》卷五）此联实景中寓情。颈联诉望中心情。三湘本指汇入洞庭的潇湘、烝湘、沅湘之水,后泛指三水流经的洞庭湖水域,借指鄂州。诗人舟滞鄂州，心驰万里之外的故乡，于是逢秋而添愁，对月而增悲，两鬓为之渐衰。尾联抒旅途悲叹。鼙鼓，军鼓。二句足见大乱之后，人犹惊弓之鸟的特定心境，尤见深意。

此诗写伤乱、思归之情，首联以"犹是"一顿，转折有势，二联以省净之语，纤徐委婉之笔，曲尽泊江之情景，兴寄象外，于神思回旋之中，愁思渐积；后半发为浩叹，倍见深沉。读此可悟疏密弛张之理。

大历诗人为风气所囿，诗乏飞扬之气，多哀苦之音，语颇刻画，构局渐多变化。此诗可视为中唐前期的七律代表作之一。

（刘初棠）

和张仆射塞下曲

（六首选二）

林暗草惊风，将军夜引弓。
平明寻白羽，没在石棱中。

塞下曲，乐府诗题。张仆射应指张延赏。卢纶和诗一组六首，第六首有"亭亭七叶贵"之语，张延赏之父，亦为相，足以当之；且卢纶与张延赏之子张调有交往。张延赏为左仆射在贞元元年（785）八月之后，卒于贞元三年七月。以组诗情事观之，诗似作于贞元二年秋。时卢纶在浑瑊幕中，熟谙军中生活。

此为组诗第二首，写军中夜猎。首句一"暗"一"惊"，写出昏夜暗林之中，狂风呼啸，丛草乱晃之时，周围环境构成一片紧张、恐怖气氛，不言虎而如有虎在。次句于"夜引弓"之后，留一悬念。三、四句笔锋一转，以平明寻箭（白羽），作一舒宕，引出石棱（缝）饮羽，反挑悬念，遂使将军之神勇，溢于言表之外。

此诗笔法灵动，造语劲健、雄浑。中唐以还，诗人多喜用事。古代将军疑石为虎、射石没羽事，见于典籍者有二：一为春秋楚国熊渠子（《韩诗外传》卷六），一为西汉李广（《史记》）。卢纶以其军中从猎的实践，化用二典之意，如盐投水，不见痕迹而其味隽永。

俞陛云说:"李广射虎事,仅言射石没羽,记载未详。夫弓力虽劲,以石质之坚,没镞已属难能,而况没羽?作者特以'石棱'二字表出之,盖发矢适射两石棱缝之中,遂能没羽,于情事始合。"(《诗境浅说·续编》)可备一说,特表出之。

(刘初棠)

月黑雁飞高,单于夜遁逃。

欲将轻骑逐,大雪满弓刀。

此为《塞下曲》组诗的第三首。诗写征战。贞元二年(786)秋,吐蕃骚扰泾、陇、邠、宁等地,李晟、浑瑊等率兵救援,吐蕃溃退(《新唐书·吐蕃传下》)。诗似取材于此。

首句景中寓意:月黑无光,单于趁机逃遁;唐军警卫整饬,在深宵群鸟栖息之时,见塞雁惊起高飞,推知敌军潜奔。语意直贯后三句。"夜遁逃",《唐诗品汇》作"远遁逃",一字之改,不仅使警策之首句减色,也使"欲将轻骑逐"句,成为蛇足。盖在单于远遁之后才追敌,有何意义?三、四句不对战斗作正面描绘,以侧锋写雪夜闻警、列队点兵、准备追击这一最富于包孕的片刻,其势似盘鹘蹲虎,劲气内敛,军威远飏。"胡天八月即飞雪"(岑参《白雪歌送武判官归京》),秋天雪满弓刀,正是边塞风光;轻骑不畏严寒风雪,跃跃欲追,尤见唐军斗志之高昂。李攀龙谓此句"惜士卒寒苦也"(《唐诗训解》),可谓失之毫厘,谬以千里。

　　大历诗歌多凄苦之音，声调柔弱者居多。即以卢纶而论，早年亦多嗟老叹卑之作。然此组《塞下曲》却音节亢亮，气势奔放，语句挺拔，与盛唐之音难分轩轾。于中不仅说明大历诗人与盛唐诗歌的承继关系，而且也可见出局势、处境对诗人创作的影响。

（刘初棠）

李 益

李益（748—829?），字君虞，凉州姑臧（今甘肃武威）人。大历四年（769）进士，官华州郑县（今陕西华县）主簿，郁郁不得志，弃职游边陲，数佐戎幕。宪宗时，历任都官郎中、中书舍人、秘书监、散骑常侍等职。以礼部尚书致仕。其诗以雄浑深婉为主，能以秀朗轩昂的笔调和别具匠心的构思，抒其真情实感，意境阔远，音调清亮，妙谐宫商。尤长于边塞诗。胡应麟评唐人七绝，以李益为盛唐以下第一人，"可与太白、龙标（王昌龄）竞爽"（《诗薮》卷六）。

(刘初棠)

喜见外弟又言别

十年离乱后，长大一相逢。

问姓惊初见，称名忆旧容。

别来沧海事，语罢暮天钟。

明日巴陵道，秋山又几重。

自天宝十四载（755）至永泰元年（765），安禄山、史思明、仆固怀恩等相继叛乱，吐蕃又屡次入侵，九州鼎沸，民不聊生，此即首句所指的"十年离乱"。诗当作于永泰元年前后数年内。外弟，即表弟。

这是一首抒情诗。首联言己少小遭乱，即与外弟离别，十年后始得重逢。颔联承上，状久别乍逢时一刹那间的欣喜神态。李益与其外弟长成后音容均有异于幼时，故有"惊初见""忆旧容"这戏剧性的一幕。一"问"一"称"，一"惊"一"忆"，摹形得神，有用常得奇之妙。与韦应物"浮云一别后，流水十年间"（《淮上喜会梁州故人》）、司空曙"乍见翻疑梦，相悲各问年"（《云阳馆与韩绅宿别》）异曲同工。颈联由话旧过渡至言别。诗用麻姑见"沧海"变为桑田之典，以形容社会人事变迁之剧。十年之事，一朝倾吐，故"语罢"日色已曛。"暮天钟"一语，景中寓情：既状天色，亦暗寓二人将别之时，黯然神伤之意。就结构而言，则具"峰回路转"的作用。末联语别。"巴陵"即岳州（今湖南岳阳），唐时是僻远之地；况又于悲秋之时，攀山越岭而去。"山"字之后，缀以"又几重"，足见旅途险阻重重。虽句无悲字，而临别泣涕之状已可想见。

　　此诗之妙在于寄社会动乱之感于个人聚散悲欢之中。中间二联，状久别乍逢、匆匆聚散之情，一喜一悲，一密一疏，构局颇见匠心。"问姓"一联，形容刻至罄快，体现了中唐诗歌的特色。

（刘初棠）

同崔邠登鹳雀楼

鹳雀楼西百尺樯，汀洲云树共茫茫。
汉家箫鼓空流水，魏国山河半夕阳。
事去千年犹恨速，愁来一日即为长。
风烟并是思归望，远目非春亦自伤。

鹳雀楼是唐代登临胜地，位于河中府（今山西永济）城西南，黄河边高阜，楼高三层，可前瞻中条山，俯瞰黄河，因鹳雀常栖其上而得名。李翰《河中府鹳雀楼集序》称：承"连帅（节度使）之眷"，宴崔邠等，语未及李益。李翰卒于大历（766—779）中。诗或作于其间。

这是一首怀古诗。首联点明登临地点及周围景色。"百尺樯"，指楼船，暗逗下句。颔联用二典。汉武帝至河东，祀后土祠（其地在汾阴，唐代属河中府），作《秋风辞》，中有"泛楼船兮济汾河，横中流兮扬素波，箫鼓鸣兮发棹歌"之语。河中府在战国时属魏国。魏武侯浮西河而下，赞曰："美哉山河之固，此魏国之宝也。"（《史记·孙子吴起列传》)诗用以抒思古之幽情。颈联承上而寄感慨。魏武侯、汉武帝均是古代英主，能用不羁之材，建不世之功业，故怀才不遇的李益触景怀古，不胜向往。短促的"一日"与漫长的"千年"相比，微乎其微；但在书剑飘零的李益眼里，却有千年事促、一日愁长之叹。末联触景自伤，起思归之念。

此诗长处在于能承杜甫之绪，以七律登临吊古，抒怀寄慨。中间两联，写景抒情，虚实相生，颔联大声镗鞳，雄浑高健；颈联大阖大开，低回深婉。惜尾联词气衰竭，与前不称。　　　（刘初棠）

过五原胡儿饮马泉

绿杨着水草如烟，旧是胡儿饮马泉。

几处吹笳明月夜，何人倚剑白云天。

从来冻合关山路，今日分流汉使前。

莫遣行人照容鬓，恐惊憔悴入新年。

李益于贞元初，入灵州大都督杜希全幕，"从此出上郡、五原四、五年"（《从军诗序》）。贞元二年（786）秋，唐遣使吐蕃。贞元三年（787）春，唐再次遣使，时吐蕃侵占盐州等地，遭唐军狙击，粮饷数困，屡请盟退兵（事见《新唐书·吐蕃传下》《旧唐书·德宗纪上》）。诗状春景，且有"汉使"等语，当为贞元三年春诗人以汉使或汉使随从身分赴吐蕃途中作。五原，唐丰州的古称，治所在九原（今内蒙古临河东）。诗自注："鹈鹕（水鸟名）泉在丰州城北，胡人饮马于此。"

这是一首抒情诗。首联状眼前春景，而以"胡儿饮马"虚衬，用来表现冰雪盖地之后，蓦见杨柳、水草后的欣喜。颔联承"旧是"句之意，将时间和空间尽量延伸。月夜闻笳声四起，既形塞外之空旷，亦见时局之紧张；睹白云而思倚剑，化用旧题宋玉《大言赋》"长剑耿耿倚天外"之意，前缀"何人"二字，抒发了诗人对御敌于国门之外的良将猛士的殷切期待。颈联由远而近，复写饮马泉，点出此行为汉使之任；心情亦由悲壮化为喜悦，通过"从来"和"今日"景色映照，暗示了此行的使命和信心。关山险阻、地冻天寒是冬天实有之景，也是唐与吐蕃以往关系的写照；春天泉水复流，象征着两族关系也"解冻"有日。尾联承此而自警，直抒胸臆。李益佐幕，志在建功立业，然投笔数载，惟受"末秩"。二句言怕照似镜之泉，恐见"憔悴"之容，既有年华空逝、功业未就之意，更有寄望此行能建功立业，莫使年华空度之意。

此诗的特色在于善借眼前之景，抒胸蕴之意。前六句情景相生，均能以意运之，化去畛畦，开阖自如，语浅意深，乍喜乍悲，悲壮、委婉兼而有之。末联抒情，亦由眼前之景触发。方东树称此诗"有作此题诗之人之性情面目流露其中，所以耐人吟咏"（《昭昧詹言》）。

（刘初棠）

江 南 曲

嫁得瞿塘贾，朝朝误妾期。
早知潮有信，嫁与弄潮儿。

《江南曲》源于江南民歌，属《清商曲》，内容多述男女恋情。

这是首思妇诗。唐代商业经济空前繁荣，商人多溯江而上，从事长途贩卖。商人妇与征人妻一样，更多地承受着别离的煎熬。

首二句言瞿塘贾至期未归，惹得商人少妇凝眸江头，"朝朝"空等。瞿塘，长江三峡之一，水势险恶。其地在四川巫山、奉节两县之间。此处泛指入蜀的行商。末二句写少妇由爱生恨，口吐怨言。潮水涨落，时至不误，世称"潮信"。弄潮这一盛行江南的水戏，至迟中唐已有。白居易《重题别东楼》有"秋风霞飐弄涛旗"之句，自注："余杭风俗……每岁八月，迎涛弄水者，悉举旗帜焉。"此乃以"有信"与"误期"对照，埋怨至期不归的商人。

诗以传神之笔，曲曲描出商人少妇久候其夫不至、爱恨交迸的神情和口吻。前半平实真切，后半翻腾波澜，以荒唐之想，传痴情之思，此即贺裳所说"无理而妙"者（《皱水轩词筌》）。诗歌音调和谐，不避重字、叠字，含思婉转，饶有民歌风味。 （刘初棠）

夜上受降城闻笛

回乐烽前沙似雪，受降城外月如霜。
不知何处吹芦管，一夜征人尽望乡。

贞元元年（785），李益入灵州大都督、西受降城天德军灵、盐、丰、夏等州节度使杜希全幕，诗当作于其时。受降城，注家说法不一。从首句看，当指灵州（今宁夏灵武西南）、太宗曾于此处受铁勒诸部降。

诗写征人思乡之情。首二句写眼前所见，"回乐烽前"即在"受降城外"，登绝塞之孤城，对清冷之月色，望烽火之高台（灵州回乐有烽火台，高百尺），沙明疑雪，月寒讶霜，正是塞外特有的荒凉、凄清之景。第三句转而绘声。芦管，即题中之"笛"，其音凄绝。结句写见此景、闻此声后征人的心情，以一"尽"字渲染，益见归思之浓。

李益久佐军戎，擅咏边塞，尤以七绝见长，此为其中翘楚，"教坊乐人取为声乐度曲"（《唐诗纪事》卷三十），沈德潜谓此诗与盛唐七绝压卷之作王昌龄《从军行》"气象稍殊，亦堪接武"（《说诗晬语》），可见其在七绝流变中所处的地位。诗以对句状景，以雄健之笔，绘塞外风光，情固能生文，文亦足以传情；后半以散句疏其气，化悲壮之声为哀怨之音，是其风神独绝之处。　　　　（刘初棠）

度破讷沙

（二首选一）

破讷沙头雁正飞，鸊鹈泉上战初归。

平明日出东南地，满碛寒光生铁衣。

贞元元年（785），李益佐灵州大都督、西受降城天德军灵、盐、丰、夏等州节度使杜希全幕，约四五年。时吐蕃屡扰边境，诗当作于其时。

诗写征战。第一、二句，点明战归的地点、季节。破讷沙，即今内蒙古库布齐沙漠，其地在夏州（今内蒙古乌审旗南白城子）以北、鸊鹈泉在丰州西受降城北三百里，其地正当破讷沙碛口。据此，知李益随军自夏州北度破讷沙，至鸊鹈泉狙击吐蕃。战斗结果如何？第三、四句未作正面叙述，但以侧笔微挑，写旭日出而铁衣生光，军容如此，则大获全胜也就不言而喻了。

此写战争，却不刻画胜负与战斗尚酣这一包孕最丰富的片刻，而凭其多年的军旅生涯及高度艺术修养，从侧面写激战后列队而归之景，犹神龙见尾而不见首，为读者留有充分想象的余地。"雁正飞""日出""寒光生铁衣"数语，明绘塞外战地风光，暗描军容，具有语约意远、积健为雄的效果。其构思颇得王昌龄《从军行》（大漠风尘日色昏）神髓，虽跳脱之致不逮，而地名之运用、动词之提炼，又加精细，可见盛中唐诗之沿革。

（刘初棠）

从军北征

天山雪后海风寒，横笛偏吹行路难。

碛里征人三十万，一时回首月中看。

　　这首诗简直是一组完美的电视小品。

　　第一句是一个镜头："天山""雪""海风"。海风虽然无形，但是海风挟着雪花、雪团呼啸而来则是有形的。它点明行军的地域在横亘新疆中部的天山与蒲昌海（今罗布泊）之间，也告诉我们在这样恶劣的气候下行军是如何艰辛。第二句先出画外音：横笛之声，如怨如慕，奏着"备言世路艰险及离别悲伤"之曲——《行路难》（《乐府解题》）。诗人用一"偏"字承上启下，既有怨笛偏增风寒凄清之意，又暗示行军中的征人正在凝神倾听。第三、四句，又是一幅镜头：笛声叩开了征人的心扉。三十万在沙漠中跋涉的战士，不约而同地回首看月。看月何意？不必诗人点明，人们便会想起"举头望明月，低头思故乡"，因为明月和黄昏一样，最易撩引行人的思念。

　　此诗从侧面取势，绘色绘声，笔法跳脱。"征人三十万""一时回首"，用语夸不失实，奇不失真；至"月中看"戛然而止，留袅袅之音、不尽之味。

（刘初棠）

春夜闻笛

寒山吹笛唤春归，迁客相看泪满衣。
洞庭一夜无穷雁，不待天明尽北飞。

这是一首迁客思归之作。

首句写笛声。"唤春归"前缀以"寒山"，正点出早春的气候特征；"唤"字形象生动，意新语奇；盖笛曲有《折杨柳》《落梅花》等，梅花、柳叶均萌于初春，故诗人有此联想。第二句切入闻笛。诗人以"迁客"自指，当作于贬谪之时。"泪满衣"是迁客闻笛后的感触，而笛声的哀怨、迁客的情怀也都不言可喻了。末二句以景结情。春至则雁群北飞，这本是候鸟的生活规律；然在诗人眼里，则是群雁怕闻呜咽的笛声，故"不待天明"尽数"北飞"，此二句景语，明显带有诗人的主观感情色彩。其言外之意则是雁群能自在北飞，而己身为迁客，只能在州内行动，无法北归，有人不如鸟之感。

此诗以边塞诗的笔法，摹江南早春之景，抒南迁之怨，悲凉之中饶委婉之致，多言外之味，此当是李益久佐军戎，"为文多军旅之思"之故。其结法与《从军北征》等篇颇相近。

（刘初棠）

宫　怨

露湿晴花春殿香，月明歌吹在昭阳。

似将海水添宫漏，共滴长门一夜长。

《宫怨》是乐府楚调曲《相和歌》辞。

诗抒失宠宫人之怨。第一、二句先从得宠宫人之乐写起。"露湿晴花"则吐芳，它是春殿生香之由。古人每将帝王的恩泽比作雨露，因此，首句语含比兴。昭阳是汉代宠妃赵昭仪所居之宫，此处借汉言唐。夜深月明，歌吹之音犹不绝于耳，极写得宠宫人之乐。末二句，转入宫怨本意。谓长门宫（汉代陈皇后失宠后居此）内失宠宫人，闻"昭阳歌吹"与长门宫漏并响，更加愁怀难遣，惟恨夜长难旦，漏滴不尽，于是产生了"海水添宫漏"的错觉。宫漏，宫中的刻漏，以滴水为计时的工具。

欲抑先扬，欲写哀情先叙乐事，是此诗构局的特色之一。哀乐相映，则哀者愈觉其哀。水添宫漏是实有其事，海水添宫漏则是幻觉，虚实相成，是诗人笔法灵动之处。诗中只言"漏长"，不露"怨"字，含蓄高浑，意在言外，尚有盛唐遗响；然构思颇巧，已见中唐"工于用意"之妙。

（刘初棠）

写　情

水纹珍簟思悠悠，千里佳期一夕休。
从此无心爱良夜，任他明月下西楼。

　　此诗写失恋后的痛苦。

　　首句写卧具虽极精美，奈思绪悠悠，无法入梦。第二句承上，点出不寐之由。"千里"，距离之极长者；"一夕"，时间之极短者，二相比照，说明诗人在极尽思念、久经期待之后，那方会又别的痛楚。后二句，说"无心"，正见得情丝难断；说"任他"，正见其情不自已；"良夜""明月""西楼"，正是"千里佳期"所约的时间、地点，这些难以抹去的记忆，均表达了极度的憾恨。

　　此诗前二句倒装因果，取势以形其心碎。后二句以决绝语作深情语，明月下沉西楼，尤能于凄清之景中见不尽之情，颇见特色。

（刘初棠）

于 鹄

于鹄，大历、贞元间人，曾在汉阳（今武汉）山中居住，多与僧道往还。大历中，应荐为诸府从事。与张籍为诗友。张为《诗人主客图》奉李益为清奇雅正主，以于鹄为入室。辛文房称其诗"长短间作，时出度外，纵横放逸而不陷于疏远，且多警策云"（《唐才子传》）。

（刘初棠）

江 南 曲

偶向江边采白萍，还随女伴赛江神。

众中不敢分明语，暗掷金钱卜远人。

《江南曲》是《江南弄》七曲之一（《古今乐录》），郭茂倩将它编入《清商曲·相和歌》（《乐府诗集》），内容多述男女恋情。

白萍生于浅水之中，其花洁白，古人曾以此祀神。"赛江神"时百戏纷呈，商贾云集，是青年男女最喜涉足之所。诗人在此之前，分别缀以"偶向""还随"二词，便凸现了女子在本应虔心诚意时却心神不属之态。后二句则撷取女子在祀神中的一组特写镜头，揭示其内心世界。"金钱"，古人也以此作占卜工具。其法大抵于通神祷告之后，抛掷金钱，以钱之字幂多寡，定行人吉凶和归期远近。从女子"不敢分明"祷告和"暗掷"金钱的羞怯举动中，便可推知"远人"是其日思夜想的恋人。

《江南曲》，以水乡之白萍、江南特有的赛江神、掷金钱占卜等习俗入诗，截取片断生活，以撩人情思的细节，勾勒江南女子痴恋所欢的神态，语言明快自然，富有乡土气息，是文人摹仿民歌的佳作。

（刘初棠）

张　碧

张碧（生卒年不详），字太碧。籍贯及生平事迹多佚，惟知其在贞元（785—805）间，屡应举不第。委兴山水，言多野意。诗学李白，孟郊称其"下笔证兴亡，陈辞备风骨"（《读张碧集》）。　　　　　　　　　　　　　　（刘初棠）

秋日登岳阳楼晴望

三秋倚练飞金盏，洞庭波定平如划。
天高云卷绿罗低，一点君山碍人眼。
漫漫万顷铺琉璃，烟波阔远无鸟飞。
西南东北竟无际，直疑侵到青天涯。
屈原回日牵愁吟，龙宫寂寞致应沉；
贾生憔悴说不得，茫茫烟霭堆湖心。

　　岳阳楼在巴陵县（今湖南岳阳）西门上，开元（713—741）中，张说所建。下临洞庭，为游览胜地。

　　这是一首游览登临诗。前四句写诗人于暮秋之时，倚岳阳楼飞筋观景，湘江澄净如练，洞庭湖波平如划（削），片云舒卷如绿罗飘动，均足以爽心悦目；惟有君山耸出水面，使湘水无法平铺直流，是稍有憾。中四句写极目远眺中的洞庭湖，以"无鸟飞""竟无际""侵到青天涯"等词，为方圆八百里的巨浸传神写照，同时也披示了诗人的胸襟。末四句由湖上烟霭引出思古之情和心中积郁。屈原、贾谊均怀经国之才，为人所谗，贬至洞庭一带。屈原行吟泽畔，哀国土沦丧，自沉于水；贾谊谪至长沙，触景生情，作文以吊屈原。诗人则借思古之机，一吐其屡试不第的牢骚。

诗人兴至染翰，不拘常调，飘忽而来。前八句以雄放的笔调，或点化李白之句而别构意境，或自铸伟辞，绘洞庭湖恣肆、瑰奇的情景；中以"一点君山"句作顿挫，生波澜。结处借咏古寓感叹，语虽戛然而止，然弦外之音，犹袅袅在耳。诗格清新俊逸，是中唐效李白而能略得其风神者。

（刘初棠）

孟　郊

孟郊（751—841），字东野，湖州武康（今属浙江）人。久游举场，贞元十二年（796）登进士第，任溧阳尉。元和初，郑余庆为河南尹，奏为水陆转运判官，后郑出镇兴元，召为参谋，死于途中。

家境清寒，早从皎然、陆羽等游。诗重意势，善能刻炼情状，多激讦之音，游长安，极为韩愈推崇，后人并称"韩孟"，开一代风气，孟郊实执先鞭。工五言古体，乐府古拙婉转，五古则硬语峻刻，构思铸句匪夷所思，而能入木三分，于险象叠出中见愤激不平之气。韩愈赞其"横空盘硬语，妥帖力排奡"。唯酸苦过甚，呕心沥血，适见畸曲心态，故境界欠宽，苏轼以为"未足当韩愈"。又与贾岛并称"郊寒岛瘦"，则有以见一代穷士风会。李肇《国史补》以元和之风"尚怪"，指出"学矫激于孟郊"，可见当时影响。贾岛悼郊诗有"诗随过海船"句，则其诗又流传海外。有《孟东野集》。

（赵昌平）

长安羁旅行

十日一理发，每梳飞旅尘。

三旬九过饮，每食唯旧贫。

万物皆及时，独余不觉春。

失名谁肯访，得意争相亲。

直木有恬翼，静流无躁鳞。

始知喧竞场，莫处君子身。

野策藤竹轻，山蔬薇蕨新。

潜歌归去来，事外风景真。

　　贞元七年（791）秋，孟郊在湖州举乡贡进士，乃往长安应进士试，次年春落第。这首诗就是他落第以后写的。这一年孟郊四十二岁。壮年时期的诗人，还是很有一点豪迈气概的，试读他追述同卢殷一班文人驰骋酒场的文字："初识漆鬘发，争为新文章。夜踏明月桥，店饮吾曹床。……高嗜绿蔬羹，意轻肥腻羊。吟哦无淬韵，言语多古肠。"（《吊卢殷》）便可略知梗概。意气豪迈如斯，而首涉试第，便遭挫折，其颓伤消沉之情，不难想见。这首诗，便是这一特定心情的真实写照。

　　诗共十六句，四句一意，是典型的古诗句格。首四句叙述羁旅京华的寥落情状，是自画像。鬘发慵懒，饮食唯旧时之贫，形貌的萧疏、散漫，正反映出内心的颓伤和消沉。次四句则直写此心态。"万物皆及时，独余不觉春"，是诗人失意时的独特感受。世间生灵万物，都应时应景而生息，唯独我仿佛被遗弃了一样，感觉不到春天的芳菲气息。这是一种交和着酸苦意味的失落意绪，有一种无可奈何花落去的感慨。"失名""得意"云云，则进一步坐实了这种"不觉春"的境况，直斥世态炎凉，言语之间饱含着愤世嫉俗的意气。至"直木"四句，诗人情绪由激烈、郁愤渐趋冷静、思索。"直木""静流"云云，是对自然现象的观察，诗人把它同社会现象和身处环境比照起来考察、思索，便得出了深刻的人生经验："始知喧竞场，莫处君子身。"诗人"少隐嵩山，称处士"（《旧唐书·孟郊传》），经过这许多年的折腾、磨难，至此终于又回归到"少隐嵩山"时的那种境界上来了。诗的最后四句，便是对这种回归的热情憧憬。诗人把世外风景写得清纯真美，一"轻"一"新"二字，传达出诗人的由衷向往之情。他要像陶渊明那样，唱着"归去来"，返归到风景真朴的世外桃源中去。

　　从情感线索上看，此诗明显分为前后两个层次。前八句为上层，后八句为下层。上层，诗人沉入了自己寥落的心境之中，情绪直接被挫折后的打击所驱使，波动较大，显得激愤而强烈。这也是初试失败后内心痛苦的一种排解和宣泄。下层情绪开始趋于冷静和稳定，他对这次失败进行了反思，结果是要退回到"少隐嵩山"时的那种思想状态。这就说明，诗人这次进士考试的失败，在他人生道路上是个严重的挫折。"始知喧竞场，莫处君子身"，俨然是一种憬悟。尽管以后他并没有这样做，而是一而再、再而三地参加了进士考试，并最终获得了成功，但显然不是出于初衷。由此可见唐代功名事业对于一个知识分子巨大的吸引力，以及随之而来的巨大的精神折磨。

（吴小平）

游终南山

南山塞天地，日月石上生。

高峰夜留景，深谷昼未明。

山中人自正，路险心亦平。

长风驱松柏，声拂万壑清。

到此悔读书，朝朝近浮名。

　　孟郊异乎寻常的审美趣味，在这首诗中表现得特别充分。起句就颇出奇。一个"塞"字，写出诗人远望终南山的整体感受，突兀、雄奇、壮大，震慑人心。同时又具浑沌、朦胧之感，给人以想象余地。"日月石上生"则是诗人登山以后领略到的奇特之景。视角独到，感受新颖，造境奇特。这二句，"南山"句写远望之象，"日月"句写近察之景，一远一近，一朦胧一清朗，措笔均甚独到。接二句更奇。按照常人审美习惯，日出而登南山极顶，纵览天地，方可旷胸阔怀，一畅心绪；或降峡谷深壑，洞幽探微，差能一慰好奇求异之心理。而孟郊此游则夜登高峰，昼探深谷，所以，他领略到了常人难见的终南山奇景异色：入夜高峰仍留有日光，白昼深谷却一片漆黑。这里，诗人抓住了夜与昼的对比和峰与壑的落差，并将前后二者紧密结合，阴差阳错，从对比反差中写出超乎寻常的景观和超乎寻常的感受。后四句继续写景。五、六两句从物与我的关系写出身处此山的感受。"山中人自正"是诗人为景物所震慑，由雄伟高大的形象唤起一种肃然起敬的崇高感；"路险心亦平"是诗人不为景物所动，由险峻奇崛的意象烘托出一种泰然处之的心境。总而言之，诗人是以超常平静、永恒不变之心，静观倏忽万变、风云幻化之景，不管山是否"中"、路是否"险"，诗人的心境总是"正""平"的。这就从景物变化之中衬写出心地纯正的境界。七、八两句则倾力绘写长风吹拂、万壑清新的浩荡涵虚之景。"驱"字写状松柏被吹成一边倒的形状，笔力凝重，十分传神。"声拂万壑清"一句更见炼意造境之功。"声"为耳聆之音，"拂"为目力所见，而曰"声"曰"拂"，则是通过听觉来写视觉，一个"清"字，既是耳聆目接之景，又是神悟心得之趣。客观物境与主观心境在此默然相契，最后，诗人不由不发出"悔读书""近浮名"的慨叹。

此诗以"游"为线索，贯通全篇。惟其是游览，行踪不定，视角多变，因而目接心想的景观与感受总是那么奇特、那么新鲜。其取景独到，造境深远，感受新奇，表现出中唐韩、孟诗派好奇尚怪的典型风格。

（吴小平）

游终南龙池寺

飞鸟不到处，僧房终南巅。

龙在水长碧，雨开山更鲜。

步出白日上，坐依清溪边。

地寒松桂短，石险道路偏。

晚磬送归客，数声落遥天。

这是孟郊早年写的一首山水诗，清新明快，隽逸渺远。

首联写山寺位置，终南山巅，飞鸟不到，龙池古寺，幽然独立。由此显示山寺的超尘出俗，不同凡响。二联"龙在水长碧"一句是虚笔，诗人池边踯躅，忽发奇思，推想池水之所以如此清莹澄澈，大概是因为龙在显灵吧？这里还暗示龙池寺名的由来，所以虚中寓实，笔法巧妙。下句"雨开山更鲜"则完全写山中实景，雨霁天晴，山色明净。"碧""鲜"二字下得传神，全诗色调由是豁然明朗。接下来四句开始细致描绘山中景色。"步出白日上"，因为山势高远，诗人拾级而上，才陡然生出在太阳顶上行走的奇想。这是从主观感觉写客观形势，新奇独特，饶有意味。而"坐依清溪边"一句，看似客观描绘，却极有韵致，一清逸飘远、风神澹淡的诗人形象因此宛然而出。随后又将诗笔放纵开去：环视山野，天寒地冻，松树桂树仿佛都变得矮短了；原本荦确不平的石路，也显得更加偏冷险峻。"短""偏"仍是诗人主观感觉，用以状写山间形势，独特、传神。末联是全篇收煞，诗人却将诗意推宕开去，随着古寺那悠扬渺远的钟声，随着诗人那依依不舍、渐渐隐去的身影，诗境粲然而出，飘逸、澹远，就像古刹晚磬，久久回荡在我们耳际，令人难忘。

　　全诗取景开阔，视角独特，造境深邃渺远，寓意含蓄隽永，反映出诗人早年的精神面貌和艺术追求，是他早期山水诗的重要代表作。

（吴小平）

游 子 吟

慈母手中线，游子身上衣。
临行密密缝，意恐迟迟归。
谁言寸草心，报得三春晖？

孟郊一生穷困潦倒，直到五十岁时，才得到一个溧阳县尉的小官。这首诗题下原有自注："迎母溧上作"，可见是他居官溧阳时的作品。

诗写母爱，从最细微处落笔，撷取慈母缝衣这一最寻常的细节，着意绘染，于简淡朴素之中传写出浓郁的情思。笔法洗炼，而又浑化无迹。

前四句把镜头对准慈母一人，特写缝衣一个动作，缀以"密密"二字，将其神情专注、一丝不苟的情形逼真地凸现在人们的面前，使人从慈母这一极细微、又含蕴极丰富的动作中，深切地感受到那针针线线无不凝聚着博大深厚的母爱。"意恐迟迟归"一句，以诗人揣摹慈母心态的口吻道出，更觉深情婉转，意蕴含蓄，脉脉传神。一个"意"字，关照母子双方，暗寓母子间血脉的交流和情思的沟通。而这一切涵濡默化在无声无息的静场描写之中。静的环境和静的氛围——母亲安详地缝衣和儿子入神地观想，就是这种情意融汇叠合的媒介。细节的提炼、刻画和场景的描绘、渲染，达到了出神入化的境地。

末二句直抒行子胸臆，全从"意"字感发而来。诗人为崇高的母爱，深深打动，一时间百感交集，万念奔涌，最后终于迸发出了"谁言寸草心，报得三春晖"的肺腑之言。慈母的恩情与儿子的报答，犹如太阳的光辉之于小草：以小草那拳拳之心，如何才能报答太阳的沐浴之恩呢？"意"的感发和情的斡旋，填平了前四句描写与后二句抒情之间的沟壑，使二者水乳交融，密合无间，从而成了传诵万口、历代不衰的名句。

（吴小平）

秋 怀

（十五首选一）

秋月颜色冰，老客志气单。

冷露滴梦破，峭风梳骨寒。

席上印病文，肠中转愁盘。

疑虑无所凭，虚听多无端。

梧桐枯峥嵘，声响如哀弹。

　　孟郊晚年寄居洛阳，在河南尹做了一个小小的幕僚，贫病交加，愁苦不堪，其间有感于秋气，写下了一组低回婉转、悚目惊心的《秋怀》诗。这是第二首。

　　诗以写景起终，而把老客孤单、枯桐峥嵘的诗人自身形象置于其中，写景抒情，浑然一体。

　　首句以冰显示秋月颜色，着重传达出冷色寒意，从而在一种凄凉寂寞的气氛中，烘托出自己晚年穷途潦倒、落寞凄凉的境况。中六句承写所处具体境况。诗人彻夜难眠，感觉那清冷的寒露在一滴一滴下落，搅破了自己残缺的睡梦；那料峭寒风犹如一把无形的篦梳，不时无情地刺肤侵骨。"滴""梳"二字精妙，直把诗人穷苦无端而又无以名状的凄惨处境和寂寥心境，融进"冷露""峭风"之中，呈现出"破"的形象和"寒"的感受。接二句写病愁之身。"席上"句写久病困床，以至床上都印下了痕迹；"肠中"句写愁肠百结，把无形之"愁"，以转盘的可见形象出之。"疑虑"两句写精神状态。"无所凭"言无缘无故，"多无端"谓茫然无绪，与上联合观，则诗人老病身心憔悴不安之状宛然可见。末联笔锋转向枯桐：它躯干枯瘦，老迈难支，但仍峥嵘而立，虬屈的枝干直指天空。它在凛冽秋风中发出飒飒声响，仿佛是在弹奏一首悲苦哀愁的乐曲，诉说着自己充满艰辛的一生。这不正是诗篇开头那个"志气单"的老客的形象吗？诗人以物结篇寄意，与篇首自形回然映合，正见构思谋篇之巧。

　　诗人夜对秋空的情怀是极其凄凉的，他《秋怀》第六首曾这样自陈："老骨惧秋月，秋月刀剑棱……"因为凄景冷色最易勾起他的感伤。此诗也因秋月而发，写景造境抒情的气格狭小，色调冷峻，措笔则深沉凝重。人说孟诗"思苦奇涩"（《新唐书·孟郊传》），于此可见一斑。

（吴小平）

送 远 吟

河水昏复晨，河边相送频。

离杯有泪饮，别柳无枝春。

一笑忽然敛，万愁俄已新。

东波与西日，不惜远行人。

　　这是一首送别诗。古人送别，往往于渡口分手。所以诗人选取这一特定场景来加以表现。"昏复晨"，犹言从晚到晓。悠悠古渡口，早早晚晚，往来相送，频繁不断。"离杯"二句写送别场景：举杯相送，默然无语中惟有两行热泪滴落杯中，掺和着杯中的酒，使人难以下咽；岸边杨柳，也因送别者折得太多，稀稀疏疏地丧失了春意。这两句对送别的场面和环境，作了总体的描绘与渲染。五、六两句才具体写人。从"忽然敛"到"俄已新"，行人笑噤聚敛、愁恨顿生，愁曰"新"，匪夷所思，却生动地表现出气氛陡然改变，诗境也顿时跌入狭窄的低谷。末二句复转写景作结，诗境因此推宕开去：只有浩荡的东流水、掩霭的西沉日，才伴随着将行之人，万里远征。可是，流水无情，落日无意，竟又"不惜远行人"！

　　从"河边相送频"一句来看，此诗所写不是一时一事，而带有泛咏意味。因此诗中意象和情境，诸如"离杯""别柳"，"一笑"

"万愁"云云，都显得比较平常，不如因一时一事而感发者来得真切感人。这是一首乐府诗，但古风意味已荡然无存，从篇制、声律和对仗上看，都很像近体律诗。由此可见，诗至中唐，格律化影响已越来越大，以至像孟郊这样以古风见长的诗人创作乐府诗，都不可避免地带有律诗的痕迹。

（吴小平）

伤　春

两河春草海水清，十年征战城郭腥。

乱兵杀儿将女去，二月三月花冥冥。

千里无人旋风起，莺啼燕语荒城里。

春色不捡墓傍枝，红颜皓色逐春去。

春去春来那得知，今人看花古人墓，

令人惆怅山头路。

　　古来文人伤春，大都从一己的荣损出发，感时叹逝，睹物伤怀，从自然现象联想到人生短暂，感慨荣华难久。而孟郊这首《伤春》诗的最大特点，则在于它摆脱了以往伤春诗的窠臼，跳出了狭隘的个人圈子，把视野拓展到广阔的社会现实，针砭矛头直指兵荒马乱的内战。

　　诗人将自然现象同社会动乱紧密结合起来，交替映现自然春色和战乱景象，直使人感到春天的衰杀和荒凉。"十年征战城廓腥"，绵绵春草失却了昔日的勃郁生机；"乱兵杀儿将女去"，又使姹紫嫣红的春花黯然失色，冥冥无语；虽然已是春风和煦，却因为"千里无人"而显得萧条衰败；虽然已见莺歌燕舞，却因为城阙荒芜而呈现出荒凉索寞⋯⋯

　　末五句重点描绘墓边春色，感叹生的痛苦艰难与死的落寞悲哀，点出"伤春"的情怀和主题。这种场景的安排与描绘，可谓别具匠心。春天使人感奋，使人感到生命的力量，然而这里却与常使人感到阴森、衰败的古墓相联。这种自然生机与人生暮日的结合对照，显得那么格格不入。诗人的"惆怅山头路"，正由此而来。这种惆怅不是一己的感伤，而是对"乱兵杀儿将女去"的现实的批判和忧虑，表现出诗人忧时伤世的沉痛情怀。因此孟郊的这一首伤春诗确是在古往今来难以数计的同类作品中，确实是别具一格、难能可贵的。

（吴小平）

古 别 离

> 欲别牵郎衣，郎今到何处？
>
> 不恨归来迟，莫向临邛去。

　　这首拟古绝句，肖女子口吻，写伤离恨别之情，声情婉转，辞意真切，宛然一副南朝乐府民歌的面貌。

　　首句状离别情状，抓住"牵郎衣"这一细小动作，写出女子送别时刻复杂的内心感情。一腔爱恋，万种风情，全都融化在这一欲留不能、欲别不忍的踌躇动作中去了。"郎今到何处"是明知故问，问中掺和着埋怨、嗔怪的意味，情辞凄凉，近乎痴语。下半首转换角度，从别后道来。"莫向临邛去"暗用汉司马相如在临邛琴挑卓文君故事。不过，这里已化解其意，只取男子专心一意、不为富贵和美女所动之意。这是女子叮嘱情郎的话，说不怕他归来迟，只要不三心二意、喜新厌旧，再长时间也能等。这是剖白心迹，临别表示坚贞不渝的爱情。

　　通观全篇，上、下之间意脉跳跃较大，从不忍遽别忽又跳到何时归来，似颇突兀。实际上，这中间的停顿并不是空白，而是一段富于弹性的想象天地，它正暗寓着女主人公激烈、复杂的情感纠葛，"不恨"云云，只是这种纠葛、斗争的结果而已。从心理上看，这也是主人公情感上的一种寄托和慰藉。诗人这样写，使全诗含蕴丰富，情意深长。

　　　　　　　　　　　　　　　　　　　　　　（吴小平）

洛桥晚望

天津桥下冰初结，洛阳陌上人行绝。
榆柳萧疏楼阁闲，月明直见嵩山雪。

洛桥在洛水（即今河南洛河）之上，诗中"天津桥"亦指此桥。这是一个冬天，晚雪初霁，朗月高照，诗人踽踽独行，漫步桥上，不觉被一片冰和雪的世界包围了。薄薄的冰凌，清冷的行陌，稀稀落落的榆柳和冷冷清清的楼阁，无不映托出萧森泠冽的气氛，给人以冷峻的沉重之感。猛然间，诗人抬头望见嵩山巍峨，白雪皑皑，顶天立地，峙立古今。那高耸入云的雄伟形象，那晶莹净澈的冰雪世界，折魂摄魄，震撼人心，从诗人心底里唤起一种庄严感、高洁感，以至于目驰神往，物我两忘……

显然，诗的神韵全在"月明直见嵩山雪"一句。其造境奇伟、峻洁，极具魄力，给人以极大的震慑和感染力。但诗人在写法上，却从近处、小处写起。先写脚下洛桥，洛水薄冰初结；次写与洛桥绵延相连的行陌，目光也由近及远，点明陌上杳无行人，给人以深邃渺远之感。诗的境界因此渐出。然后再于清旷空间点缀一二榆柳、三五楼阁，进一步烘托空寂清冷的气氛；最后，才将那洁白而又雄伟的嵩山，以"直见"二字猛然推至眼前，使读者在突兀和震惊中被它的神奇所统摄。这里，以"月明"领起"直见嵩山雪",既巧妙点出诗题中的"晚望",更从月与雪的相映生辉中,展现出一个晶莹澄澈的境界,令人心折神摇,获得了一种净化和美感。

(吴小平)

王 建

王建（767？—830？），字仲初，颍川（今河南许昌）人。出身寒微。元和间始为昭应县丞、渭南尉，历太府寺丞、秘书丞，大和二年（828）出为陕州司马。晚年退居咸阳原，约卒于大和末。擅乐府，与张籍齐名，世称"张王"。其前承杜甫，后开元、白新乐府之先。五律近韩、柳，七律近元、白，七绝亦擅名当时。有《王司马集》。　　　　　　　　　　　　　　　　　　　　　　（方智范）

水 夫 谣

苦哉生长当驿边，官家使我牵驿船。

辛苦日多乐少少，水宿沙行如海鸟。

逆风上水万斛重，前驿迢迢后森森。

半夜缘堤雪和雨，受他驱遣还复去。

夜寒衣湿披短蓑，臆穿足裂忍痛何！

到明辛苦无处说，齐身腾踏牵船歌。

一间茅屋何所直，父母之乡去不得。

我愿此水作平田，长使水夫不怨天。

张戒《岁寒堂诗话》云："元、白、张籍、王建乐府，专以道得人心中事为工。"王建这首《水夫谣》，则专为处于社会最底层的纤夫立言，情苦辞悲，字字血泪。

诗分四层。开首至"水宿沙行如海鸟"为第一层，以"苦哉"一声长叹，唤起全篇，并表明诗中人生长驿边，为官府驱使，充当纤夫的身份。三、四句概写纤夫生活，以眼前常见景物——行止不定的海鸟作譬，写其夜宿水边、日行沙滩的生活特点。自"逆风上水万斛重"至"齐声腾踏牵船歌"为第二层，详述纤夫服劳役时种种辛苦艰难情状。逆水背纤时有万斛之重，步履维艰。一旦夜逢雨雪，路滑难行，官府仍不顾纤夫死活，强行驱遣，以致衣湿挨冻，臆穿足裂，疼痛难忍。如此非人生涯无处诉说，唯有天明时齐唱起牵船歌，借劳动的节奏宣泄胸中的苦痛于一时——而此种生活，就如迢迢之路、森森之水，日复一日，年复一年，永无终期。"一间茆（茅）屋何所直（值）"二句为第三层，一笔宕开，转写纤夫的矛盾心理：辛劳一生，而仍归赤贫，家仅茅屋一间，本无可留恋；但若远走他方，又舍不得生身之地，毕竟故乡情亲，桑梓意浓。情与理的矛盾无法解决，纤夫就永不能脱离苦海。如此由外入内，就将对纤夫艰难处境的刻画又深化了一层。末二句为第四层。诗人出于对纤夫的深刻同情，直接为纤夫倾诉心声："我愿此水作平田，长使夫夫不怨天。"这是对现实无可奈何而发为幻想的希冀，壮语其表而内含悲叹，读来令人心恻。

此诗最大的特点是"述情叙怨，委曲周详"（魏泰《临汉隐居诗话》）。全篇以一"苦"字作意脉，贯串于纤夫生活的整个画面。在唐诗中，同样写纤夫生活的前有李白的《丁都护歌》，但王建此诗在时间、空间上更加展开。这种委曲周详地表现下层人民生活和心声的特点，被白居易的新乐府所继承，其《卖炭翁》《杜陵叟》诸篇，在叙事写情方面都与其同一机杼。

诗最后两句大声疾呼，直抒胸臆。这种写法从杜甫《茅屋为秋风所破歌》来，在王诗中亦多见运用，被称为"重笔"。到白居易手中，又程式化为"卒章显其志"的结尾，但有时则成蛇足，不似王诗含蓄蕴藉。

(方智范)

田家留客

人家少能留我屋？客有新浆马有粟。

远行僮仆应苦饥，新妇厨中炊欲熟。

不嫌田家破门户，蚕房新泥无风土。

行人但饮莫畏贫，明府上来何苦辛。

丁宁回语房中妻：有客勿令儿夜啼。

双冢直西有县路，我教丁男送君去。

    王建一生官卑职微，辗转于各地，其乐府诗多写风俗民情。这首《田家留客》或述其行旅中亲历之事。有人以为诗中"明府"既为县官之别称，王建又曾任昭应县尉，故"明府"即指王建。此说固近是；但"明府"也可作为对一般客人的尊称，而诗中之"客"，当为王建自谓。

    首句直接入题，点明"留客"之意，而用征询语气出之。"人家"，指来客；"少"，稍许。首两句自杜甫"肯访浣花老翁无""与奴白饭马青刍"（《入奏行》）脱胎而来。以下句句写其留客之殷，待客之诚。先写留客饮食：客有新酿之酒，仆有刚熟之饭，马也有饲料可喂。再写留客夜宿：家居狭小，但有新上泥的蚕房可住，既暖和，又可防风土。"行人但饮莫畏贫，明府上来何苦辛"二句，见客人已留，则殷勤相劝；由"苦辛"又申出一层新意：一则叮咛妻子，勿令儿啼；再则抚慰客人，明晨教子送行，殷勤入微之至。

　　这是一首叙事诗，而构想别致。作者详记言而略记事，舍弃了客至、留客、客留、送客等具体过程，通篇全以第一人称代田家致词，或邀来客，或顾新妇，或嘱其妻，或教其子，人物口吻逼肖，明白如话，曲尽其情。作者未置一词，而对田家淳朴人情的褒扬之意，即可于言外得之。沈德潜谓："张、王乐府，委折深婉，曲道人情。"（《唐诗别裁集》）此诗足当此评。　　　　　（方智范）

汴路即事

千里河烟直，青槐夹岸长。

天涯同此路，人语各殊方。

草市迎江货，津桥税海商。

回看故宫柳，憔悴不成行。

汴，汴州，治所在今河南开封。自隋朝大业元年（605）开通济渠后，始将洛水、黄河、汴水、淮河等河道连成一线，打通了中原至东南沿海的水路，于是汴州的地位大大提高，至中唐时已成为中原经济都会。王建此诗写行经汴州所见。以城市商业繁盛景象为题材，在唐诗中并不多见，故此诗值得注意。

全诗极写汴州之繁盛。首联以写景起笔，下"千里"二字，就整条水路之绵长而言，夸而不失其实。河上烟波浩渺，河岸又植青槐，一线葱绿，曰"直"，曰"长"，都写出了人工开凿河道的宽阔。如此境界，方与汴州之繁盛相称。颔联、颈联四句，写汴州繁盛景象。南来北往的客商云集于汴路之上，方音各殊，可见此处贸易的地域之广。乡村集市上有江淮一带货物，渡桥纳税处又有来自东南沿海的商人，可见此处无货不备，应有尽有。四句属对工稳，"同"对"各"，"江"对"海"，作者下字用力处，恰是诗句用意点，然语不尖新，读来自然。如此对仗用字，可谓词、意两浃，是张、王今体独到之处。

诗在空间的展现上十分开阔，但不惟如此。末联又将今昔盛衰之感融入景物描写，"回看"云云，似出意料，细读则有无穷意味。汴为战国时魏国都城大梁，"故宫"即指旧都遗迹。旧宫苑中柳树尚在，历千年风雨，已憔悴稀疏，但它们仿佛是朝代更替的见证，注视着汴路上人世沧桑变化。这样，诗在空间的展现之外，又增添了历史的纵深感。诗仍以写景结，回应开篇，在时、空的交错中，有"篇终接浑茫"的无尽意趣。

（方智范）

新嫁娘词

（三首选一）

三日入厨下，洗手作羹汤。

未谙姑食性，先遣小姑尝。

王建《新嫁娘词》共三首，此其一。

清人刘熙载比较白居易与张、王乐府异同，谓："同为自出新意，其不同者在此平旷而彼峭窄耳。"（《艺概·诗概》）以"峭窄"评王建乐府，固不足以尽之，但若谓其不铺叙展衍故事，而擅长摄取生活中富有典型意义的细节，选择特殊表现角度切入，则虽不中，亦不远矣。这首《新嫁娘词》，以其简劲有力的白描笔法，步武汉魏乐府正宗，有天机云锦之妙。

诗写一新嫁娘初来夫家操持家务时的微妙心态。首两句平叙。古代习俗，女子出嫁后三日，应入厨司炊，俗称"过三朝"。羹汤，此处泛指菜肴。"未谙姑食性"一句转折，生动荡之势。谙，熟悉。姑，婆母。食性，口味。在封建大家庭中，姑为一家之主，对新嫁娘是举足轻重的长辈。按《大戴礼记·本命》，妇有七去（被休），其一是"不顺父母，去。"《礼记·内则》："子甚宜其妻，父母不悦，出。"故在婆母面前，进退出处需倍加小心。新妇不知婆母口味，必须先意承志，以获欢心。于此，我们庶可揣摩新嫁娘在礼教重压下，“洗手作羹汤”时的谨慎之态。而小姑，正处于婆媳关系的中介地位。结末“先遣小姑尝”一句，乃全篇神光所聚，语少而意足。盖小姑当最熟悉婆婆口味、心理，故五字中新嫁娘那种曲意承欢又机警聪敏的神情性格宛然如见。

全诗无形容，无铺叙，寥寥二十字，直白道来，如反复咀嚼，自能得其佳妙。

（方智范）

雨过山村

雨里鸡鸣一两家，竹溪村路板桥斜。

妇姑相唤浴蚕去，闲看中庭栀子花。

此诗写山村夏日小景，是作者路途即目所见。

首句扣"雨"，次句扣"过"。细雨霏霏，鸡鸣声声，作者路经山村，所见有修竹、清溪、小路、板桥，皆山村常见之景，出于作者笔下，则描画细腻，意境清新。三句写欲见山村之人，而人不可见，原来不仅男子忙于农事，妇女们也相唤浴蚕去了。浴蚕，洗蚕种，时在夏五月。末句写人去屋空，忽然瞥见一树白色的栀子花，在庭院中烂漫盛开，似乎在迎接着客人的光临。一个"闲"字，烘托出庭院中一片幽静气氛。

诗用暗衬之法。立意在写山村农忙，却句句从闲静处着笔。"闲"字实为诗眼，着此一字而境界全出。

（方智范）

宫　词

（一百首选二）

树头树底觅残红，一片西飞一片东。

自是桃花贪结子，错教人恨五更风。

　　王建任渭南尉时，与宦官王守澄交好，颇得禁中秘闻，他以此为素材，加以合理想象，作有《宫词》一百首。

　　宫怨题材，在唐人诗中多见之，著名者有王昌龄《长信秋词》五首，以七言绝句形式写宫廷妇女生活。王建《宫词》，首创为大型组诗，以短诗为体，长诗为用，分之为独立篇章，合之则成整体。由于这种形式扩大了小诗的容量，后世纷纷仿效，晚唐五代有曹唐《小游仙诗》九十八首，罗虬《比红儿诗》一百首，胡曾《咏史诗》一百五十首，花蕊夫人《宫词》一百二十首。清龚自珍《己亥杂诗》达三百十五首之多，皆踵事而增华者。故《唐王建宫词旧跋》云："宫词凡百绝，天下传播，效此体者虽有数家，而建为之祖耳。"

　　此首"树头树底觅残红"，因其"意味深婉而悠长"，为宋王安石所独爱。（见《陈辅之诗话》）与其他实写宫闱生活的篇章相较，此首用隐喻手法表达宫怨，确实别具一格。

　　前二句是赋，写春日桃树，树头树底已难见残红，因其花瓣随风飘飞，零落成泥，满树繁花的热闹景象已不复可见。着一"觅"字，益见残花之少，写出凄凉景况。后两句则赋中有比，是以桃花比人，关合宫女境遇。桃树的生物特性是先花后叶，早占春光，故当万花争艳的季节到来时，桃树枝头已一片凋零了。本是物性使然，但诗人却偏说"自是桃花贪结子"，其中就有托物写情的意思。唐代宫女被选入宫，往往有争邀宠幸以图好出路者，不知深宫犹囚狱，宫女幽闭其中，凄凉寂寞伴随一生，美好青春等闲消磨，其命运真是可悲亦复可怜！末句承三句来，意谓桃花应该自恨，而不知者却还会错怪早晨（五更）的清风把桃花吹落了呢！——这分明暗示着宫女自怨自艾的情绪，反映了她们难能可贵的人生体验。"自是"与"错教"一呼一应，无理而颇有妙趣。

全诗造意新巧，含蓄隽永，而如"一片西飞一片东"，脱口而出，是天生好句，转有乐府民歌清新流转的风调。　　　　（方智范）

　　　　　　射生宫女宿红妆，请得新弓各自张。

　　　　　　临上马时齐赐酒，男儿跪拜谢君王。

此诗选取宫女生活中一个独特别致的侧面，读来有清新之气。

射生，射取生物，即打猎。按《新唐书·兵志》："又择便骑射者置衙前射生手千人。"唐代宫中有以宫女为射生手者，对君王而言是一种淫逸生活情趣的调剂，但对宫女来说却别有一种新的意义。宿，换下。红妆，宫女的平日装扮。首句写参加出猎的宫女纷纷卸下红妆，换上戎服，次句写得到新弓，又纷纷开弓试力，两句写出整装待发的热烈气氛，宫女们的喜悦之情已见于言外。临行上马时，君王给宫女一一赐酒，宫女们则仿效赳赳武夫的跪拜动作，齐向君王致礼。那一种巾帼英武气概，宛然如在目前。宫女何以如此喜悦？只因长期幽闭深宫，寂寞难耐，而今能借机走出宫墙，亲近大自然，焉能不喜？

全诗纯用赋体，事显而情隐，但情见于辞，故仍得含蓄蕴藉之致。

（方智范）

张 籍

张籍（约767—约830），字文昌，原籍苏州（今属江苏），移居和州乌江（今安徽乌江），唐德宗贞元十五年（799）进士。宪宗元和元年（806）调补太常寺太祝，十一年（816）转国子监助教。历仕秘书省校书郎、国子博士、水部郎中、主客郎中，官终国子监司业。乐府诗与王建齐名，并称"张王乐府"，古题和自创新题参半，所作多能切中时弊，体发人情。近体亦工。诗风通俗浅近、质而不俚，看似寻常，却深挚精警。有《张司业集》。 (高建中)

野 老 歌

老农家贫在山住，耕种山田三四亩。

苗疏税多不得食，输入官仓化为土。

岁暮锄犁傍空室，呼儿登山收橡实。

西江贾客珠百斛，船中养犬长食肉。

　　伤农夫之困，是安史乱后新乐府的重要主题。这首《野老歌》的特点，主要表现在两个方面：其一，诗人的视野由城郭郊原移至深山僻壤，将焦距对准终年辛劳、却只能以橡栗果腹的山中老农；其二，它是渗透着理性认识的画卷，有别于当时同类作品中习见的唯理主义的申诉。由于前者，此诗具有后来"任是深山更深处，也应无计避征徭"（杜荀鹤《山中寡妇》）的深刻；由于后者，此诗传达出一味疾言厉色所不易达到的沉痛。

诗题一作《山农词》，凡八句。按韵脚转换，可分三层，依诗意章法，则可析解为二。韵意不双转，正是古乐府特色。前六句全在题内盘旋。发唱点明人事，承接叙述遭际。疏疏几笔，概括一年生活，也是山农悲惨人生的浓缩。七、八句从题外生发。其地其人看似与题意无涉，实是奇峰突起，极有光彩。试想，当"珠百斛"的西江客和"长食肉"的船中犬被诗人的"长焦镜"摄取形魂，与"不得食"的力田老农的画面并置时，将会产生什么样的"震荡效应"！这种以简炼笔墨摆明事实便戛然而止、然后用旁骛之笔收侧击之功的技法，在张籍乐府诗中常有成功的运用。

在这首诗里，诗人对现实的洞察力和对人事的主观评价，不依凭叙述中穿插议论的方法，主要是通过一系列形象的对比表现出来的。如"苗疏"和"税多"，"不得食"和"化为土"，山农的贫困和富商的奢侈，等等，不躁不火，平易冷峻。至于从农商比照来透析不合理现实的思路，在张籍的诗歌中并非仅此一篇（又如《贾客乐》）。它固然是"贾雄伤农"社会问题的真实反映，同时也不排除传统思维积淀的存在。

（高建中）

节 妇 吟

君知妾有夫，赠妾双明珠。

感君缠绵意，系在红罗襦。

妾家高楼连苑起，良人执戟明光里。

知君用心如日月，事夫誓拟同生死。

还君明珠双泪垂，恨不相逢未嫁时。

题下原注："寄东平李司空师道。"平卢淄青节度使李师道，是当时拥兵自雄、炙手可热的藩镇。东平，即郓州，节度使府治所在。李师道加"检校司空"衔系元和十一年（816）事，三年后，部将刘悟杀李师道，归顺朝廷。此诗当作于元和十一年（816）至十四年（819）间。其时，张籍正陷于十年不改旧官衔、长安多病无生计的困境之中，但他决不趋附强藩、谋求进身。本篇即为婉拒李师道拉拢而作。以《节妇吟》为题，其志自明。

通篇托喻，是此诗的主要特征。表层妇女题材与深层士人情怀的比附契合，构成了言此意彼的应对关系。这种选择固有接受《楚辞》传统的因素，更取决于达情的现实需要。题面铺写"还珠"，诗底实为"却聘"。"良人执戟明光里"，"事夫誓拟同生死"，供职朝廷、心属中央之志不移；面对割据势力明"知妾有夫"仍"赠妾双明珠"的"缠绵意",却又不敢峻拒。如何委婉而坚定地表明自己的态度,自然成为诗人进入创作时的第一考虑。以男女情事写政治操守的托喻体,既使表述的情志得以缓冲,又为它提供了最为细腻熨帖的形式。由"感"而"系";终"还"而"恨"。其间几多曲折,几多层深!张籍"专以道得人心中事为工"(张戒《岁寒堂诗话》卷上)的长技,于此得到了淋漓尽致的展示。然而,诗中展示的情景又是虚拟的,它只是一套传达言外之意的对应符号,并不要求时空上的具体实在感。诗人没有抹去脱胎《陌上桑》《羽林郎》的痕迹,或有着眼于内涵沟通的用意,亦为构筑虚拟情景所允许,似不必多施褒贬。"恨不相逢未嫁时"之所以成为撩拨千古读者心弦的名句,在于它无意中道出了一个深刻的人生母题:爱的呼唤及其经常面临的现实困境,从而获得了超越原作立意的永恒魅力。

(高建中)

夜到渔家

渔家在江口，潮水入柴扉。

行客欲投宿，主人犹未归。

竹深村路远，月出钓船稀。

遥见寻沙岸，春风动草衣。

题一作《宿渔家》。暮夜投宿，乃是行客的日常生活，也是行旅诗的习见题材。这首五律之不落凡俗处，一在情景，二在构思。行客投宿，以驿馆村舍、山居野店为常。江口渔家，似鲜被摄入诗境。此诗则款款道来，展现了同类诗中较少见到的画面，写居处、环境、劳作、身影，其景清新，其情殷殷。"夜到渔家"，意在求"宿"。诗人截取的是"到"后"宿"前的时间片断，近察远眺的视线，连结着抒情主人公等候和期待的心波。"行客欲投宿，主人犹未归"是一篇之主。全诗均由此规定情境生发。独特的选择，开拓了摆落故常的新境界。

这种新境界的氛围营造，还得力于"水部近律，专事平净"（徐献忠《唐诗选脉会通评林》）的艺术个性。诗人起首即直扑本题，免去了兼示行程的前伸笔墨。明写"渔家"，"到"字已在其中，并逗出主人未归之意。再通过"欲投宿"暗点、"月出"扣实，补足题中"夜"字。既平易省净，又从容绵密。后四句表面看来纯系景语，但它从颔联提示的特定背景转出，故不难体味其心理内蕴。写景写心，一笔双钩，又不露圭痕。先写地处僻野、远离村落，时间已晚，未见人归；继写渔舟回驶、寻沙拍岸，风动蓑衣、映入眼帘。诗人由焦灼而欣喜的内心律动，可触可摸，又尽在不言中。整首诗无大起伏、大跳跃，而以平缓的匀速推移，但并无"气缓脉迟"之弊。张籍诗，无论乐府近体，均不以琢炼为工。不过，尾联"遥见寻沙岸，春风动草衣"中的"动"字仍值得注意。它是写物色示心态的范例。

（高建中）

江南春

江南杨柳春，日暖地无尘。

渡口过新雨，夜来生白蘋。

晴沙鸣乳燕，芳树醉游人。

向晚青山下，谁家祭水神？

说到《江南春》，读唐诗者一般会先想到杜牧"千里莺啼绿映红"的那首绝句。其实，任何诗题都足以容纳各异的诗心、才情。张籍的这首五律，也很有特色。

"江南春"是大题，也是泛题。其地既广，其景更繁。用心灵俯仰的眼睛来看空间万象，固是一法（为杜牧诗所采用）；写即目所见的空间实景，也是一种选择（此诗即是）。前者因整体涵括而得"势"，却无法兼具后者征实观察所得之"切"。新雨过后的渡口水滨，是诗人足之所历；白蘋、乳燕、晴沙、芳树，乃诗人目之所接。这目接身受的现实之景，无不附丽着诗人心灵的吐纳。正是安恬宁适的心境，才会使诗人注视并欣赏"江南春"中这一派充盈生机的和谐。柔和熨帖的情绪节奏，也外化为此诗的结构形式。首联应题，平实无波。二、三两联，就"日暖""无尘"，顺势下笔。随着时空同步展现的画面推移，诗人也由观赏而至陶醉。不再站在画外，而是直接进入画内。"芳树醉游人"，正是诗人自己的感受和形象。尾联是承上的时空延续，诗人又从画内跳出，回到抒情主体的位置。作者似乎故意拉开间距，辅以摇曳的笔势，传达出亲切而悠闲的情致。张籍的这幅"江南春"，是风景画，也是风俗画。展现人（"游人""谁家"等）与自然融合和谐的存在，乃是它的精神所在。其"平淡可爱"（刘攽《中山诗话》）之真谛，或当于此求之。

（高建中）

西楼望月

城西楼上月，复是雪晴时。

寒夜共来望，思乡独下迟。

幽光落水堑，净色在霜枝。

明日千里去，此中还别离。

天宇朗月，遍照人寰。当诗人的目光凝注于它的时候，常常伴随着万种情愫。"望月"诗，还不同于一般"咏月""玩月""赋月"之作，更要求抒情主人公自身情感的真切投入。这首诗抒写了离开羁旅客地前夕，具有多重意味的乡情。时值雪晴寒夜，地在城上西楼（题一作《登城望月》），诗境清幽，思致绵长。

全篇贴题缓起，一仍张籍五言律体章法之常。前四句已伸足题面，一字不遗，又都安放自然。清晖本自澄澈，何况晴雪晶莹，"复是"二字，使平实中增加了力度。明点"思乡"，绾入"望月"。"望月"由"思乡"而起，"思乡"因"望月"而深。互为因果，互相推衍。故共来独下，留连不去。独下既迟，遂顺势转入目之所接，五、六句从眼前景物，再为"月"敷色。七、八句上缴"思乡"，宕开一笔，翻出一层。此乃诗人"望月"之规定情境，暗寓诗人"思乡"之独特内涵。

尾联托出了全诗精神。舍此，则纵有写景清句，亦不过是"望月""思乡"的熟题常篇。现在不然，诗人客居异地，愁思原已沉重，如今又将告别久居的客地，故乡之思未了（细玩诗意，此行非为归程），却因新的别离更增添了新的乡愁。行前月夜登城，满目幽光，"水堙"（护城河）、"霜枝"，也将远隔千里。两种乡情。诸般离愁，触绪纷来。始知"思乡独下迟"一语决非泛泛。清人冯舒称"末句即'却望并州是故乡'也"。参之刘皂七绝《渡桑乾》："客舍并州已十霜，归心日夜忆咸阳。无端更渡桑乾水，却望并州是故乡。"诗境确有相通处，但与刘诗明言直说不同，"明日千里去，此中还别离"。语虽宽和，情却深永。无奈、依恋、惆怅之情，均从"还"字中隐隐透出，自具特色。另外，此诗"望月"，不在月轮，专写月色。诗人的情致与视域，主要不是向苍穹延展，而是向内心沉潜。颈联"落"字，正可体味其与深静之思合若符契的妙处。

（高建中）

蓟北旅思

日日望乡国，空歌白纻词。

长因送人处，忆得别家时。

失意还独语，多愁只自知。

客亭门外柳，折尽向南枝。

羁旅易生乡愁，长期处于失意蹉跎境遇的张籍，尤谙个中况味。作于滞留蓟北（唐代蓟州治所在今天津蓟县）期间的这首五律，又题为《送远人》。诗中如实地记录了思归无计、乡情难抑、送客长亭、更添愁怀的情感体验。

此诗就题直陈，开首即说旅思。"望乡国""歌白纻"（白纻词，吴地歌曲，诗人故乡之歌也），怀乡之心跃然；因其归计难成，故又着一"空"字，愁苦情状如见。二联以下，转从客中物色环境的引发、催化着墨，再写失意孤独的羁旅愁思。南枝尽折，归人多矣；惟我羁留，何以释怀！落句结出"蓟北"，含情于言外，收束于无形。

本篇历来颇受赞誉，有人推许为"张司业集中第一首诗"（方回《瀛奎律髓汇评》）。"第一"虽未必，然其妙处要在"叙情最切"（唐汝询《唐诗解》），将自己确曾深刻体验过的情感，连同其生长背景（诱因和环境），诉诸醒豁直寻的叙述性语言，是张籍诗歌最习用也是最擅长的表现手法。这种"叙情"的艺术魅力，在于常能激起欣赏者著我先鞭、深得我心的共鸣。凡有离家远行经历、又身处送别环境的人，读到"长因送人处，忆得别家时"两句，恐怕大都会因自己心中虽曾有、笔下却未能而感慨吧！在常人常态中感而未觉、隐而不彰的人情恒有之事，经诗人淡语拈出、一笔点醒，便获得了恒久而弥新的艺术生命。方回盛赞"真佳句"（《瀛奎律髓》），其"佳"在"最切"。如果撇开对实境实感的准确把握和典型呈示，"叙情"就易浮泛，沁人心脾的力量亦随之锐减。此诗五、六句"失意还独语，多愁只自知"，其不足即在此。因肤廓，而"未免弱"（纪昀语）。其中得失，当深思之。

(高建中)

蛮 中

铜柱南边毒草春，行人几日到金潾。
玉环穿耳谁家女？自抱琵琶迎海神。

　　唐以前，以中原华夏为本位者，称川、黔、滇、两广等地区及其土著居民为"蛮"。唐人诗笔开张，写南荒民俗风物者却不多。张籍集中则有两篇笔调清新自然的佳制，这是其中之一。

　　诗为七言绝句，前两句坐实"蛮中"之地，后两句描写"蛮中"所见。东汉马援南征，"到交趾，立铜柱为汉之极界"（《后汉书·马援传》）。金潾亦为交趾地名。"南边""几日"，从时空二维限定，复拈出"毒草"概言自然环境，极言地域之荒远。"春"字既明节令，还予人以郁勃着原始生机的联想。在交代背景、布置氛围之后，遂以实笔转写"所见"，推出一幅迎神风俗的素描式特写。情调大异中土，画面极富动感。这首诗在写法上对民俗、风光作了实此虚彼的处理，没有采用叠印、映衬的方法（如刘禹锡《竹枝词》），而对风俗画主体的人物，则有更精当的勾勒。"谁家""自抱"云云，既使笔势有了变化，也为诗情增添了几分亲切。

（高建中）

秋　思

洛阳城里见秋风，欲作家书意万重。

复恐匆匆说不尽，行人临发又开封。

清末王闿运有语云："无所感则无诗，有所感而不能微妙，则不成诗。"（《论诗法》）对于涵蕴比较单纯的诗篇来说，能否"微妙"地传达"所感"，乃是成败优劣的关键。古人抒情短章中以秋思为题者众矣。

这首七绝，就内容言，也是抒发同题作品中的常规情感：游子思亲。张籍皖人，祖籍吴郡，其时客居洛阳，又见秋风，遂生乡思亲情。前两句仍属从境遇着笔、由触媒引发的习见思路。后两句若步步相连，粘滞于"意万重"而刻意形容、正面铺陈，则恐不易收到现在的这种效果。此诗的佳处，在于有意识地回避了"意万重"的具象状摹，准确地捕捉了"意万重"的心理体验。"复恐匆匆说不尽，行人临发又开封"，这是一种基于常态又异乎常态的微妙心理的如实写照，"恐"字最堪回味。它点明"临发又开封"的动作，并不是因遗漏而补笔的实在需要，所包孕的主要是书不尽意的自我感觉。生怕未写尽，总觉说不完，惟恐有遗漏，诗人不但锐敏地把握住寄发家书时的心灵律动，而且成功地找到了使之外化的直觉造型。这正是令"盛唐巨手到此者亦罕"（潘德舆《养一斋诗话》）的重要原因。　　　　（高建中）

凉 州 词

（三首选一）

凤林关里水东流，白草黄榆六十秋。
边将皆承主恩泽，无人解道取凉州。

张籍一生蹭蹬，未忘忧国。西北边事，始终牵动着他的诗情。
《凉州词》三首（此为其三），约作于唐敬宗宝历元年（825）前后，
抒发了暮年诗人的郁愤悲凉。安史乱后，吐番乘隙进扰，"日蹙边
城……堙没者数十州"（《旧唐书·吐番传》），唐凉州亦由长安屏障
易为吐番重镇。唐朝边将却坐拥高牙、恃宠渎职，骄纵扰民、不思
恢复。六十载岁月流逝，失土未收之情景依然。这就是张籍写这首
诗时所面对的时局，也是诗中所揭示的历史和现状。

诗笔从地理物貌切入，然后转出指陈时事之正意。托举史实，
蕴含民情，暗寓唱叹。边民内移，如"水东流"，或示"胡马""越
鸟"之深意；土地荒芜，"白草黄榆"，更见岁岁秋老之悲凉。"皆"
与"无人"对举，可读出诗人的强烈感愤；"凤林关里"四字，也积
聚着无数惨痛史实。（按，凤林关在今甘肃临夏西北，系凉州失陷后
唐与吐番的交界处。）盛唐《凉州词》所特有的雄阔境界、慷慨情
调，在这里已不复可见。以《凉州词》咏凉州事，自比一般边塞诗
题更为剀切；于平实中见奇警，则也是显而易见的特点。　　（高建中）

令狐楚

令狐楚（766—837），字殼士，自号白云孺子，宜州华原（今陕西耀县东南）人，祖籍敦煌。德宗贞元七年（791）进士。宪宗时累擢知制诰，又召为翰林学士，进中书舍人。元和中任宰相。敬宗时入朝为尚书左仆射，卒于山南西道节度使任。工诗，长于乐府，与白居易等唱和，刘禹锡称其"新成丽句开针后，便入清歌满坐听"（《重酬前寄》）。《全唐诗》存其诗一卷，五十九首。（方智范）

少 年 行

（四首选一）

弓背霞明剑照霜，秋风走马出咸阳。

未收天子河湟地，不拟回头望故乡。

《少年行》原诗四首，此其一。

唐安史乱后，黄河、湟水两水汇合的河西、陇右一带，当时称河湟之地，被吐番侵占，沦陷数十年未收复，成为朝野的一大心病，故时人每于诗中吟咏此事。此诗从一个侧面表现了当时有志者誓欲收复失地的强烈呼声。

前两句写少年出征的形象。弓、剑皆少年身上所佩武器，写弓、剑以"霞明""照霜"形容之，光辉熠熠耀眼，其精良锐利可知，写武器即所以写人，少年意气已隐然可见。次句"秋风"点时令，"咸阳"点出发之地。秋风劲吹，秦中少年走马出城，远征河湟，神采意气，何等飞扬！后两句承写少年誓愿：河湟乃天子之地，收复失地，匹夫有责，若此志不售，誓不还乡！不正面述志而反言之，"未收""不拟"，俯仰呼应之间，益见声情壮烈，掷地有声。

王维亦有《少年行》组诗四首，写"咸阳游侠多少年"，表现其勇猛献身精神，令狐楚此诗显然欲趾美而继芬，其形象鲜明、语句凝练，与王维诗同；而借旧题注入重大时事内容，又是其新意所在。

（方智范）

畅 诸

畅诸（生卒年不详），河东（今山西永济）人。盛中唐间人。《全唐诗》录存其诗唯《早春》一首，《登鹳雀楼》归入畅当名下，误。 （高建中）

登鹳雀楼

迥临飞鸟上，高出世尘间。

天势围平野，河流入断山。

　　此诗宋《墨客挥犀》所录止此四句，《全唐诗》钞录而误入畅当名下。又敦煌伯三六一九号卷，则录为五律八句，此为中四句，文字有异同，而全诗大不及此。或伯卷所录为全稿，而后人摘此四句；或原有八句，而作者改为四句，无可详考。今以约定俗成，选此四句一体，并录八句者于篇末备参。

　　曾经雄踞于山西蒲州城西南黄河中高阜处的鹳雀楼，以其自身的巍峨和"前瞻中条，下瞰大河"（沈括《梦溪笔谈》）的地理环境，吸引着唐代的登临者。宏阔的视野、浩茫的景色，既催发着濡墨挥毫的诗情，也测试着他们是否具备与之相侔的胸襟和才力。唐人关于鹳雀楼的题咏甚多，在这个问题上未能都缴出满意的答卷，或许是佳制寥寥的原因之一。

这首五绝的成功，则正在于"能状其景"（沈括《梦溪笔谈》）。前二句，摄取了彼时彼地最习见的参照物，以主体感受极言楼高。虽然它也确有海涵地负的胸臆和神气清朗的情怀。但是，诗人似乎过于匆忙地将浅层感知未经熔炼便移入纸面，所以也就难以跃出普泛的旧辙。在其他诗人笔下，屡见类似的表述。后二句就不同了。诗人经过静观默察，出色地把握住眼前山河的特点。那苍峦四围，河水奔腾、地脉中开、流入断山的天造奇景，显示着既磅礴浩荡、又沉雄坚毅的自然伟力，同时，也勾勒出诗人心态的投影。如大匠运斤，虽或闻刻削之声，却造就了凝重劲健之风，无愧于"雄浑绝出"（胡应麟《诗薮》）的赞辞。就内容格局言，此诗属于登临之作中最基本的范式，前虚后实，其重心定位于展布所见景色。较之情境哲理相融者（如王之涣的同题名篇），或许稍逊艺术张力。它也不以意气鼓荡取胜，若因三、四句不用流水对而责其板滞，则未免过苛。

附伯三六一九所录《登鹳鹊楼》（见《全唐诗外编》）：

城楼多峻极，列酌恣登攀。迥林飞鸟上，高榭代人间。
天势围平野，河流入断山。今年菊花事，并是送君还。

（高建中）

崔 护

崔护（生卒年不详），字殷功，博陵（今河北定州）人。唐德宗贞元十二年
（796）进士，终岭南节度使。《全唐诗》录存其诗六首，可以确认者仅《晚（汲
古阁本作"晓"）鸡》《山鸡舞石镜》《题都城南庄》三首。后者曾被援为"诗家
三昧，直让唐人独步"（施闰章《蠖斋诗话》）的示例。 （高建中）

题都城南庄

去年今日此门中，人面桃花相映红。
人面不知何处去，桃花依旧笑春风。

孟棨《本事诗·情感》："博陵崔护，姿质甚美，而孤洁寡合。
举进士下第。清明日，独游都城南，得居人庄。一亩之宫，而花木
丛萃，寂若无人。扣门久之，有女子自门隙窥之，问曰：'谁耶？'
以姓字对，曰'寻春独行，酒渴求饮'。女入，以杯水至，开门设
床命坐，独倚小桃斜柯伫立，而意属殊厚，妖姿媚态，绰有余妍。
崔以言挑之，不对，目注者久之。崔辞去，送至门，如不胜情而
入。崔亦眷盼而归，嗣后绝不复至。及来岁清明日，忽思之，情不
可抑，径往寻之。门墙如故，而已锁扃之。因题诗于左扉曰：'去
年今日此门中……'"
　　然而，此诗的魅力并非倚托传奇性的"本事"方能存在。作为

抒情短制（七绝），虽通过“去年”“今日”对举，构成了以“人面”“桃花”为中心的不同场景，但它舍弃了勾勒和描述的笔墨，并虚化了场景中的全部征实细节。令诗人怦触兴感的具体事由（不必拘泥《本事诗》所云），被推到了实存而不必确指的背景位置，从而使邂逅艳姝、重寻不见的一己遭际，升腾为非仅属于个人的艺术情感。可于无意中遇之，却不能于有意中求得的怅惘酸涩，乃是人生驿路中的一种普遍性体验。此外，诗中的“桃花”，亦已超越写实、比喻、陪衬的层次，它是对象、青春的物化，是恋情、心曲的见证。它透析出诗人失落的心态，蕴含着内敛而无限延伸的情感涟漪，具有创造精神氛围的象征意义。从诗题和背景材料来看，大体可以认定这是一首即兴之作，不必以精致玲珑相绳，唯其“一口直述，自然入微”（施闰章《蠖斋诗话》）所以不见技巧痕迹。

（高建中）

薛 涛

薛涛（？—832），字洪度，长安（今陕西西安）人。幼时随父入蜀，父死沦为乐妓。辩慧工诗，历事十一镇，时称"女校书"。晚居浣花溪，创制深红色小笺写诗，人称薛涛笺。其诗相传有五百首，编为《锦江集》五卷，今不传。另有明人所辑《薛涛诗》一卷，收诗八十多首，诗风清新，抒情细腻，颇多本色语。后人又将她与李冶的诗合辑为《薛涛李冶诗集》二卷。　　　　　（陈文华）

罚赴边有怀上韦令公

（二首选一）

闻道边城苦，而今到始知。

羞将门下曲，唱与陇头儿。

　　此诗是薛涛被罚赴松州（今四川松潘）军营中时献给韦皋的。韦皋自贞元元年（785）任剑南西川节度使，镇蜀二十一年，曾以功加兼中书令，故称令公。薛涛以乐妓身份出入韦皋幕府，虽仗诗才敏捷受到赏识，终因地位卑下难逃责罚，这首诗就是这位女诗人卑微屈辱生活的自我写照。

　　"边城"指唐与吐蕃交界处的军事重镇松州。边城的自然条件和生活环境本来就很艰苦，贞元十七年（801），吐蕃北攻灵、朔，韦皋遣部在此与吐蕃交战，战争的烽烟又给它蒙上了恐怖的色彩。

薛涛是一个常年在玳筵绮席上侍酒赋诗的娇弱女子，虽早就听说过边城之"苦"，毕竟难以想象其"苦"的程度，一朝获罪遭罚，身历其地，心苦加上身苦，其凄苦、哀怨、惶恐、思归之情是可想而知的。献诗不言己之苦，只言边城苦，是其含蓄处。

三、四句借唱曲陈情，切合乐妓身份。表面上说节镇华宴上的侑酒行乐之曲不宜在锋镝余生的边防将士面前演唱，弦外之音是希望令公念昔日门下唱曲之情，赦罪放归。一个"羞"字，既指过去的无知而言，又为今日的处境而发，可谓曲尽其情。

全诗短短四句，写得细腻而又婉转，确实堪称"有讽喻而不露"（杨慎《升庵诗话》），"别是一番哀怨"（钟惺《名媛诗归》），所以深得后人赞赏。

（陈文华）

筹 边 楼

平临云鸟八窗秋，壮压西川四十州。
诸将莫贪羌族马，最高层处见边头。

　　这是薛涛忧心国事的名作。筹边楼在成都西郊，大和中李德裕任剑南西川节度使时所建。楼高便于登览，楼壁绘有边防地形、蛮夷险要，以供筹画边事时参考。楼名"筹边"，正是为了突出其战略意义。

　　诗的前二句用夸张手法写楼："平临云鸟"，状其高，"八窗秋"言其敞，"壮压"句则不但写出了筹边楼俯视全蜀的雄伟气势，而且暗示了它是西川四十州的军事指挥中心，这一句有承上启下的作用。

　　后二句转入对当时军事形势的议论。由于边将贪婪掠夺党项羌的羊马，羌人不胜其苦，相率反抗，边界烽火时起，连成都也常常受到战争的威胁。诗人深以为忧，故借登览所见，以教戒的口气，指出边患的根源、边情的险恶，意在警醒诸将，平息"边头"烽烟。末句仍归结到登览，显得首尾相应，章法谨严。

　　全诗熔议论、描写、叙事于一体，气象壮阔，笔力雄健，识见过人，托意深远，确实"非寻常裙屐所及，宜其名重一时"（纪昀《纪河间诗话》）。

（陈文华）

韩 愈

韩愈（768—824），字退之，河南南阳（今河南孟县）人。贞元八年（792）登进士第，三上吏部而无成。由节度推官累迁监察御史，贞元末因上书触怒权要，贬阳山令。量移江陵，元和初召拜国子博士，以讨淮西有功，迁刑部侍郎，元和十四年（819）因谏迎佛骨再贬潮州刺史。穆宗即位，召还拜国子祭酒，官至吏部侍郎，京兆尹。卒谥文。世称韩吏部、韩文公，又因其郡望，称韩昌黎。韩愈以孔孟道统继承者自任，慷慨有大气。既与柳宗元共创古文运动，"文起八代之衰，而道济天下之游"（苏轼《潮州韩文公庙碑》）；又与孟郊共创韩孟诗派。诗擅五、七言古，上法三代两汉诗，下取大谢老杜之骨鲠、明远太白之风神，复以文法入诗，力大思雄，硬语盘空，以生新为奇崛，纵横挥斥以达其气。开创险怪诗派，与元白之浅切同为元和诗变主要表现，于宋诗影响尤著。叶燮《原诗》论云："韩愈为唐诗之一大变，其力大，其思雄，崛起特为鼻祖，宋之苏、梅、欧、苏、王、黄，皆愈为之发端。"然生涩险怪处亦颇示后人流弊。有《昌黎先生集》。

（赵昌平）

南 山 诗

吾闻京城南，兹惟群山围。

东西两际海，巨细难悉究。

山经及地志，茫昧非受授。

团辞试提挈，挂一念万漏。

欲休谅不能，粗叙所经觏。

尝升崇丘望，戢戢见相凑。

晴明出棱角，缕脉碎分绣。

蒸岚相颎洞，表里忽通透。
无风自飘籭，融液煦柔茂。
横云时平凝，点点露数岫。
天空浮修眉，浓绿画新就。
孤撑有巉绝，海浴褰鹏噣。
春阳潜沮洳，濯濯吐深秀。
岩峦虽嵂崒，软弱类含酎。
夏炎百木盛，荫郁增埋覆。
神灵日歊歔，云气争结构。
秋霜喜刻轹，磔卓立癯瘦。
参差相叠重，刚耿陵宇宙。
冬行虽幽墨，冰雪工琢镂。
新曦照危峨，亿丈恒高袤。
明昏无停态，顷刻异状候。
西南雄太白，突起莫间簉。
藩都配德运，分宅占丁戊。
逍遥越坤位，诋讦陷乾窦。
空虚寒兢兢，风气较搜漱。
朱维方烧日，阴霮纵腾糅。
昆明大池北，去觑偶晴昼。
绵联穷俯视，倒侧困清沤。

微澜动水面，踊跃躁猱犿。

惊呼惜破碎，仰喜呀不仆。

前寻径杜墅，坌蔽毕原陋。

崎岖上轩昂，始得观览富。

行行将遂穷，岭陆烦互走。

勃然思坼裂，拥掩难恕宥。

巨灵与夸蛾，远贾期必售。

还疑造物意，固护蓄精祐。

力虽能排斡，雷电怯呵诟。

攀缘脱手足，蹭蹬抵积甃。

茫如试矫首，堁塞生怐愗。

威容丧萧爽，近新迷远旧。

拘官计日月，欲进不可又。

因缘窥其湫，凝湛闵阴兽。

鱼虾可俯掇，神物安敢寇？

林柯有脱叶，欲堕鸟惊救。

争衔弯环飞，投弃急哺鷇。

旋归道回睨，达栟壮复奏。

吁嗟信奇怪，峄质能化贸。

前年遭谴谪，探历得邂逅。

初从蓝田入，顾眄劳颈脰。

时天晦大雪，泪目苦矇瞀。

峻途拖长冰，直上若悬溜。

褰衣步推马，颠蹶退且复。

苍黄忘遐眄，所瞩才左右。

杉篁咤蒲苏，杲耀攒介胄。

专心忆平道，脱险逾避臭。

昨来逢清霁，宿愿忻始副。

峥嵘跻冢顶，倏闪杂鼯鼬。

前低划开阔，烂漫堆众皱。

或连若相从，或蹙若相斗。

或妥若弭伏，或竦若惊雊。

或散若瓦解，或赴若辐辏。

或翩若船游，或决若马骤。

或背若相恶，或向若相佑。

或乱若抽笋，或嵲若炷灸。

或错若绘画，或缭若篆籀。

或罗若星离，或蓊若云逗。

或浮若波涛，或碎若锄耨。

或如贲育伦，赌胜勇前购，

先强势已出，后钝嗔逗遛。

或如帝王尊，丛集朝贱幼，

虽亲不亵狎，虽远不悖谬。

或如临食案，肴核纷饤饾。

又如游九原，坟墓包椁柩。

或累若盆甖，或揭若登豆。

或覆若曝鳖，或颓若寝兽。

或蜿若藏龙，或翼若搏鹫。

或齐若友朋，或随若先后。

或迸若流落，或顾若宿留。

或戾若仇雠，或密若婚媾。

或俨若峨冠，或翻若舞袖。

或屹若战阵，或围若蒐狩。

或靡然东注，或偃然北首。

或如火熹焰，或若气饙馏。

或行而不辍，或遗而不收。

或斜而不倚，或弛而不毂。

或赤若秃鬝，或燻若柴槱。

或如龟拆兆，或若卦分繇。

或前横若剥，或后断若姤。

延延离又属，夬夬叛还遘。

喁喁鱼闯萍，落落月经宿。

闾闾树墙垣，岌岌架库厩。

参参削剑戟，焕焕衔莹琇。
敷敷花披萼，阘阘屋摧霤。
悠悠舒而安，兀兀狂以狃。
超超出犹奔，蠢蠢骇不懋。
大哉立天地，经纪肖营腠。
厥初孰开张？僶俛谁劝侑？
创兹朴而巧，戮力忍劳疚。
得非施斧斤，无乃假诅咒？
鸿荒竟无传，功大莫酬僦。
尝闻于祠官，芬苾降歆齅。
斐然作歌诗，惟用赞报酭。

这首长篇巨制的五古，是一首纪游叙事诗，较难读，但却代表了韩诗的“奇崛”本色。这是元和元年（806）秋韩愈在长安写的。是年六月，韩愈自江陵召还京师任国子博士，虽然官卑职微，但唐人重内职，到底是京官，所以心境稍微舒畅一些；另外，作为国子监一名中层学官，职务清闲，因而有更多的机会耽于山水之乐，尽情地领略自然美景。

这诗写韩愈三次游南山的经历：第一次是贞元十八年（802）前后任京职时，当时他三十几岁，意气旺盛，专心政教，无暇长游，虽曾远处观望，却未能深入胜境。第二次是贞元十九年冬十二月，时由监察御史远贬岭外阳山，途经蓝田入南山，但朝廷催逼，心境懊丧，加以天寒地冻，跋涉维艰，因而知难而退，亦不果游。第三次是写诗时的元和元年，因境况不同，体会各异，同一南山，彼时冰天雪地，行者蹒跚困苦，视为畏途；如今秋高气爽，宿愿得以实现，攀登峰巅，极目四望，仪态万千，美不胜收。山水虽一，风景依旧，但此一时彼一时也。诗人通过记叙三次游历的所见、所闻与所感，形象地描绘了终南山的雄奇恣纵和光怪陆离，并赋予自然以精神，从而表现出对于祖国壮丽河山的向往与热爱。

诗共一〇二韵，二〇四句。虽是采取散文记游的叙事章法，以时序来铺展，但夹叙夹议之中不乏抒情之笔，结构繁复，大段落中套小段落，环环相扣，变化多端，足见组织营构之功。

诗分五大段。开篇十句是第一大段，叙作诗缘起，以心向往之虚冒开局，统领全诗，入手气概不凡。

从"尝升崇丘望"至"峙质能化贸"八十四句是第二大段，回叙第一次出游经过。大段落中又自有始末，分为前后两半。从"尝升崇丘望"至"顷刻异状候"为前半部分，写瞻望所见，中间可再分三小段："海浴褰鹏噣"以前十四句总叙南山的形势大概；自"春阳潜沮洳"至"亿丈恒高褒"，述四时变化；"明昏无停态"二句作一小收束。可见即在第二段的前半部分，也具开合呼应的谨严章法。从"西南雄太白"至"峙质能化贸"为后半部分，写直入南山，观江山形胜，叙初往登陟，叹迷失道途，因为"拘官计日月"，未登其巅，不果其游。其中"西南雄太白"以下十句，概叙南山峰岩崛起，高无其副；以下四十二句分六小段，写进山见闻，如徐震

《南山诗评释》云:"'昆明大池北'至'仰喜呀不仆',言登山之前途中景物也;'前寻径杜墅'至'始得观览富',言自山麓上跻之所见也;'行行将遂穷'至'雷电怯呵诟',言山中群岭缪辖,开而复合,极奇险也;'攀缘脱手足'至'欲进不可又',言上跻既难,遂至失道,不获更进也。'因缘窥其湫'至'投弃急哺毂',言便道视清湫景物也。'旋归道回睨'至'峙质能化贸',言归途之所见也。"层次极其清晰。

从"前年遭谴谪"至"脱险逾避臭"是第三大段,回忆南贬经过,邂逅探游,二次进山,因冰雪塞途,加以心绪恶劣又不果于游。层层顿挫,引而不发,以带出下面主题段落的万千景象。

自"昨来逢清霁"至"蠢蠢骇不懋"是第四大段,写第三次登山,是最精彩的主题段。前六句概括描述,登山成功,豁然开朗,于是以"烂漫堆众皱"为纲领,纲举目张,引出了下面那著名的五十一个"或"字句,以画家笔墨,状南山之灵异缥缈、光怪陆离如在目前;复用"延延""落落"等十四个叠字,如骏马注坡,势不可遏,使登山之游达到了高潮。

最后"大哉立天地"以下十四句是第五大段,以颂辞作结,末尾"斐然作歌诗"二句,明作诗之意,既戛然收拢,又与开篇首尾呼应,气脉一贯,构成了酣畅淋漓的雄伟态势。

在韩诗中,《南山诗》是"以文为诗"和以诗为"戏"的代表作,诗史上颇有争论。人们常拿它与杜甫《北征》相比以判其优劣。《潜溪诗眼》曾提到一件事:"孙莘老尝谓老杜《北征》胜退之《南山》,王平甫以为《南山》胜《北征》,终不能相服。山谷(黄庭坚）尚少，乃曰：若论工巧，则《北征》不及《南山》；若书一代之事，以与国风雅颂相为表里，则《北征》不可无，而《南山》虽不作无害也。二公之论遂定。”其实，包括黄庭坚的意见在内，都受传统儒家诗教论影响，主要从文学与现实、诗歌与政治的关系着眼立论。《南山诗》以诗为“戏”，寓抒情于叙事，在描绘江山胜景的同时，充分体现出诗人那独特的审美情趣。这样的“戏”，感情是健康的，没有直接描写政治国事的艺术不必低一等。韩愈对诗歌与“古文”的态度不尽相同，对“古文”强调明道，对诗歌则有“多情怀酒伴，余事作诗人”（《和席八十二韵》）之论，“余事”云云，不必尽关乎风雅政教也，这是对于诗歌艺术独立倾向的一种积极肯定。这样以诗为“戏”，有很高的审美价值，所以欧阳修《六一诗话》说：“以其资谈笑，助谐谑，叙人情，状物态，一寓于诗而曲尽其妙。”至于“以文为诗”的散文化倾向，如连用五十一个“或”字句，不仅受到散文影响，同时也受到《诗经·北山》及辞赋影响，比物取象，尽态极妍，在艺术境界上自有一定的开拓之功。但逞才炫博，怪语叠出，僻字堆积，用韵险窄，以成洋洋长篇，步其后尘者，每多功力不逮，以至平铺直叙而枯索曼冗，其始作俑者，韩愈难辞其咎。还有，五十一个“或”字句，摄取自然景观中怪奇变幻的一面入诗，创造了“狠重奇险”的艺术境界，描摹精细，渲染夸张，想象奇特，姿态横生，构成了一种令人悬心窒息的瑰伟奇美，使人在激动惊呼中得到特有的审美享受。但是，创作者如一旦失手，则有前功尽弃之虞，后之继者，不可不慎。最后，让我们借用古人的艺术评价作一总结：“读《南山诗》，当如观《清明上河图》，须以静心闲眼，逐一审谛之，方识其尽物类之妙。又如食五侯鲭，须逐一咀嚼之，方知其极百味之变。昔人云赋家之心，包罗天地者，于《南山诗》亦然。"　　　　　　　　　　（蒋　凡）

荐 士

周诗三百篇，雅丽理训诰。

曾经圣人手，议论安敢到？

五言出汉时，苏李首更号。

东都渐弥漫，派别百川导。

建安能者七，卓荦变风操。

逶迤抵晋宋，气象日凋耗。

中间数鲍谢，比近最清奥。

齐梁及陈隋，众作等蝉噪。

搜春摘花卉，沿袭伤剽盗。

国朝盛文章，子昂始高蹈。

勃兴得李杜，万类困陵暴。

后来相继生，亦各臻阃隩。

有穷者孟郊，受材实雄骜。

冥观洞古今，象外逐幽好。

横空盘硬语，妥帖力排奡。

敷柔肆纡余，奋猛卷海潦。

荣华肖天秀，捷疾逾响报。

行身践规矩，甘辱耻媚灶。

孟轲分邪正，眸子看瞭眊。
杳然粹而精，可以镇浮躁。
酸寒溧阳尉，五十几何耄？
孜孜营甘旨，辛苦久所冒。
俗流知者谁？指注竞嘲慠。
圣皇索遗逸，髦士日登造。
庙堂有贤相，爱遇均覆焘。
况承归与张，二公迭嗟悼。
青冥送吹嘘，强箭射鲁缟。
胡为久无成？使以归期告。
霜风破佳菊，嘉节迫吹帽。
念将决焉去，感物增恋嫪。
彼微水中荇，尚烦左右芼。
鲁侯国至小，庙鼎犹纳郜。
幸当择珉玉，宁有弃珪瑁？
悠悠我之思，扰扰风中纛。
上言愧无路，日夜惟心祷。
鹤翎不天生，变化在啄菢。
通波非难图，尺地易可漕。
善善不汲汲，后时徒悔懊。
救死具八珍，不如一箪犒。

微诗公勿诮，恺悌神所劳。

　　这首叙事陈情的五古，元和元年（806）重阳节（九月九日）前作于长安。时韩愈任国子博士。诗系为向前宰相郑余庆推荐孟郊而作。这年六月二十八日，韩愈刚从江陵召还京师。正好孟郊去溧阳尉在京待选，求告无门，久而无成。韩、孟聚会长安，孟郊悲诉自己的遭遇并决定离京返乡。这对有志之士是个沉重的打击。韩愈本身也蹭蹬仕途，因而引起感情共鸣，为孟郊鸣不平。他急朋友之所急，为此而求助于郑余庆。郑虽已罢相，但仍为国子祭酒，关系较多，因而有可能给予提携和帮助。几年后，孟郊果然得到郑氏之助。

　　诗分三段。"周诗三百篇"至"亦各臻阃隩"是第一段。概述中唐以前我国诗歌的发展历史，阐述自己的理论认识。这是由远而近的开篇方法。末尾"后来相继生"二句，是承上启下的转折过渡，以引出下段的孟郊其人其诗。"有穷者孟郊"至"指注竞嘲慠"为第二段，赞美孟郊的才华和诗歌，指责世俗对于孟氏的攻讦，并为其鸣不平。韩愈才高气傲，对中唐诗人，即使名高如元白，也很少称许。而对孟诗却一贯推崇备至（参阅《醉留东野》诗）。于此可见孟诗在贞元诗坛的重要地位。韩称孟诗"横空盘硬语，妥帖力排奡"，是雄奇劲健与平稳流畅的和谐统一。这与前论诗史之注重雅丽而卓荦、清奥，正相统一。其实，这是夫子自道，用来说明韩诗风格更为准确。"圣皇索遗逸"以下是第三段。要求郑余庆为国家关心人才，提携后进，付之行动，以解决孟的困难。这是夹叙夹议、抒发慨叹的总结段落。发展虽稍嫌平易，但脉络清疏，过渡自然，最后"恺悌神所劳"应题作"荐"，开阖布置，自有章法，结构不俗。此外，艺术上有三点值得注意。

一是注重人物形象的刻画。诗题"荐士"，重在写人。但诗人讴歌，主要不在人的外貌，而是着重描绘人的精神气质，以展现其内心世界。如"孟轲分邪正，眸子看瞭眊"，通过眼睛这对人类心灵的窗户，来展现主人公的正直品格。"行身践规矩，甘辱耻媚灶"，写其立身处世，刚正不阿，决不为功名利禄而献媚屈服。简炼的十字，写出了孟郊的高尚节操。抓住有代表意义的生动细节来着力刻画，收到了画龙点睛效果，把孟郊的内心活动，写得十分生动，使人如闻似见。

一是饱蘸激情的浓墨重彩。叙事诗必须有血有肉，诗人的激情犹如生生不息、奔腾变幻的血液，保证诗作充满生命的活力，同时又显现了作者鲜明爱憎的感情形象。如"幸当择珉玉，宁有弃珪瑁？悠悠我之思，扰扰风中纛"，希望当权者分清美玉与石块，不要良莠不分，压抑贤才。但长期的官场生涯，使他感到忧虑，心绪就像狂风中的大旗在猛烈地颤抖。叙事立场鲜明，议论慷慨激昂，感情真挚动人，韩对孟的深厚情谊因此脱颖而出。

一是思想深刻，意在言外。表面是对孟郊个人命运的同情与关怀，但孟郊之事具有一定的典型意义。韩愈通过诗歌形象地展示了唐代文人的悲剧。"俗流知者谁？指注竞嘲嗷"，"救死具八珍，不如一箪犒"，遣辞激愤，用心良苦，对于当时朝廷堵塞贤路、社会扼杀人才是一种有力的抨击与控诉。这就加深了诗歌主题的思想意义。　　（蒋　凡）

秋 怀 诗

（十一首选一）

秋气日恻恻，秋空日凌凌。

上无枝上蜩，下无盘中蝇。

岂不感时节，耳目去所憎。

清晓卷书坐，南山见高棱。

其下澄湫水，有蛟寒可罾。

惜哉不得往，岂谓吾无能？

　　这首五言古诗，写于元和元年（806）秋。当时韩愈在京任国子博士，宰相郑絪等赏识其文才，欲加提携，准备进之以翰林学士。但是流言蜚起，毁谤交至。因此，韩愈为避谗离祸，不得不"主动"要求离开朝廷，以国子博士分司东都。《秋怀》十一首就是在去长安赴洛阳前夕创作的一组抒情诗。这是其中的第四首。作品所反映的是诗人当时政治失意的困境、阴郁压抑的心情，同时又抒发了志士失势、报国无门的悲愤。

　　在艺术上，此诗明显受汉魏古诗影响，采取了传统的比兴手法，虽是直书所见，即事指点，看似平淡，实是千锤百炼，委婉蕴藉，清神高韵，颇有兴味。蒋之翘注引唐汝询曰："此谓宪宗之世，朝政渐肃，宜讨不廷，而己无权，故有是叹。然自任亦不浅。"分析得很有道理。元和初年，宦官专权，藩镇跋扈。宪宗新立，有志于励精图治，国家正当用人之秋。但因权臣当国，朝廷昏昏，致使贤路堵塞，志士失途。诗人本身也深受其害，因而借诗以抨击流俗，抒发感慨、以求心理平衡。韩愈体胖畏热，很怕夏天。但一到秋天，他就精神十足，所以善写秋景秋怀。从自然角度言，秋气萧飒，"上无枝上蜩，下无盘中蝇"，耳目所憎，一干二净，应该是值得欣喜的事。但诗人并不就此停住思绪的流程。一旦为意识流打开了社会人生的闸门，则波澜壮阔，意境深入一层。诗人要求分司东都，离开京师，离谗去祸，耳目清净，犹如避开令人厌烦的鸣蝉和叫人恶心的苍蝇一样。但是，个人的生活离不开社会的制约。诗人一旦离京去国，则将失去"捕杀南山蛟龙"的机会。得失相比，令人感慨万千。陈沆就此分析道："蜩蝇之去，可憎之小者也。寒蛟之蟄，可图之大者也。内而宦寺权奸，外而藩镇叛臣，手无斧柯，掌乏利剑，其若之何！"(《诗比兴笺》)诗人之郁怀真气，上追杜甫。读诗中"其下澄湫水，有蛟寒可蟄"，会心不远，警绝于文字之外，声色之壮，肝胆为醒。

（蒋　凡）

雉 带 箭

原头火烧静兀兀，野雉畏鹰出复没。

将军欲以巧伏人，盘马弯弓惜不发。

地形渐窄观者多，雉惊弓满劲箭加。

冲人决起百余尺，红翎白镞随倾斜。

将军仰笑军吏贺，五色离披马前堕。

这是一首形象性很强的叙事诗，生动地勾画出一幅古代的狩猎图。贞元十五年（799）写于徐州。当时，韩愈作为节度推官随徐泗濠节度使张建封郊外围猎，以实地观感入诗。全诗仅五联十句，是七古中的短篇，但写来却龙腾虎跃，具长篇体制的回环跌宕之势，苏轼读后叹服不已，"尝大字书之，以为妙绝"（洪迈《容斋三笔》）。

开篇一联交待环境，渲染气氛。郊外猎场，驱赶鸟兽的猎火熊熊，"静兀兀"三字，着力渲染了射猎前的紧张心理和静穆气氛。就像决战前的平静，意味着决胜时刻即将降临。这是静中有动，为下面的动态描写蓄势。"出复没"，一作"伏欲没"，朱熹《韩集考异》已辨其误："雉出复没，而射者弯弓不肯轻发，正是形容持满命中之巧，毫厘不差处。改作'伏欲没'，神采索然矣。"分析中的。雉（野鸡）被驱赶，四处逃窜，而猎鹰又从空中威胁其安全，"出复没"三字，极尽野鸡的困窘之态。

第二联正式转入射猎情景，具无限神情与笔墨顿挫。将军，指节度使张建封，他处于核心地位，是作品中重点刻画的人物。当时他统帅的军队封号武宁军，是唐王朝赖以维护东土安全的一支重要力量。歌颂统帅的英武睿智，对于全军将士是一种无形的鼓舞和鞭策。这是诗外之旨。将军不恃匹夫之勇，他"盘马弯弓"，惜箭如金，为的是智取巧胜，不射无把握的箭，就像不打无把握的仗一样。于此可见其非凡气度和深邃思考，张弓未射，而形象已呼之欲出。程学恂《韩诗臆说》云："二语写射之妙，全在未射时，是能于空处得神。"在这里，诗人采取的是欲擒故纵的艺术辩证法。空白处正可吐纳万境，启人联想。

三、四两联，具体写将军一箭中的，矢贯雉体。三联承上写其箭法之巧，用语简炼、准确而生动，如"雉惊弓满劲箭加"句，"惊""满""劲""加"，环环相扣，动作紧凑，难以替代。四联借雉落画其神勇，起落之际，顿觉精神，而"红翎白镞随倾斜"，又为末联的总结作铺垫。"五色离披马前堕"，色彩何其绚丽！将军据鞍仰天大笑，军吏喧腾，全场鼓舞，纷纷喝彩祝贺。围猎活动在热烈的高潮中降下了帷幕，而主帅的矜持之色、得意之态、英武之姿，历历如在目前。朱彝尊《批韩诗》评道："句句实境，写来绝妙，是昌黎得意诗，亦正是昌黎本色。"

综上所述，层次清晰，场面热闹，气势开张，形象如画，是这首诗的主要艺术特色。另外，与韩诗险怪的一面不同，全诗不用典，无怪字，即目叙事，借景抒情，豪迈之气喷薄而出，写来平易流畅、鲜明如画，代表了韩诗的另一种艺术风格。

（蒋　凡）

汴泗交流赠张仆射

汴泗交流郡城角，筑场千步平如削。

短垣三面缭逶迤，击鼓腾腾树赤旗。

新雨朝凉未见日，公早结束来何为？

分曹决胜约前定，百马攒蹄近相映。

球惊杖奋合且离，红牛缨绂黄金羁。

侧身转臂著马腹，霹雳应手神珠驰。

超遥散漫两闲暇，挥霍纷纭争变化。

发难得巧意气粗，欢声四合壮士呼。

此诚习战非为剧。岂若安坐行良图。

当今忠臣不可得，公马莫走须杀贼。

　　这首七言古诗，唐德宗贞元十五年（799）写于徐州。诗题中的张仆射，指张建封，时任徐泗濠节度使、检校尚书右仆射。检校是虚领的荣誉官衔。当时韩愈在张建封幕府任节度推官。他虽职微言轻，但性格率直，一再犯颜谏争，文集中《上张仆射第二书》等文，可以参读，有助于明了诗旨。原来，藩镇割据是中晚唐的社会痼疾，破坏了社会的安定与国家的统一。贞元十五年三月，驻节淮西蔡州的彰义军节度使吴少诚发动叛乱，陷唐州（今河南唐河），杀守将。淮西地处中原腹心，西逼东都洛阳，东南威胁漕运。朝廷虽下诏征讨，但各地军阀割据一方，或拥兵自雄，或征战不力，致使淮西叛军，气焰甚嚣尘上，朝野为之震动。徐州境邻近淮西，张建封又是朝廷视为股肱的封疆大吏。但此时建封已老，耽于玩乐，无心进取。这与韩愈那一贯维护国家统一的政治理想大相径庭。因此责以大义，以诗讽谏，借写走马击球事，委婉地表达了对于顶头上司按兵不动的不满与讥刺，目的是希望他负起责任，为国讨贼。

　　这首叙事诗章法井然。全诗十联二十句，分三个自然段。前六句是第一段，交待时间、地点和背景。"击鼓腾腾"句，渲染了喧腾的环境气氛，为下段走马击球的热闹场面作铺垫。"公早结束来何为?""公"指张建封，"结束"即装束。这句以反诘语气启人思考，以便提出下段。从"分曹决胜约前定"至"欢声四合壮士呼"十句为第二段，生动、细腻地描绘了马球运动，以呼应前段的"来何为"之问。马球，唐时俗称"波罗球"，由波斯（今伊朗）传入中国后，早已成为流行于上层社会的一种游戏或体育运动。作者以生花妙笔，具体描绘了走马击球的生动场面，波澜叠起，扣人心弦，声势夺人，蔚为壮观，艺术上非常成功。最后四句为末段，就击球事生发感慨，笔锋陡转，翻出本旨。诗人虽然承认马球运动也是一种"习战"手段，但对于一军统帅来说，更应该高瞻远瞩，从政治战略着眼，"安坐行良图"，经过深思熟虑，制定平叛的作战计划。如果仅视击马球为游戏，耽于行乐，忘记职责，那就大谬不然了。最后希望张建封幡然醒悟，率军讨叛，报效国家。这不仅是对张建封个人的讽谏，而且是一曲维护国家统一的心灵赞歌。

这首诗的叙事笔法颇受辞赋的影响，写击马球，铺张扬厉，极工尽致；篇末点题，义归讽谏，也是赋家手段。但与汉赋的典重、呆滞及堆垛藻饰不同，诗人是借鉴古人，自铸伟词，笔力遒劲，翻出新意，语言明白流畅，气势雄伟开张，并善于从视、听等角度来塑造艺术形象。写马队入场，"百马攒蹄近相映"，读者似乎亲耳聆听了众马奔驰的杂沓蹄声，声音形象清脆劲健；"红牛缨绂黄金羁"，写马的装饰，色彩鲜艳夺目；"侧身转臂著马腹，霹雳应手神珠驰"，写击球时运动员的矫健机敏，在瞬息万变的动态阵势中捕捉最为生动的一幕，笔墨神采飞扬，动作惟妙惟肖，形象栩栩如生，令人久久不忘。另外，在声韵艺术方面，如翁方纲所分析："廿句中凡七换韵，每韵二句者与四句者相承接转，而意与韵或断或连，以为劲节。"（《七言诗平仄举隅》）以声调助神韵，声情并茂，自有特点。

（蒋　凡）

山　石

山石荦确行径微，黄昏到寺蝙蝠飞。

升堂坐阶新雨足，芭蕉叶大栀子肥。

僧言古壁佛画好，以火来照所见稀。

铺床拂席置羹饭，疏粝亦足饱我饥。

夜深静卧百虫绝，清月出岭光入扉。

天明独去无道路，出入高下穷烟霏。

山红涧碧纷烂漫，时见松枥皆十围。

当流赤足踏涧石，水声激激风吹衣。

人生如此自可乐，岂必局束为人靰！

嗟哉吾党二三子，安得至老不更归？

　　这首七古，精确系年难考：一说是韩愈在徐州时独游而作（王元启）；一说是韩愈南贬岭外（阳山或潮州）时作（王鸿盛）；但多数人据方世举注，以为是贞元十七年（801）七月二十二日的作品，当时韩愈与张建封意见不和，早已离开徐州幕府回洛阳闲居，曾与韩门弟子如李景兴、侯喜、尉迟汾同游洛北惠林寺，诗为纪游而作。据诗意，夜深静卧后的"清月出岭"，为下弦月；涉涧而行，"当流赤足"，为夏天事；均与外集中《洛北惠林寺题名》"贞元十七年七月二十二日鱼于温洛，宿此而归"节令相符。"嗟哉吾党二三子"，与《题名》相应。而不甘"局束为人靰"云云，又与离开徐州幕府寄人篱下的生活相合。故在前二说无法提出确证的情况下，应以乎说为是。

诗题"山石"，乃仿《诗经》取开篇二字为题之例。这是一首融汇了散文技巧的纪游诗。以时间为序，逐层铺写。即目叙事，状物如在目前；寓情于景，抒写淡雅有味，在古代纪游诗中不可多得。

全诗二十句，共分四个自然段。前四句是第一段，写入山到寺的新鲜感受，为末联抒发感慨埋伏笔作铺垫。"僧言古壁佛画好"以下四句为第二段，写山僧热情招待，纯朴的人情之美调动了下面的浓厚游兴。"夜深静卧百虫绝"以下八句是第三段，"夜深静卧"二句，写夜中见闻，这是虚写的神游。"天明独去"以下六句是白天出游，由虚转实，俨然是一幅朝雾山行图：烟霏弥漫，遮没路径，露珠湿衣，游人鼓兴摸索前行；山红涧碧，色彩烂漫，古木参天，蔚为壮观；水声激激，抚慰心弦，生动地把人情融化在自然美景之中，令人陶醉。最后四句是议论、抒情，收拢作结，篇末点题。作者山中漫游的见闻感受非常新鲜，山中的自然美、人情美与混浊俗世的争斗倾轧形成了鲜明的艺术对比，诗人明显厌恶那寄人篱下、任人驱遣的幕僚生活。山行之乐寄寓了深沉的人生慨叹，同时抨击了"局束"人性的黑暗社会，充分表现出作者倔强的个性和向往自由的精神追求。

诗之佳处在于其独特的艺术个性。首先，它是韩愈"以文为诗"的艺术典范，成功地开拓了诗歌散文化的倾向。"单行"散文句式，连绵而下，一气呵成，笔力劲健，气势酣畅，辞幽意奇，诗意盎然，自成雄伟格局。它一变六朝谢灵运之模山范水、刻意雕琢，直书即目所见而神采自现，犹如画家之有荆（浩）、关（仝）。方东树盛赞其"大手笔"，以为"虽是顺叙，却一句一样境界，如展画图，触目通层在眼，何等笔力！……从昨日追叙，夹叙夹写，情景如见，句法高古。只是一篇游记，而叙写简妙，犹是古文手笔。"（《昭昧詹言》）其次，诗歌而用散文笔法纪游，容易变成流水账。但诗人采取了类似于艺术典型化手法，撷取其中最具代表性的精彩画面，因而形象生动，意义丰富。如开篇到寺即景一笔就很有精神。一路所见甚多，但以"山石荦确行径微"，状山路之险而窄，犹如电影中的空镜头，虽然只有景物而不见人，但细加咀嚼，则可体会到主人公那种勇于攀登的精神与微见怅惘的心境。记时间，只取"黄昏到寺蝙蝠飞"这一特殊场面，来概括黄昏的幽暗，山寺的静僻，把抽象的时间，化为意境深邃的清晰画面。第三，声色并茂，浓淡相宜，很好地把握了艺术的节奏变化，生动地创造了听觉与视觉形象。如"夜深静卧百虫绝"，这是以静写动，读者似乎听到了夜深前百虫齐鸣的变奏曲。而对于光线，诗人尤为敏感。黄昏幽暗，以火照画；月光如泻，荡涤心胸；朝雾弥漫，不辨路径；旭阳东升，山红涧碧。把山中昼夜光线的不同，描绘得摇曳变幻，多姿多彩。汪佑南评云："通体写景处多浓丽，即事写怀，以淡语出之。浓淡相间，纯任自然，似不经意，而实极经意之作也。"（《山泾草堂诗话》）第四，语言明白流畅，用字生动凝炼，读来朗朗上口，通篇不使事用典。第五，虽以散文化的时序展开，但关照呼应，散而不乱，自然随意中透出精神。如"疏粝亦足饱我饥"句，为最后"人生如此自可乐"伏笔张目，发展顺理成章。

总之，《山石》诗的艺术为历代诗人所叹服。苏轼时而朗吟，时而步韵，慨然知其所以乐。元好问《论诗绝句》云："有情芍药含春泪，无力蔷薇卧晚枝。拈出退之《山石》句，始知渠是女郎诗。"金人讥评秦观诗风柔媚，妥当与否，姑且勿论；但以此作对照，颂扬韩诗之遒劲力度，则十分妥帖。

（蒋　凡）

八月十五夜赠张功曹

纤云四卷天无河，清风吹空月舒波。
沙平水息声影绝，一杯相属君当歌。
君歌声酸辞且苦，不能听终泪如雨：
"洞庭连天九疑高，蛟龙出没猩鼯号。
十生九死到官所，幽居默默如藏逃。
下床畏蛇食畏药，海气湿蛰熏腥臊。
昨者州前捶大鼓，嗣皇继圣登夔皋。
赦书一日行万里，罪从大辟皆除死。
迁者追回流者还，涤瑕荡垢清朝班。
州家申名使家抑，坎轲只得移荆蛮。
判司卑官不堪说，未免捶楚尘埃间。
同时辈流多上道，天路幽险难追攀。"
君歌且休听我歌，我歌今与君殊科：
"一年明月今宵多，人生由命不由他，
有酒不饮奈明何！"

　　这是一首七古抒情长篇，永贞元年（805）中秋韩愈写于湖南郴州。诗题中的张功曹，即张署。贞元十九年（803），韩、张二人同时南贬一事，参见后《答张十一功曹》的有关说明。当时张为临武（今属湖南）令，韩为阳山（今属广东）令。古时湖南、广东一带，尚未很好开发，气候炎热，瘴雾弥漫，中原士人，不服水土，一旦南贬，大有九死一生之痛。加以政治上受监视，怀才不遇，效忠无路，感情极其压抑。所以诗中有"幽居默默如藏逃"的描写，借以抒发贬谪生涯中的牢骚与不平。永贞元年顺宗登基后，颁布了大赦令，他俩一道待命于郴州。本来满怀回京希望，但因"使家"（指湖南观察使杨凭）作梗，只能量移江陵，韩为法曹参军，张为功曹参军。他们仍然因功受过，冤屈难申。环境的巨大压力，使诗人愤怨填膺，因此通过诗歌来发泄心中的苦闷，抨击社会的不平。

在艺术上，它以真挚而深沉的感情，慷慨悲歌，引起了千古共鸣。程学恂说："此诗料峭悲凉，源出楚骚。"（《韩诗臆说》）诗人借用主客对话的方式来铺写，就可窥见辞赋艺术的影响。但在结构上，它更多的是融化了散文的笔法，讲究虚实正反，推敲转折顿挫，方东树就说它是"一篇古文章法"（《昭昧詹言》）。

全诗可分三段。前四句为第一段，交待环境，渲染气氛，在千里共明月的氛围中，远离亲朋，借酒浇愁，从而引出下面主客对酒当歌的一段。从"君歌声酸辞且苦"以下二十句是第二段，是对张署悲诉言辞的概括并代拟歌辞。在这里，诗人采用了虚者实之、实者虚之的反客为主之法，借客人之口，以抒发主人心中之块垒，写来自然入妙。"君歌且休听我歌"以下五句是最后的结束段。其中前二句的"歌殊科"云云，是承转过渡，关键还在于末尾三句。"一年明月今宵多"，切题目"八月十五夜"，首尾呼应，颇见章法，在按时序铺排的过程中，又能开阖变化，波澜叠起。最后反骚命意，归于天命，实为故作旷达的跌宕之笔，正话反说，一唱三叹，似淡而浓，很有精神。它以诗人宦海浮沉的牢骚，来表现一代知识分子难觅出路的历史悲剧，悲愤之气，喷薄而出，艺术效果极佳。

　　诗的音律也自有特点。一般说来，韩诗气雄笔健，喜斗功力，追新出奇，时有险怪晦涩之处。其七古用韵，常是"避虚走实，任力而不任巧"（叶燮《原诗》），终篇一韵到底。但这首七古不是这样，它是诗人久被压抑的感情火山的爆发，因而音节雄浑劲健而又恣肆流转，韵律随感情波澜而起伏变化，层层换韵，平仄相间，既见人为雕琢之功，又富自然韵致之美。从韵律看共为七章，第一章四句"河""波""歌"属下平声歌韵；五、六句是过渡段，承上启下，用仄声韵："苦"与"雨"，同属去声遇韵；第三章"号""逃""臊"又转为平声韵，用下平豪韵；第四章两句仄声韵，"里"与"死"同属上声纸韵，这是声调的又一转折；最后的第五、第六两章都是平声韵；第五章八句五韵："还""班""蛮""间""攀"，同属上平声删韵，第六章五句又转平声歌韵。均从前面的间句韵，转为逐句韵。总的说来，诗的基调是平声韵，音调铿锵流畅。但是如果平声一韵到底，表面一气呵成，实际缺少波澜顿挫，就会显得平直乏味。韩愈在这里一改旧习，扬长避短，在平声韵的潮流中自然嵌入了两段各二句的仄声韵，利用仄声急昂短促的音调，使人产生不平稳的变化感觉，以便作为穿插、转折和过渡，加强全诗韵律的抑扬，从而推动了情绪的发展。末尾二段共十三句，全用平声韵，这是炽热感情发展到极点的自然倾泻，令人有"此恨绵绵无绝期"

的悲怆之感。最后一段五句,与开篇一样,押下平声歌韵,语言前呼后应,音韵自然回转,声调愈加协调与和谐。特别是他又以强调的方式作逐句韵,犹如京剧曲调中的流水和快板,一句紧似一句,声气联绵而下,成功地塑造了声音形象,诉尽了诗人的满腔悲愤。

(蒋 凡)

谒衡岳庙遂宿岳寺题门楼

五岳祭秩皆三公，四方环镇嵩当中。
火维地荒足妖怪，天假神柄专其雄。
喷云泄雾藏半腹，虽有绝顶谁能穷？
我来正逢秋雨节，阴气晦昧无清风。
潜心默祷若有应，岂非正直能感通？
须臾静扫众峰出，仰见突兀撑青空。
紫盖连延接天柱，石廪腾掷堆祝融。
森然魄动下马拜，松柏一径趋灵宫。
粉墙丹柱动光彩，鬼物图画填青红。
升阶伛偻荐脯酒，欲以菲薄明其衷。
庙令老人识神意，睢盱侦伺能鞠躬。
手持杯珓导我掷，云此最吉余难同。
窜逐蛮荒幸不死，衣食才足甘长终。
侯王将相望久绝，神纵欲福难为功。
夜投佛寺上高阁，星月掩映云曈昽。
猿鸣钟动不知曙，杲杲寒日生于东。

　　永贞元年（805）秋，诗人因大赦量移江陵法曹参军，离开贬所赴任，途经衡州（今湖南衡阳），游衡山谒衡岳庙而作此诗。这首七古长篇，融化散文游记笔法，借助纪游叙事来抒发宦海沉浮的牢骚与慨叹。

　　全诗三十二句，共分四个自然段。前三联为第一段，交待地理形势，由大远景渐及近景，从五岳落实到衡山，气势雄杰，步骤从容，领起游踪，是纪游体制的开场大局面，开篇已窥诗人卓荦阔大的胸襟。"我来正逢秋雨节"以下十二句是第二段，写入山至庙的景色。巍巍衡山，突兀撑空；鬼物图画，森然魄动；自然入化，情融景中。"升阶伛偻荐脯酒"以下十句是第三段，叙事抒怀，求神问卜，亦庄亦谐，以此来发泄被"窜逐蛮荒"的愤懑。"夜投佛寺上高阁"以下四句是应题作结的最后一段。"猿鸣钟动不知曙"句，翻用谢灵运"猿鸣诚知曙"（《从斤竹涧越岭西行诗》）意，说明虽然身处流贬困境，却能排除干扰，处之泰然，一觉睡到大天亮。于此可见其豁达胸怀。全篇熔叙事、议论、抒情于一炉，起承开阖，章法井然；扫除陈言，另辟蹊径；气势雄劲，戛戛独造；而以下几方面，更值得一提。

　　一是亦庄亦谐的艺术趣味。此诗避开正面，以跌宕游戏之笔出之，利用语言修辞的正反顺逆，增强了艺术的感染力量。如求神问卜一段，描绘庙令老人，"睢盱侦伺能鞠躬"，对于长官，一方面点头哈腰，献媚讨好；一方面瞪大眼睛，窥测心思，妄言吉凶，活脱脱地勾勒出庙令那种老于人情世故的心态。至于诗人自己，从"升阶伛偻荐脯酒"始，进一步掷抛杯珓（占卜工具）占吉凶，似乎是一个虔诚的佛教信徒。其实不然。排斥佛老，是他所倡导的唐代古文运动的宗旨之一，他终生履行，至死无悔，读其晚年《与孟尚书书》即可明白："何有去圣人之道，舍先王之法，而从夷狄之教以求福利也！"说得何等斩绝。因此，诗中礼佛问卜之事，并非表明真的信神，只不过是生活无聊，入乡随俗、逢场作戏，借以抒发感慨而已。请看，"侯王将相望久绝，神纵欲福难为功"二句，力挽千钧，笔锋陡转，诗人那不为势利所屈服的孤傲品格，于谐谑笔墨中自然流露了出来。孔子云："学而优则仕。"功名利禄之事其实是旧时知识分子的一条重要出路，韩愈何尝不汲汲于功名？"念昔始读书，志欲干霸王"（《岳阳楼别窦司直》），一语道破了天机。但诗人却因为民请命而遭贬谪，天理不存，公道何在？因此他假设，纵使真有神灵，对于人间不平也无可奈何。这大概与他对当时朝廷政治斗争的认识有关。一个正直知识分子的失望与悲哀，被表现得淋漓尽致。正如程学恂所说："至大至刚，浩然正气，忽于游嬉中无心现露。"（《韩诗臆说》）这话有助于我们探索其表现艺术和言外之旨。

二是虚实相生的传神笔法。如"须臾静扫众峰出"四句，接连描绘了四座山峰（紫盖、天柱、石廪、祝融）的雄伟险峻，朱彝尊批评说："四峰排一联，微觉板实。"（《批韩诗》）事实不然，这是巧妙的艺术安排。后面二句四峰排一联是实写，它与前二句概括性的虚笔相映衬，虚实相生，把静止而无生命的衡山，写得气势磅礴，自成神境。所以汪佑南《山泾草堂诗话》称颂道："朗诵数过，但见其排盈，化堆垛为烟云，何板实之有！"

三是巧于运用语言与声韵的艺术。语言峭拔精警，如"喷云泄雾藏半腹",连用"喷""泄""藏"三个动词,形象地描绘了衡山的奇险与神秘,动态之中,具有传神之美。从声韵上看,多用双声叠韵,句句三平正调,平声一韵到底,节奏铿锵,音响宏亮,格奇调险,淋漓酣畅,如翁方纲《七言诗平仄举隅》云:"此以对句第五字用平,是阮亭先生所讲七言平韵到底之正调也。盖七古之气格,至韩苏而极其致。……此种句句三平正调之作,竟要算昌黎开之。"

综观全诗,声情并茂,程学恂誉之"七古中此为第一"(《韩诗臆说》),是韩诗之佳作,信然。

(蒋 凡)

郑群赠簟

蕲州簟竹天下知，郑君所宝尤瑰奇。

携来当昼不得卧，一府传看黄琉璃。

体坚色净又藏节，尽眼凝滑无瑕疵。

法曹贫贱众所易，腰腹空大何能为？

自从五月困暑湿，如坐深甑遭蒸炊。

手磨袖拂心语口：慢肤多汗真相宜。

日暮归来独惆怅，有卖直欲倾家资。

谁谓故人知我意，卷送八尺含风漪。

呼奴扫地铺未了，光彩照耀惊童儿。

青蝇侧翅蚤虱避，肃肃疑有清飙吹。

倒身甘寝百疾愈，却愿天日恒炎曦。

明珠青玉不足报，赠子相好无时衰。

这首咏物七古写于元和元年（806）五月，时韩愈任江陵府法曹参军。对于量移江陵的处置，诗人虽有牢骚与不平；但与地处蛮荒的阳山相比，江陵到底地接中原，离京师不算太远。加以还有张署、郑群诸好友同在，过往甚密，促膝谈心，情绪开朗了一些，因此就有心思写点比较细腻的咏物诗。《郑群赠簟》是其中艺术性较高的一首。

诗在诙谐夸张、带戏剧性的叙事描写中,咏物与抒情浑然一体。通过谢郑赠簟的描绘,表现了挚友之间的深厚情谊,恰与肮脏的官场倾轧形成了强烈的对比,衬托出诚挚的人性之美。诗的结尾二句"明珠青玉不足报,赠子相好无时衰",谓真诚的友情不是金钱所能买到的。以后的历史证明,韩郑友谊至死不渝。郑群去世后,韩以悲痛的悼念为他写了墓志铭,歌颂他为人和乐,修身谨慎,为政清廉,"去官而民思,身死而亲故无所怨议"。

诗分四段。开篇六句是第一段,概括地介绍了郑群视如瑰宝的蕲州竹席。"法曹贫贱众所易"以下八句是第二段。韩愈体胖畏热,史上有名,诗人通过暑热中的切身感受,极言欲得此席以消暑度夏,即使倾家荡产也在所不惜。但因此席为友人之宝,不便夺人之爱,所以只是心向往之,并无明言或示意。这是欲取故放的跌宕之笔,为友人赠簟一事张目造势。"谁谓故人知我意"以下八句为第三段,承上而发,说明好友的相知与关怀,不言之心,早在料中,顺势转入赠簟铺席一段,对于竹席的紧密、光滑和细腻,着意刻画。最后二句是议论抒情的总结段落,与题中之"赠"相呼应。层次清晰,秩序井然;但诗脉的发展带戏剧性,心潮起伏,意绪跌宕,无平铺直叙的板实之弊,收潜流洄澜的变化之功。作品风趣横生,读后兴味盎然。

观察细致,描绘生动,是这首咏物诗的佳处。如咏竹席,首段以"一府传看黄琉璃"来展开,特写竹席的光滑细腻,"体坚色净又藏节,尽眼凝滑无瑕疵",这是实写,概括凝炼而生动。但诗人不以此为满足，他在第三段避开正锋而运侧笔，采用了夸张、想象来虚写。竹席刚一打开，熠熠光彩已令儿童惊呼了起来。须知童心一片纯真，孩子们的惊呼，透出了竹席的生气和精神。"青蝇侧翅"二句，写令人憎厌的苍蝇虻子之类，无法立脚，避之惟恐不及，以见竹席之滑腻，消暑生风，凉沁心脾。诗人就这样通过虚实相生的传神之笔，把竹席的物象与生气写得出神入化，光彩照人。所以顾嗣立说："赋物之妙，直从细琐处体贴而出。"

构思方面，诗人屏弃常熟，翻新出奇，言人所不能言。如咏竹席之可爱，转愿天不退暑而长卧席上，连体胖畏热的诗人也竟然说出了"却愿天日恒炎曦"的"傻"话来，似乎不合情理。其实，这是逆反作譬的绝妙修辞夸张，出于理外，入乎情中，以见友人赠席之珍贵及友情的真挚。另外，如"携来当昼不得卧"句，也是运用了同样的反衬见奇的手法，艺术上也很成功。后来宋代欧阳修及苏轼等大诗人受其影响，在这方面又再加以发扬光大。　　　　（蒋　凡）

和虞部卢四（汀）
酬翰林钱七（徽）赤藤杖歌

赤藤为杖世未窥，台郎始携自滇池。
滇王扫宫避使者，跪进再拜语嗢咿。
绳桥挂过免倾堕，性命造次蒙扶持。
途经百国皆莫识，君臣聚观逐旌麾。
共传滇神出水献，赤龙拔须血淋漓；
又云羲和操火鞭，暝到西极睡所遗。
几重包裹自题署，不以珍怪夸荒夷。
归来捧赠同舍子，浮光照手欲把疑。
空堂昼眠倚牖户，飞电著壁搜蛟螭。
南宫清深禁闱密，唱和有类吹埙篪。
妍辞丽句不可继，见寄聊且慰分司。

这首咏物七言古诗，元和四年（809）写于洛阳。是年六月十日，韩愈由国子博士升任尚书都官员外郎分司东都判祠部，属刑部，从六品上。官职有所提升，但分司职权有限，并没有直接参予朝廷军国大事的机会。所以诗末有"见寄聊且慰分司"句，通过友人的寄慰，体现了朋友间的深厚情谊，同时也暗示了自己的压抑境况与悲愤情绪。他在都官员外郎判祠部任上，曾与宦官之徒发生矛盾，被权幸告到东都留守郑余庆那儿，郑氏为官圆滑，含糊是非，所以韩愈深感不满。关于这首诗，有人说虽然咏物"穷极物理"，但却意味短浅。这是只看作品表层意识的肤浅之见。我们只要联系其青年时代的作品《感二鸟赋》自会明白，禽鸟因"羽毛之异"而进之朝廷，贤士则穷饿其身"累善而无所容"，大有人不如鸟之叹。赋近于文，质直言之；《赤藤杖歌》是诗，形象表达较为委婉。赤藤杖因其光彩，人或视为瑰宝，献之京城，进入南宫禁闱，何其幸哉！而诗人虽然忧国忧民、理想宏伟，才高八斗，自视甚高，却命运多舛，避谤洛阳，分司生活甚为无聊。两相比较，自可体会到人不如物的浩叹。

在咏物方面，"穷极物理"确是韩诗的一个特色。如前《郑群赠簟》中的咏簟，与这首诗的咏杖，异曲同工，共收巧夺天工之妙。其咏物艺术，不仅精细绝伦，而且想象奇特，境界独造，甚至不惜出之以"狠重奇险"之笔，以达意想不到的效果。如"共传滇神出水献，赤龙拔须血淋漓；又云羲和操火鞭，暝到西极睡所遗"，发挥丰富的想象，运用极其夸张的笔触，以浓墨重彩来加以渲染、刻画难于刻画的形象，创造人所罕见的境界，于奇险之中，见开凿之功。他又用化丑为美的手法，使鲜血淋漓的惨象，化为赤杖绚丽夺目的光彩。这些都表现出诗人鬼斧神工般的深厚功力。后来欧阳修每每效其体，如其《凌溪大石》之类，只一味在体物方面下功夫，而没在深层意义上开掘、虽然形似，但神气远逊，功力也不及。两相比较，更见韩诗之雄浑雅健，难以企及。

（蒋　凡）

石 鼓 歌

张生手持石鼓文，劝我试作石鼓歌。
少陵无人谪仙死，才薄将奈石鼓何！
周纲陵迟四海沸，宣王愤起挥天戈。
大开明堂受朝贺，诸侯剑佩鸣相磨。
搜于岐阳骋雄俊，万里禽兽皆遮罗。
镌功勒成告万世，凿石作鼓隳嵯峨。
从臣才艺咸第一，拣选撰刻留山阿。
雨淋日炙野火燎，鬼物守护烦㧖呵。
公从何处得纸本？毫发尽备无差讹。
辞严义密读难晓，字体不类隶与科。
年深岂免有缺画，快剑砍断生蛟鼍！
鸾翔凤翥众仙下，珊瑚碧树交枝柯。
金绳铁索锁钮壮，古鼎跃水龙腾梭。
陋儒编诗不收入，二雅褊迫无委蛇。
孔子西行不到秦，掎摭星宿遗羲娥。
嗟余好古生苦晚，对此涕泪双滂沱。
忆昔初蒙博士征，其年始改称元和。
故人从军在右辅，为我量度掘臼科。

濯冠沐浴告祭酒，如此至宝存岂多？

毡包席裹可立致，十鼓只载数骆驼。

荐诸太庙比郜鼎，光价岂止百倍过？

圣恩若许留太学，诸生讲解得切磋。

观经鸿都尚填咽，坐见举国来奔波。

剜苔剔藓露节角，安置妥帖平不颇。

大厦深檐与盖覆，经历久远期无佗。

中朝大官老于事，讵肯感激徒媕婀。

牧童敲火牛砺角，谁复著手为摩挲？

日销月铄就埋没，六年西顾空吟哦。

羲之俗书趁姿媚，数纸尚可博白鹅。

继周八代争战罢，无人收拾理则那？

方今太平日无事，柄任儒术崇丘轲。

安能以此上论列？愿借辩口如悬河。

石鼓之歌止于此，呜呼吾意其蹉跎！

这首七言歌行体的咏物古诗，元和六年（811）夏天以前写于洛阳，诗中"忆昔初从博士征""六年西顾空吟哦"句可证。时韩愈任河南令。是年夏秋间即调长安任职方员外郎。诗中所写的石鼓，是珍贵文物，现存最早的刻石文字。欧阳修《集古录》卷一

《石鼓文》，以为岐阳石鼓"在今凤翔孔子庙中，鼓有十，先时散弃于野，郑余庆置于庙而亡其一。皇祐四年（1052），向传师求于民间得之，十鼓乃足"。文字虽因年代久远而甚多漫灭，但仍引起文化人士的注意。韩诗专咏石鼓，表现了诗人一贯珍惜历史文物、重视文化遗产的态度。

诗分四段。开篇十六句是第一段，叙石鼓来历，以为是周宣王巡狩岐阳，大会诸侯，凿石作鼓，刻文铭功。（按：有关石鼓来历，众说不一，有周宣王说、秦时说、北周说等。今人多相信是秦国刻石。）"公从何处得纸本"以下十六句是第二段，以形象之笔，正面描绘石鼓文，以为书法苍劲，态势飞动，值得学习与借鉴。"忆昔初蒙博士征"以下十八句是第三段，笔兴波澜，凌空议论，大力揭示石鼓的文化价值。"中朝大官老于事"以下十六句是最后一段，借古讽今，纵横评说，讥刺当权者之昏昏，对他们无视古代珍贵文物的态度抨击毫不留情。

从结构上看，汪佑南《山泾草堂诗话》说是"古诗章法通古文"，融化散文叙事笔法以入诗，是其特点之一。"以文为诗"，如果才气不足或处置失当，常因平铺直叙而致"平直"之讥。但朱彝尊批评此诗"气一直下，微嫌乏藻润转折之妙"（《批韩诗》），并不完全符合实际。这首诗铺叙自有层次，段落中又能注意承接转折。如第二段末"嗟余好古"二句，结上生下，颇见功夫。第三段翻空议论，波澜叠兴，妙趣横生，很有神彩。最后抒发感慨的一段，并没有严辞厉色的诅咒斥骂，而是以"呜呼吾意其蹉跎"作结，意蕴委婉，含义深长，激起了读者的感慨与共鸣，见仁见智，怎样驰骋

明 张纪 | **人面桃花图**（局部）

去年今日此门中，人面桃花相映红。
人面不知何处去，桃花依旧笑春风。

崔护《题都城南庄》，见第879页

明 魏克 | **金陵四季图**（局部）

山围故国周遭在，潮打空城寂寞回。

刘禹锡《石头城》，见第 989 页

清 樊圻 | **金陵五景图·乌衣夕照**（局部）

旧时王谢堂前燕，飞入寻常百姓家。

刘禹锡《乌衣巷》，见第991页

清 顾见龙 | **贵妃出浴图**（局部）

回眸一笑百媚生，六宫粉黛无颜色。

春寒赐浴华清池，温泉水滑洗凝脂。

白居易《长恨歌》，见第 1010 页

明 丁云鹏 | **浔阳送客图**（局部）

千呼万唤始出来，犹抱琵琶半遮面。

白居易《琵琶行》，见第 1019 页

明 仇英　| **浔阳送别图**（局部）

同是天涯沦落人，相逢何必曾相识。

白居易《琵琶行》，见第 1019 页

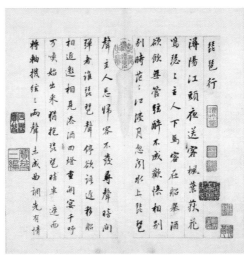

明 董其昌｜行书白居易《琵琶行》（局部）

清 董邦达　**西湖十景卷**（局部）

乱花渐欲迷人眼，浅草才能没马蹄。

最爱湖东行不足，绿杨阴里白沙堤。

白居易《钱塘湖春行》，见第 1043 页

宋 李嵩｜**西湖图**（局部）

到岸请君回首望，蓬莱宫在水中央。

白居易《西湖晚归回望孤山寺赠诸客》，见第 1047 页

明 朱端 **寒江独钓图**

千山鸟飞绝，万径人踪灭。

孤舟蓑笠翁，独钓寒江雪。

柳宗元《江雪》，见第 1086 页

元 钱选｜**卢仝烹茶图**（局部）

卢仝《走笔谢孟谏议寄新茶》，见第 1092 页

清 蒋廷锡 | **百种牡丹谱图册·双头太平楼阁**

别有玉盘承露冷，无人起就月中看。

裴潾《白牡丹》，见第 1102 页

联想都行。再加以诗人才大力雄，以声韵助气势，通篇一韵到底，音节于拗折峭拔见铿锵之美，淋漓酣畅，犹如掀雷挟电，极其热烈奔放，给人惊讶、鼓舞和力量。

从艺术风格看，议论坦率，感情飞泻，体制典重雄伟，文字瑰谲玮丽，构成了一幅古色斑斓、雄杰粗犷的图画。如"快剑砍断生蛟鼍"以下五句，形容石鼓文的书体，刚健夭矫犹蛟龙，飘逸活泼如鸾凤，纵横交错似珊瑚，遒劲钩连像铁索。比喻生动，色彩古雅，语重句奇，雄浑光怪，为大篆体态传神，具有一种生气流溢的动态之美。热情倾泻、奔腾变幻的文字多属阳刚之美，它与委婉蕴藉的阴柔之美风格迥异，但一样给人以美的享受。

诗的题旨，当然主要是歌唱石鼓；但又并非纯粹咏物，在这里，诗人不是在发思古之幽情。他志在古道，是为了对抗世俗，批判现实。他在东都任都官员外郎判祠部时，曾与宦官集团发生摩擦，牒讼交往，为当权者所不喜而左迁河南令。所以他在元和六年正月写了《送穷文》以发泄不满。由此进一步想到，他为古代珍贵文物遭受冷落而大声疾呼，是不是多少有点以石鼓自况，借以抒发怀才不遇的悲愤？

最后值得一提的，它是韩诗中具议论化倾向的一首代表作，开宋代以议论为诗、以学问为诗的先河。从开拓诗歌题材方面看，应该说是有贡献的；但后继者如果缺乏才气，不善学习，掉弄书袋，炫耀学问，也很容易使创作误入魔道。其影响功过参半。不过后来苏轼效仿作《石鼓歌》，浑转溜亮，酣恣淋漓，不可一世，自具面貌。可见善学之者，也有成功之作，不能一概而论。　　　　（蒋　凡）

调 张 籍

李杜文章在，光焰万丈长。

不知群儿愚，那用故谤伤？

蚍蜉撼大树，可笑不自量！

伊我生其后，举颈遥相望。

夜梦多见之，昼思反微茫。

徒观斧凿痕，不瞩治水航。

想当施手时，巨刃磨天扬。

垠崖划崩豁，乾坤摆雷硠。

惟此两夫子，家居率荒凉。

帝欲长吟哦，故遣起且僵。

剪翎送笼中，使看百鸟翔。

平生千万篇，金薤垂琳琅。

仙官敕六丁，雷电下取将。

流落人间者，太山一毫芒。

我愿生两翅，捕逐出八荒。

精诚忽交通，百怪入我肠。

刺手拔鲸牙，举瓢酌天浆。

腾身跨汗漫，不著织女襄。

顾语地上友：经营无太忙！

乞君飞霞珮，与我高颉颃。

这首五古，约为元和十一年（816）于长安作。元和诗坛对李杜诗歌的评价分歧颇大。贞元前，一般人认为李高于杜；至元稹始发抑李扬杜之论（见《杜工部墓系铭》）；而白居易在元和十年贬为江州司马时作《与元九书》，讥刺李白诗歌"风雅比兴，十无一焉"，但同时批评杜诗合于风雅比兴者仅三四十篇，可称为李杜并讥论。虽然元白并没有全面否定李杜，但领导诗坛，影响很大，追随者把他们的理论扭曲变形，轻狂者甚至贱视李杜如泥沙。这种不良风气引起了韩愈的忧虑。他也是当时的文坛领袖，审美趣味趋于雄浑奇崛，诗风与元白异趣。韩与元白同朝为官，但很少诗歌唱和，这也是原因之一。张籍虽是韩门弟子，但乐府诗浅切平易近元白，与白居易交往更密，或许无形中受其影响，可能故意放言高论，苛求李杜以标新立异。不然，韩诗之题何必曰"调"？调者，含有调侃、谑笑之意。字面诙谐，既体现了师友间亲近、随便的口吻，同时又寓含了严肃的内容。总之，韩诗明显是为纠正当日不良诗风而作，但具体针对谁，则难以确认。

这首诗所涉及的问题，一是关于李杜的评价，韩愈第一次提出了李杜并尊论，以此澄清视听，指导后学。一是关于李杜诗歌的艺术风格。韩诗在语言锻炼、体势雄浑方面近杜，而在浪漫想象、变幻无方上似李。他梦寐以求的，正是李诗那种巨刃摩天、乾坤震荡、拔鲸牙、酌天浆的艺术风格，其中也同时包括杜诗的雄怪顿挫。诗分三段：开篇六句是第一段，概括叙述李杜诗歌的崇高地位，鄙视时俗的轻薄谤伤。这是关照全篇的诗论序言。"伊我生其后"至"太山一豪（毫）芒"二十二句是第二段，想象李杜创作的艰辛，并以大禹治水作喻，涵盖其豪思壮采，写得神采飞动，故施补华《岘佣说诗》有"奇杰之语，戛戛独造"之赞。但遗憾的是，李杜"家居率荒凉"，备受压抑与磨难，其佳作多有散佚。诗人一方面为李杜鸣不平，一方面又暗把矛头指向了压迫文学家的社会。"我愿生两翅"以下十二句是第三段，劝告并鼓励张籍与自己一起，努力学习李杜，化为进步的动力，攀登诗艺的峰巅。末尾"乞君飞霞佩"二句，与诗题之"调"呼应以作结。立意命篇，回环扣合，章法井然。

这是一首议论诗，宣扬了诗人对文学的深刻认识。但与宋人那枯燥乏味的"以学问为诗"的作风不同，它笔翻波澜，汪洋恣肆，想象丰富，比喻奇特，文字瑰丽，同样成功地展现了韩诗雄浑奇崛的风格。所以朱彝尊就此诗评议说："又别一调，以苍老胜，他人无此胆。"（《批韩诗》）其艺术开拓精神与李、杜相通。韩愈论诗，喜用惊人的比喻，既生动，又形象，奇思幻采，出人意表，更丰富、更准确地笼括了所要表达的意思，同时又从感情上给人以惊讶与激动，从而增加了说服力量。如"刺手拔鲸牙"以下四句，上天入地，索幽探险，经天纬地，想象奇特，如此比喻，于规矩方圆中见纵横变化之功，确是鬼斧神工，光焰万丈。

（蒋 凡）

奉酬卢给事云夫四兄曲江荷花行见寄
并呈上钱七兄阁老张十八助教

曲江千顷秋波净，平铺红云盖明镜。

大明宫中给事归，走马来看立不正。

遗我明珠九十六，寒光映骨睡骊目。

我今官闲得婆娑，问言何处芙蓉多？

撑舟昆明度云锦，脚敲两舷叫吴歌。

太白山高三百里，负雪崔嵬插花里。

玉山前却不复来，曲江汀滢水平杯。

我时相思不觉一回首，天门九扇相当开。

上界真人足官府，

岂如散仙鞭笞鸾凤终日相追陪。

这首七言歌行，元和十一年（816）夏末写于长安。时韩愈由中书舍人降为太子右庶子。卢汀，字云夫，排行四，韩愈的老友，时任门下省给事中。他在公暇之日，匆匆游曲江观赏荷花，作《曲江荷花行》相赠，韩作此诗相唱和。唐代习惯，中书、门下两省相呼为阁老。时钱徽任中书舍人，故称。两省官均为要职，时张籍任国子助教，协助博士进行教授工作，与右庶子同为闲官。"上界真人"与"散仙"云云，即与此有关。对于一个不息追求的儒者，解嘲语中的谑笑，隐含着无可奈何的牢骚。但作为一个生活的强者，诗人又从不绝望。披吟诗作，舟行荷池，云锦灿烂，山川映发，令人狂歌叫绝。曲江与昆明二池胜景，如在目前，尽入画中。生活绚丽如此，在复杂的矛盾心理中又透露出新的希望与追求。

诗分三段。前六句是第一段，首叙卢汀曲江之游，并赞美其诗。"走马来看立不正"，述其公务拘绊，行色匆匆，借此开出后半截文字。"我今官闲得婆娑"以下八句是第二段，乃自叙昆明之游胜曲江，以傲其所不足。"我今官闲"云云是转语，揭过曲江话昆明，后胜于前，转折自然入妙。但题为"曲江"，不便离题自由驰骋，于是又从昆明转挽曲江，以合唱和之章。昆明、曲江二地相比，又自然引出下一段相思回首之语，天机凑泊，章法尤妙。"我时相思不觉一回首"以下四句是第三段，借事抒情，慨然作结。方东树《昭昧詹言》论其笔法："从原人起，而以写为叙，中间插入己夹写。此叙体而无一笔呆平，夹写议也。"

诗以纪游画景，写得楚楚风韵。韩诗风格多似李白。这首诗构思奇特，想象丰富，气象阔大，富于浪漫的瑰丽色彩，充分显示了韩诗的艺术个性。古人绝唱多写景语，可见写景诗的艺术要求很高。恒饤堆垛，与写景诗何涉？王夫之说："不能作景语，又何能作情语邪？""情景名为二，而实不可离。神于诗者，妙合无垠。"（《夕堂永日绪论内编》）韩诗描绘长安二大胜景，确是"妙合无垠"的神来之笔。"曲江千顷秋波净，平铺红云盖明镜"，色彩浓烈艳丽；"太白山高三百里，负雪崔嵬插花里"，以浪漫的构思，夸张的笔墨来渲染昆明池，那高耸入云的雪山倒影，在昆明荷花池中荡漾，红白相间，色度对比非常鲜明，令人心往神驰。类似的景语，不在简单地描摹物状，而是在景色描绘中熔化了诗人的感受和心声，表现了诗人的精神和个性。曲江虽有胜景，但与气魄雄杰伟岸的昆明池太白山相比，仅是一杯净水。于此可见诗人的深邃眼光与宏伟胸襟。大丈夫能屈能伸，岂是小小的曲江所能满足？"撑舟昆明度云锦，脚敲两舷叫吴歌"，慷慨任气，敲舷狂歌，不为一时的挫折而收敛，透露出不随人俯仰的亢奋精神状态，诗人的感情形象是何等生动！故《唐宋诗醇》曰："红云明镜中，特有雪山倒影，便写得异样精彩。结似洒脱，正恐不能忘情。"

（蒋　凡）

听颖师弹琴

昵昵儿女语，恩怨相尔汝。

划然变轩昂，勇士赴敌场。

浮云柳絮无根蒂，天地阔远随飞扬。

喧啾百鸟群，忽见孤凤凰。

跻攀分寸不可上，失势一落千丈强。

嗟余有两耳，未省听丝篁。

自闻颖师弹，起坐在一旁。

推手遽止之，湿衣泪滂滂。

颖乎尔诚能，无以冰炭置我肠。

诗写于长安，时间是元和十一年（816）降为右庶子后。"韩门"诗人李贺，殁于元和十一年，临终前不久曾抱病作《听颖师弹琴歌》，韩、李二诗情景相似，当为同年所作。韩诗是写音乐的名篇，被苏轼誉为琴诗中第一。它通过形象的比喻，把缥缈恍惚、难以捉摸的乐声，转化为绘声绘色的可见视觉形象，生动地传达出艺术的微妙及其感染力量，并以诗人听琴时的种种感受，衬托了演奏家的高妙技艺。其主题当然主要是写音乐表演艺术，但其成功又不尽在音乐的描绘方面。班固云："八音之中……琴德最优。"（《新论·琴道》)弹琴听乐不仅是为了悦耳，更主要的是可以赏心养志，这是我国的传统的审美观念。韩愈谦称自己是个音乐的门外汉。但听颖师的演奏，却随乐声的起伏顿挫，情绪激动，以致"湿衣泪滂滂"。这现象除了说明演奏艺术的高明以外，大概还与听者的身世联想有关。白居易《琵琶行》可以作为一个旁证。元和十年，白氏外贬为江州司马，在浔阳江中听商人妇弹琵琶，触发了天涯沦落的身世慨叹，因有"江州司马青衫湿"之句。结合韩愈的生平、思想与个性，人近半百，垂暮之年，政局动荡，宦海浮沉，或为国为家，或为人为己，贬斥相继，由琴声生发联想。"跻攀分寸不可上，失势一落千丈强"，既是实写琴音由高滑低，戛然而止；同时又写出了作者心律的震颤和性灵的共鸣。仕途攀登，分寸升进，何其艰难！而一旦失足，立即"一落千丈"，怎不叫人泣下心伤！这深一层的意义，诗中并无明言，实际也不必言，因为直说则显板实呆滞了。读这首诗，见音乐艺术之妙，当然很对；但是，如能透过乐声听心音，深挖一层，则韵味更加浓郁。

　　诗分二段。前十句以形象的比喻描摹琴声。自"嗟余有两耳"以下八句是第二段，以诗人的审美感受来烘托琴声的美妙与演奏技艺的高超。诗随乐声而情绪跌宕，显得变化万端，自然入妙。不仅上段与下段，上联与下联，甚至是一句之中，也自具涟漪波澜。如"恩怨相尔汝"，写高音区色调细柔妩媚的琴声，"恩"带欢乐情绪，"怨"生口角波澜，卿卿我我，恩恩怨怨，把少男少女的亲昵、撒娇，描摹得很有分寸、富于变化。蒋之翘分析前四句说："只起四语，忽而弱骨柔情，销魂欲绝；忽而张牙舞爪，可骇可愕。其变态百出如此。"布局命篇，极掩抑顿挫之致，令人读之亹亹不倦。

　　大概受现场音乐旋律的启发，这首诗在声情结合方面也很有特色。开始二句的"语""汝"，押的是上声细韵，轻声而又绕口，又参以双声叠韵，极尽婉媚之致。第三句后，陡然换为重声的阳平洪韵，一韵到底，音节浏亮，声势宏大，犹如交响乐中的小号，奏出了辉煌明亮的主旋律，把音节的抑扬顿挫与感情的慷慨激昂，描绘得淋漓尽致，确是难能可贵。

　　诗中采用积极修辞手法，刻意地运用一连串比喻，对抽象的音乐进行了形象的描画。这种手法当然古已有之。如李白《听蜀僧濬弹琴》、李颀《听安万善吹觱篥歌》等，以众多生动的比喻，描写变化多端的音乐。但与韩诗相比，其"多"有限。韩诗大概受辞赋铺张手法的影响，大开法门，十句写音乐，竟连用了七个形象比喻，有声有色，很有气魄，因而更增加了艺术感染力。　　（蒋　凡）

华 山 女

街东街西讲佛经，撞钟吹螺闹宫廷。

广张罪福资诱胁，听众狎恰排浮萍。

黄衣道士亦讲说，座下寥落如明星。

华山女儿家奉道，欲驱异教归仙灵。

洗妆拭面著冠帔，白咽红颊长眉青。

遂来升座演真诀，观门不许人开扃。

不知谁人暗相报，訇然振动如雷霆。

扫除众寺人迹绝，骅骝塞路连辎辋。

观中人满坐观外，后至无地无由听。

抽钗脱钏解环佩，堆金叠玉光青荧。

天门贵人传诏召，六宫愿识师颜形。

玉皇颔首许归去，乘龙驾鹤来青冥。

豪家少年岂知道？来绕百匝脚不停。

云窗雾阁事恍惚，重重翠幔深金屏。

仙梯难攀俗缘重，浪凭青鸟通丁宁。

这首七古写于元和十四年（819）初，当时韩愈在长安任刑部侍郎。是年初，他曾写《论佛骨表》，批评唐宪宗"令群僧迎佛骨于凤翔，御楼以观，舁入大内"，上行下效，举国以狂。这首诗中提到"街东街西讲佛经，撞钟吹螺闹宫廷"，情景相合，钱仲联以为是一时之作，推论合理。唐代的僧侣地主，享有特权，"不耕而食，不织而衣"，佛道问题，成为中唐社会的一大弊端。宪宗元和中兴而晚年意志骄纵，崇奉释老，变本加厉。奉佛事如前所言；崇道事如元和十三年为求长生药，"令山人（道士）柳泌为台州刺史"（《新唐书·宪宗纪》），为天下人耻笑。因此，为革除弊政和中兴国家，韩愈一生摈斥佛老。《谏佛骨表》见诸理智和逻辑，抨击佛教；《华山女》诗则诉诸感情和形象，力破道教。诗、文联璧生辉。

这首叙事诗，讲的是一个年轻女道士的故事，写她炫耀姿色，轰动社会，以为道教张目，连皇帝也甘受愚弄，讽刺矛头指向了本朝的最高统治者。其胆识为人所不及，所以能言人所不敢言。

诗分三段。"街东街西讲佛经"以下六句是第一段，写佛道纷争，和尚讲经盖过道士。这是全诗"绪论"，欲扬先抑，以引出下段女道士登场的主题段。"华山女儿家奉道"以下十四句是第二段，写华山女名登坛讲法，实是搔首弄姿，引得世人如醉如狂，诈骗大量钱财。"天门贵人传诏召"以下十句是第三段，写女道士不仅欺骗社会，而且愚弄宫廷，连皇帝也"颔首"传诏。最后以其亵慢的暧昧生活作结，既揭穿了宗教的骗局，同时也活脱脱地描画了腐朽统治者的丑恶众生相。

作品的艺术之妙，首先在于讽刺深微，形象生动。从闹剧发展到丑剧，好似连环漫画一般，一路写去，纷纷扬扬，喧腾热闹，笔法夸张，色彩浪漫，著力刻画，叙事形象，而少直接的议论，但却处处闪烁着批判的光芒。不管是唇红齿白的女主角，抑或轻佻疯狂的豪家少年，还是庄严肃穆的"玉皇"大帝，无不绘声绘色，跃然纸上，令人忍俊不禁。最后"云窗雾阁事恍惚"四句，可能是受杜诗《丽人行》结尾的影响，语带双关，表面是说豪家少年不脱俗缘，难攀仙境。其实正话反说，讽刺深刻。马茂元说："由窗、阁到幔、屏，是由外入内的过程。说云，说雾，说重，说深，表示这个卧室和外界隔绝，形容环境气氛的神秘。正因为如此，所以华山女和豪门少年之间的事实，也就真相难明，使外人产生一种'恍惚'之感了。"暧昧生活，迷离恍惚，自然使人产生种种联想，语言纯净，但讽刺很有力量。所以程学恂《韩诗臆说》曰："此便胜《谢自然》篇，其中讽刺都在隐约。结处不辟仙教之失，而云登仙之难，正是妙于讽兴。"

深通抑扬进退的艺术辩证法，以形成强烈的对比，是此诗的又一妙处。如为了突出女主人公形象，先写佛道竞争说法，道观中"座下寥落如明星"，男道士惨败景象。这与华山女登坛的轰动场面形成强烈的艺术反差，两相对比，自然形象鲜明，脱颖而出。又如写华山女艳妆后，"遂来升座演真诀，观门不许人开扃"，这是道士们的一种圈套，是迎合观众好奇心理的欲擒故纵之法，写出了年轻女子工于心计的深层意思。如此反跌笔法尤其传神。

另外，语言明白，音调流畅，活用唐时俗语，如"听众狎恰排浮萍"中的"狎恰"，形象地展现了听众密集之貌。生动巧妙的语言，也为讽刺艺术增添了力量。

（蒋　凡）

送桂州严大夫

苍苍森八桂，兹地在湘南。

江作青罗带，山如碧玉簪。

户多输翠羽，家自种黄甘。

远胜登仙去，飞鸾不暇骖。

　　这首五律，穆宗长庆二年（822）初夏写于长安，时韩愈仍在吏部侍郎任上。是年四月，秘书监严谟任桂管观察使。例带御史大夫虚衔以示尊宠，诗题称严大夫以此。严谟赴桂州，朝廷中作诗送行者不少，如白居易、张籍等都有送行诗。韩诗较为突出。应酬诗易流于敷衍、程式化，但韩诗则不然。它首联从宏观角度来概括桂州（治所在今广西桂林）的地理形胜，点明严氏将赴任的时间和地点，交待环境氛围，这是虚笔。桂州多桂树，"桂林郡因取此以为名"。大夫赴任，正在桂树苍苍森挺的夏令时节。"森"作动词，开篇即以富于地方特色的桂树形象来鼓励将为地方父母官的严谟。二、三联则由虚入实，二联承上写桂州的特殊景物，三联状风俗人情。末联发表感想，认为桂州之行，人间之乐，远胜登天成仙的梦想。发展自然，脉络清晰。

　　韩诗的艺术风格是变化多样的。诗人晚年常用工锻炼作品，这首诗清新流畅，色彩如画，大概与其生活和情绪有关。他没到过桂林。但他"作为文章，其书满家"(《进学解》)，加以善学李杜，充分发挥想象，因此二、三联对偶句写得很精彩，像是唐代的一幅又一幅富于地方及民族特色的着色山水画和社会风俗画，特别是颔联写景，桂林的江水清澈，山峰秀奇，以妇女的饰品青罗带、碧玉簪作比，极其精切生动。因此，查慎行有"不到粤西，不知对句之工"的盛誉。

（蒋　凡）

送郑尚书赴南海

番禺军府盛，欲说暂停杯。

盖海旗幢出，连天观阁开。

衙时龙户集，上日马人来。

风静鵾鹏去，官廉蚌蛤回。

货通师子国，乐奏武王台。

事事皆殊异，无嫌屈大才。

  本诗长庆三年（823）四月写于长安。时韩愈任吏部侍郎。南海，指今广州一带，唐时岭南节度使的治所。郑尚书指郑权。长庆三年四月，以工部尚书郑权为刑部尚书兼御史大夫，赴岭南节度使任。朝中士大夫为之饯行，诗限押"来"韵，以祝其功成归来。一时著名诗人如白居易、刘禹锡、张籍、王建等均有同题诗作。汇诗成册，又推德高望重者作序以冠编首。韩愈《送郑尚书序》为此而作。史称郑权"用度豪侈，乃结权幸求镇守，于是检校尚书左仆射岭南节度使，多衰资珍，使吏输送。凡帝左右助力者，皆有纳焉"（《新唐书·郑权传》），是个善于钻营的贪官。但在赠别诗文中直接斥责，古无此例。因此韩愈转换角度，巧其构思，观诗中"官廉蚌蛤回"句，用汉时孟尝为合浦守，为官清廉，往时因地方官贪枉而徙去的蚌蛤，至此复回之典，其立意深婉，与序称之为"贵而能贫"的"仁者"同意，提醒他以国家朝廷为重，不要贪赃枉法以坑害地方："若岭南帅得其人，则一边尽治，不相寇盗贼杀……外国之货日至，珠香象犀玳瑁奇物溢于中国，不可胜用。"劝贪者为"廉"且"仁"，无异与虎谋皮，曲折地表达了作者的忧虑。因此，诗中只写南海风光人情，而不颂其功德，得体又含深意。

诗之佳处，与《送桂州严大夫》一样，在于写出了地方特色和民族色彩，赋一地而有一地之"个性"。在应酬诗中是很不容易的。开篇"军府盛"云云，很有气魄，雄浑之势已见端倪。"欲说暂停杯"则是古文家的间歇转折之文，以引出下面的一大篇叙述和议论。中间四联，对仗精工。"盖海"一联，承上"军府盛"而发，声势浩荡，军旗雄壮，楼台峙立，海天一色，景色蔚为壮观。三、四、五联则从不同侧面，描绘了广东沿海一带的特殊风土人情，形象地展现了南海少数民族的生活画面，给人以很深的印象。最后一联议论收拢，如果缺乏深厚功力，就无法写出"事事皆殊异"的精神面貌来。"无嫌屈大才"云云，则委婉以讽，"不著一字"而其意自明。大概因为韩愈曾任潮州刺史，熟悉广东沿海的社会生活，所以一旦回忆想象，写来驾轻就熟，生动亲切，使人有亲临其境之感。

（蒋　凡）

答张十一功曹

山静江空水见沙，哀猿啼处两三家。

篔筜竞长纤纤笋，踯躅闲开艳艳花。

未报君恩知死所，莫令炎瘴送生涯。

吟君诗罢看双鬓，斗觉霜毛一半加。

　　这首七律，贞元二十年（804）写于阳山（今属广东）。张署排行十一。贞元十九年冬，韩愈与张署同任监察御史，因关中旱饥，上疏直谏，得罪权幸，远贬南方，韩为阳山令，张为临武（今属湖南）令。张署量移江陵府任功曹参军，是后来的事。题称张为"功曹"，今人钱仲联以为是"后来追题，或为李汉编集时所加"（《韩昌黎诗系年集释》），这一解释比较合理。韩在阳山，曾收到张氏赠诗，有"恋阙思乡日抵年"之句，思绪万千，引起共鸣，因写此诗作答，借此安慰知友，同时保持自身心理平衡。岭南的奇特秀丽风光，与贬谪后度日如年的痛苦生涯，对比鲜明，反差强烈，从而抒发了诗人的苦闷与愤慨。忧国忧民，何罪之有？贬斥远放，公道何在？前四句纯是即目，后四句生发感慨，情景交融，和谐统一。

　　首联如电影的远镜头，从大处着眼，既写阳山地方水媚山秀，风光宜人；又写哀猿凄啼，点缀二、三人家，以见未开发前南方的荒凉，景中有情，环境衬托了诗人那哀怨凄凉的心境。颔联则如电影中的近镜头，抓住富有地方色彩的景物，用特写的艺术手法来加以表现。筼筜，粗大毛竹。南方气候温暖湿润，春笋竞生毛竹参天。踯躅，又名黄杜鹃，落叶灌木，初夏盛开黄花。黄杜鹃的花朵虽然色彩鲜艳，但冠以"闲开"二字，说明景色虽好，可惜主人无心观赏。这是运用移情于景的手法，来渲染诗人那贬谪生涯的压抑处境，隐约逗露出内心的痛苦。颈联中的"君恩"，指皇帝恩泽。君恩未报，耽心自己会先化作异乡之鬼，葬身南方瘴疠之地。对于有志之士来说，报国无门，理想难申，投闲置散，死于蛮荒，这是何等悲惨的命运！末联直接回答张署，共鸣互应，反响强烈。斗，同"陡"，陡然的意思。诗人猛然觉察功业未就，头已半白，牢落愁绪，和盘托出，形象地描绘了内心悲哀。个人牢骚，已含有忧谗畏祸的深刻社会意义。全诗语言明白，对仗工整，音节流畅；加以比兴兼用，情景相生，哀怨悲怆，读来催人泪下。

（蒋　凡）

晋公破贼回重拜台司
以诗示幕中宾客愈奉和

南伐旋师太华东，天书夜到册元功。

将军旧压三司贵，相国新兼五等崇。

鹓鹭欲归仙仗里，熊罴还入禁营中。

长惭典午非材职，得就闲官即至公。

　　这首七律作于元和十二年（817）十二月上旬自蔡州还朝途中。晋公，指宰相裴度，因平淮西功高盖世，于十二月七日封晋国公。裴氏作诗谢恩言志兼示幕僚，韩以此诗唱和。虽是应酬之作，但推人及己，庄重典雅中颇见个性，很符合当时环境和人物身份，因而成为历代传诵的佳作。

　　首联交待时地及环境气氛，概述以诗为贺的缘起，以带出下三联的内容。韩诗《桃林夜贺晋公》："西来骑火照山红，夜宿桃林腊月中。手把命珪兼相印，一时重叠赏元功。"正可参读。二联写封赠裴度，以受之无愧的崇高官爵颂其威望功德，从而刻画了令贼丧胆的功臣形象。三联从裴度扩展到麾下，班师凯旋，济济人材，文武各归朝廷班列。《诗经·文王》云："济济多士，文王以宁。"这是采用直接说明的手法。但韩诗则化直赋为形象，或归朝班，或入禁营，文修其德，武习战备，贤士用命，朝廷以强，国家怎能不中兴呢？刚壮劲健又不乏纡徐之致，令人深思其深层意义。四联又从众幕僚回视自身，自谓不称其职，要求授以闲官。实际这是要求宰相振肃朝纲、举贤授能的一种委婉的说法。这样结合国家来点明个人前途，用抒发感慨的语句应题收拢，章法发展自然。何焯《义门读书记》曰："后四句只直叙幕中宾客，'即至公'三字，便已带转晋公相业。上下俱有关锁，笔力最高。"

　　韩诗长篇，舒卷自如，变幻无方；律绝小诗则敛才就范，自有方圆。这首诗对仗工整，音调平稳。如颔联叙裴度官爵，遣词用事精切妥帖，庄雅得体，既合实际，又苞气势，富于形象性。末联出以谦语，看似平淡，但细加品嚼，则回味无穷。平淮西事，裴韩主战属少数派。胜负未卜，朝臣掣肘，一旦失利，罪责难逃。现在大功告成，裴度重新入相，当然不会忘记忧患与共的挚友。"即至公"三字，语气谦逊，又委婉得体，隐见诗人的自负与自信。整首诗气象高华，声势俱壮，庄重浑厚，涵盖深远，得杜律之真髓。

（蒋　凡）

左迁至蓝关示侄孙湘

一封朝奏九重天，夕贬潮州路八千。

欲为圣明除弊事，肯将衰朽惜残年！

云横秦岭家何在？雪拥蓝关马不前。

知汝远来应有意，好收吾骨瘴江边。

　　这首七律，写于元和十四年（819）正月南贬潮州路经蓝关途中。时韩愈五十二岁。是年初，宪宗迎佛骨于凤翔，上行下效，举国如狂。时韩愈任刑部侍郎，上《论佛骨表》，引证古今，追寻利害，坚决捍卫儒家正统。但"忠犯人主之怒"（苏轼《韩文公庙碑》），宪宗因欲处以极刑，经宰臣裴度、崔群相救，于元月十四日外贬为潮州刺史，即日奔驰上道，连家属都来不及跟随。老人孤苦伶丁，一直走到蓝关，侄孙韩湘（十二郎老成之子）方才匆匆赶来伴随。是时风雪满天，前途维艰，诗人感慨万千，于是吟咏了这首脍炙人口的千古名篇。李光地《榕树诗选》曰："《佛骨表》孤映千古，而此诗配之。尤妙在许大题目，而以'除弊事'三字了却。"诗、文联璧生辉，于此可见其深刻的社会意义。

　　此诗风格沉郁顿挫似杜甫，又是韩诗律体中运用"文章之法"的艺术典范。首联起破，点明被贬缘由，极言获"罪"之速，话颇含蓄有味。二联承上作答，坚持"除弊端"的正确，绝无低头认错之意。这与屈原《离骚》"虽九死其犹无悔"的精神相似。此老刚直倔强的性格宛然如见。三联转接，即景抒发，情悲且壮。末联以沉痛凄楚之语作结，呼应上面"肯将衰朽惜残年"句。层次清楚，脉络明晰，开合自然，气势一贯。钱仲联曰："如'朝奏''夕贬''九重天''路八千'等，对比鲜明，高度概括。一上来就有高屋建瓴之势。三、四句用'流水对'，十四字形成一整体，紧紧承接上文，令人有浑成之感。五、六句宕开一笔，写景抒情，'云横'、'雪拥'，境界雄阔。'横'状广度，'拥'状高度，二字皆下得极有力。故全诗大气磅礴，卷洪波巨澜于方寸，能产生撼动人心的力量。"这一分析很有启发。特别是颈联纯作景语，前瞻雪拥路茫茫，回顾山重难见家，不言情而情自深，人们似乎听到诗人心灵的滴血声！赋眼前之景，而寄托遥深，成为千古传诵的警句。

这首散文化的七律影响很大，后来黄庭坚就爱学这一诗体。而诗题中的韩湘，就是民间传说中的八仙之一"韩湘子"。经后代笔记小说和戏曲绘画的渲染，如唐段成式《酉阳杂俎》、刘斧《青琐高议》，宋话本《韩湘子三度文公》，元杂剧《蓝桥记》，元陈栎《定于先生集·题韩昌黎画图》等，影响非常广泛。　　　(蒋　凡)

北　楼

郡楼乘晓上，尽日不能回。
晚色将秋至，长风送月来。

　　这首五绝，是其《奉和虢州刘给事使君三堂新题二十一咏》中的一首。沈钦韩注引《册府元龟》卷四八："元和七年六月癸丑，以给事中刘伯刍为虢州刺史。"而诗序中有"在任逾岁"之语，据此，知此诗作于元和八年（813）秋。是年初，韩愈从职方员外郎复降为国子博士，愤作《进学解》，宰相怜其才，于三月二十二日改任比部郎中兼史馆修撰。韩愈曾说："凡今之人，急名与官"（《剥啄行》），坦率地表露了自己汲汲于功名的人生态度。所以一旦仕途顺畅，事业有成，心情也就从牢骚满腹渐趋平静。《北楼》正透露出他那登高望远、一展宏图的阔大胸怀与愉悦心境。

　　诗称"奉和"，是按照原诗题材再创作的唱和诗，唱和应酬之作，本易受制于人，加以当时韩愈供职京师，并没有亲临虢州（今河南灵宝）北楼观览。架空构结，难上加难。还有，五绝篇幅很小，"离首即尾，离尾即首，而腰腹亦自不可少"，艺术要求很高，要达到"愈小而大，愈促而婉"（蒋之翘注）的佳境并非易事。但诗人在这里却扬长避短，去实就虚，从大处着眼。前二句写白天，交待自然环境，而北楼四周有什么具体景色，诗人一句也没有写。

但既称清晨登楼，夜不能回。如果不是良辰美景，怎么会使人留连忘返呢？至于具体如何，尽可留给读者去驰骋想象。后二句写晚景尤妙。他抓住秋风秋月展开想象。"晚色将秋至"不仅点明时节，而且在时间的运行中展现秋天暮色的生命活力。"长风送月来"，承上而下，秋风爽人，月光如泻，动中有静，刻画了一个何等宽阔、静谧而明净的境界！此情此景，的确令人心醉，谁还有心思想到回家呢？这与前二句"不能回"相呼应，短诗也自有章法。在语言上，"将""送"等动词生动妥帖，仿佛赋予了自然以生气和活力。

（蒋　凡）

湘中酬张十一功曹

休垂绝徼千行泪，共泛清湘一叶舟。

今日岭猿兼越鸟，可怜同听不知愁。

这首七绝，永贞元年（805）秋天写于离开郴州赴江陵的途中。韩愈和张署是患难与共的挚友，他们在郴州待命时，接到量移江陵的诏令，心情是矛盾和复杂的。对于新皇帝的大赦令，他们曾为之感动兴奋，因为有了机会离开九死一生的蛮荒之地；但对于只能量移江陵的处理，而不是直接返京任职，又有一肚皮的牢骚。不过与张署相比，韩愈毕竟是个胸怀阔大的文学家与政治家，不会长久沉浸在悲哀之中，更不会被困窘所压倒。

在这首诗中，诗人借清溪泛舟之乐，来为挚友排忧解闷。劝慰之辞，既逗露了俩人真挚而深厚的友谊，同时又隐约体现了诗人那积极向上的顽强性格。绝徼，原指荒僻边塞，这是借指韩张的贬所阳山和临武。脱离贬所，共泛清湘，同舟北上，这也是一件令人欣慰的人生乐事，何必再作儿女之态，泪下沾巾呢！最妙的是后面二句，采用互易的修辞手法，原意应是"可怜岭猿兼越鸟，今日同听不知愁"。可怜，作可爱解释。昔日的岭外哀猿和啼鸟，令中原来的谪官听来愁肠百结；今日风景依旧，却因诗人的心绪不同而色彩一变。这里巧用移情手法，人化自然，自然人化，似乎岭猿越鸟也为诗人的北上喜事而欢欣鼓舞，唱起了欢乐的送行歌曲。作为语言艺术大师，末尾二句含蓄蕴藉，启人联想，从而揭示出隐藏在语言文字背后的深层意义，如汪琬云：“‘今日同听不知愁’，则他日之愁可知矣。‘可怜’二字，无限低徊。”（《批韩诗》引）强打精神的欢笑，潜伏着令人心碎的辛酸，绘出了无形的心灵创伤。　　　（蒋　凡）

盆 池

(五首选一)

池光天影共青青，拍岸才添水数瓶。

且待夜深乘月去，试看涵泳几多星。

《盆池》是由五首七绝构成的一组咏物诗。这是最后一首。诗写于元和十年（815）春夏之际。时韩愈在京任考功郎中知制诰。地处机要，意在有为，本诗正反映了诗人的欣喜之情和宽广胸怀。韩愈不仅是伟大的文学家，同时也是有名的政治家。故虽常以身边发生的小事做诗料，却与屑屑琐琐者不同，而善能寓情于景，因小见大。

这首小诗即从小小的盆景欣赏中，进一步联想到变化万状的大千世界，故有空灵宽远之致。"池光天影"二句，数瓶之水，举手之劳，却获得天光云影共徘徊、波翻浪涌拍岸来的惊人效果，开篇流丽中不失壮美之调。后二句更妙。"且待夜深乘月去"，"乘"一作"明"，作"乘"佳。因为"明月"是静态名词，而"乘月"则兼有动作与神态，形象地描绘了诗人欣赏后尽兴而归的满足。但乘月归去并非欣赏的终结。"试看涵泳几多星"，月落之后，繁星满天，深邃渺茫的宇宙，在盆池倒影中欢快地动荡不定！此句可见诗人兼济天下的胸襟与抱负。池中倒影本是寻常之景，但诗人却能扫除陈言，意思翻新，于琐细之中，显现阔大境界。

　　刘攽《中山诗话》批评《盆池》组诗的"谐戏语"为"不工"，其实这样的俚语俚调，巧抒胸臆，避熟就生，自成一体，格调很是别致。后来南宋诗人杨万里等就极力仿效而自成名家。　　（蒋　凡）

晚 春

草树知春不久归，百般红紫斗芳菲。
杨花榆荚无才思，惟解漫天作雪飞。

　　本诗是《游城南十六首》中的一首。这组诗并非一时所作，钱仲联《韩昌黎诗系年集释》把此诗编入元和十一年（816），大致不差。其时韩愈正在中书舍人任上。位处机枢，很想有所建树。当时朝廷正为平淮西叛镇吴元济事争论不休，韩愈协助宰相裴度积极主战，力求中兴和统一。而另外两位宰相韦贯之、李逢吉则一贯姑息，并煽动朝议、影附者众，因而主和派成为多数派。后来韩愈因此被主和派排陷，于是年夏五月十八日降为太子右庶子这样的闲官。诗写于春末，在降职之前，但政治风波业已振荡。细品诗味，即景抒情，微有寓讽。

　　这首诗题为《晚春》，虽是即目，却非偶然。当时韩愈四十九岁，在古人看来，已近晚年。春天姹紫嫣红，充满了生机，可惜已是"晚春"，好景即将过去。人生亦如此。因此，一般诗人常有"无可奈何花落去"（晏殊《示张寺丞王校勘》），"更持红烛赏残花"（李商隐《花下醉》）之叹，情调感伤。韩愈则不然，越是步入晚境，越急于想干一番事业。花草树木恐怕春归尚且争妍斗艳，人在晚景到来之前，又怎能不积极奉献呢？"百般红紫斗芳菲"，绚丽如画，洋溢着奋发向上的精神力量。紧接着二句以杨花榆荚与红紫花木形成强烈对比。写来诙谐风趣，嘲弄杨花榆荚开不出鲜艳的花朵，只好随风飞舞，犹如没有才华的诗人，唱不出美妙的赞歌；缺乏德才的政治家，干不成任何事业。比喻似乎不尽合乎情理，为什么漫天飞絮的杨花榆荚独独缺乏"才思"？但正如朱彝尊《批韩诗》所说："此意作何解？然情景却是如此。"

此诗妙在巧用比兴，寄托无痕，因而委婉含蓄，耐人寻味，后来杨万里的"诚斋体"颇得力于此。

（蒋 凡）

次潼关先寄张十二阁老使君

荆山已去华山来，日出潼关四扇开。

刺史莫辞迎候远，相公新破蔡州回。

　　这首七绝，元和十二年（817）冬写于潼关。时韩愈年五十，垂暮之人，却豪气不减，写出了"平生第一快诗"（蒋抱玄语）。这一年，韩愈以彰义节度行军司马的身份，随宰相裴度统军扫灭淮西叛镇，献俘长安。叛镇闻风丧胆，河北诸镇献地表示臣服，山东淄青相继剿灭，故淮安一役于"元和中兴"最为关键。对国家来说，是具有历史意义的快事；对于韩愈个人来说，他曾参与决策，胜利把他推向了颇为自得的政治峰巅，更是快事。所以他引吭高歌，顺理成章。

　　从题得知，诗写于班师途经潼关之时。时张贾任华州刺史，韩愈以诗代信，派快马飞递华州。张贾排行十二，曾任门下省给事中，唐时中书、门下二省阁员相称阁老。又因汉时太守称使君，唐刺史相当汉太守，故称"张十二阁老使君"。前二句写凯旋时一路歌舞入潼关的壮丽景色。后二句通知华州刺史准备犒劳三军。开篇二句，查慎行说："气象开阔，所谓卷波澜入小诗。"（《十二种诗评》）潼关在荆华之间，二山巍峨，相距数百里，但对胜利之师来说，"过都越国，蹑如历块"（王褒《圣主得贤臣颂》）。"去""来"

二字用拟人手法，赋物以情，写出一往无前、无限得意之感。而潼关天险更不同往常，旭日东升，霞光万道，为洞开的四门披上了节日的盛装，也为人们染上了一层明快的心理色调。诗人并无一句明写凯旋，而人们眼前不禁浮现出大军歌舞入关的种种联想。程学恂称之为"不着一字，尽于言外传之，所以为妙"（《韩诗臆说》）。"刺史莫辞迎候远"，招请刺史远迎劳军，隐含着胜利的豪情。"相公新破蔡州回"，承上而发、点眼结穴。"相公"指宰相裴度。"新破"表示中兴事刚开始，戛然而止而余势回荡。全诗气象阔大，激情动荡，形象地展现了中唐的重大历史画面。施补华《岘佣说诗》评曰："七绝切忌用刚笔，刚则不韵。退之'荆山已去华山来'一绝，是刚笔之最佳者。"刚健中自具风韵，别人无法"效退之再作一首"，这说明韩愈小诗同样很有独创性。

（蒋　凡）

早春呈水部张十八员外

（二首选一）

天街小雨润如酥，草色遥看近却无。

最是一年春好处，绝胜烟柳满皇都。

这首七绝写于长庆三年（823）初春，时韩愈在京任吏部侍郎，位高望重，心境平静，故此诗清新自然，意境独造。诗似冲口而出，很是平淡。但平淡中有回味；梅尧臣称："作诗无古今，唯造平淡难。……既观坐长叹，复想李杜韩。"（《读邵不疑学士诗卷》）对韩诗的"平淡"非常称赞。韩愈自己也说："奸穷怪变得，往往造平淡。"（《送无本师归范阳》）可见平淡之境，来自千锤百炼。

"天街小雨润如酥，草色遥看近却无"，这二句最受人称颂。"天街"，指皇城的街道，给人一种纵深感。"酥"，奶油，它甜嫩细柔，入口即化。诗人巧妙地通过味觉来表达审美感觉，使人感到更加亲切。细雨霏微，甘如酥油，滋润大地。远处草芽新冒、远望嫩绿一片，近看却稀疏不见。这两句诗犹如一幅娇嫩欲滴的水墨画，形象地把握了早春景色的特点，朦胧美中洋溢着勃勃生机。诗句借景抒情，把垂暮老人对生活的热爱、对生命的赞颂含蓄地点了出来。正因为如此，所以自会转到三、四句。"绝胜"，肯定胜于之意，胜此处读平声。两句将早春细雨中的草色与暮春的满城烟柳相比，艺术效果鲜明。"最是""绝胜"字眼，鲜明、准确、生动、响亮。黄叔灿《唐诗笺注》评曰："'草色遥看近却无'，写照甚工。正如画家设色，在有意无意之间。"

（蒋　凡）

刘禹锡

刘禹锡（772—842），字梦得，洛阳（今属河南）人，生长于嘉兴（今属浙江）一带。唐德宗贞元九年（793）进士，旋登宏词科，累官至屯田员外郎、判度支盐铁案，参与永贞革新。宪宗即位，贬朗州司马。元和十年（815）奉召至京，复贬连州刺史。历夔、和二州刺史及主客郎中、集贤学士等职。复出为苏、汝、同三州刺史。晚年退居洛阳，官太子宾客、检校礼部尚书，世称刘宾客、刘尚书。

刘禹锡诗文兼擅。诗歌与白居易齐名，称"刘白"。白居易称之为"诗豪"。其诗多吸取民歌营养，含思宛转，朴素优美，又善于将哲理与诗情熔为一炉，精炼含蓄，思致深厚，且工于影刺。宋蔡绦称："刘梦得诗，典则既高，滋味亦厚，但正若巧匠斫能，不见少拙。"（《苕溪渔隐丛话后集》卷三三引《西清诗话》）其文巧丽渊博，雄健晓畅。姚铉誉之为"文之雄杰者"（《唐文粹序》）。有《刘宾客文集》。

（吴汝煜）

插田歌 并引

连州城下，俯接村墟。偶登郡楼，适有所感，遂书其事为俚歌，以俟采诗者。

冈头花草齐，燕子东西飞。
田塍望如线，白水光参差。
农妇白纻裙，农夫绿蓑衣。
齐唱田中歌，嘤咛如《竹枝》。
但闻怨响音，不辨俚语词。

时时一大笑，此必相嘲嗤。

水平苗漠漠，烟火生墟落。

黄犬往复还，赤鸡鸣且啄。

路旁谁家郎，乌帽衫袖长。

自言上计吏，年初离帝乡。

田夫语计吏："君家侬定谙。

一来长安罢，眼大不相参。"

计吏笑致辞："长安真大处。

省门高轲峨，侬入无度数。

昨来补卫士，唯用筒竹布。

君看二三年，我作官人去。"

此诗作于连州刺史任所，从小引及诗中所写的物候来看，大概是刘禹锡到连州后的第二年，即宪宗元和十一年（816）。刘禹锡自贬官朗州以来，长期接近农民，对农村生活比较喜欢。这次出任连州刺史，是诗人第一次主持郡政，很想搞出点政绩来，因此对农业生产表现出巨大的热情，对农村中存在的问题作了细致的了解。序中称："偶登郡楼，适有所感。遂书其事为俚歌，以俟采诗者。"可见本诗之作非偶然，其中包含着政治上的感慨。

诗的前半部分描写农民的插田劳动，以赞美的笔调出之。开头四句是写景：高冈上长满了花草，燕子在上下穿飞。水田经过整治，已经灌足了水。水光闪烁，粼粼可爱。诗中描绘的这些景物，构成了旖旎的田间风光，渲染出插秧劳动的季节氛围，以下八句写具体的劳动场面。插秧原是很辛苦的，动作也机械单调，但作者却捕捉到了浓郁的诗意。你看，"农妇白纻裙，农夫绿蓑衣"，色彩是多么鲜明！"齐唱田中歌，嘤咛如《竹枝》"，歌声是多么动听！"时时一大笑，此必相嘲嗤"，气氛是多么活跃！在农业劳动中本来就蕴藏着诗意，但要真正发现它并把它表现出来，却很不容易。唐诗中因描写劳动场面而富于诗情画意的作品实在不多。刘禹锡从内心里喜欢这些淳朴的农妇、农夫，喜欢他们的勤劳、乐观的品格，因此挖掘到的诗美特别多。"水平苗漠漠"以下四句，写插田即将结束时的傍晚景象，也很有生活气息。黄犬往还，赤鸡鸣啄，暗示着收工的时间到了。

　　诗的后半部分描写计吏与农民的对话，以讽刺的笔调出之。计吏是"上计吏"的简称，每年由地方官派往京城上报州郡年终户口、垦田、钱谷收入等事务的小吏。在中唐政治腐败的情况下，计吏往往在京城贿买官职。本诗所写的计吏就是这样一类人。诗中农民的淳朴可爱与计吏的庸俗钻营构成鲜明的对比。作者爱憎分明，思想明显地倾向于下层人民。诗中写计吏恬不知耻地吹嘘他在京城行贿得逞，说明当时朝政腐败，计司（度支司）也不例外。在永贞革新中，王叔文亲自任计相（度支副使）。刘禹锡、韩晔、凌准等都在计司任职，曾使"奸吏衰止"。永贞革新失败以后，奸吏复起，刘禹锡亲眼看到连州计吏的丑恶表现，感慨很深。为了引起朝廷的重视，才写了这首诗。这正是他系心朝廷、关心治道的具体表现。

俞汝昌云：此诗"前状插田唱歌，如闻其声；后状计吏问答，如绘其形。"（《唐诗别裁集引典备注》）声情并茂，气韵生动，确为唐诗中的佳构。

（吴汝煜）

龙阳县歌

县门白日无尘土，百姓县前挽鱼罟。

主人引客登大堤，小人纵观黄犬怒。

鹧鸪惊鸣绕篱落，桔柚垂芳照窗户。

沙平草绿见吏稀，寂历斜阳照悬鼓。

本诗写于贬官朗州时期（805—814）。刘禹锡刚从繁华的京城来到偏僻的小郡，从权力中心的决策人物变成蛮荒之地的闲客散员，内心有一种失落感。他需要从新的环境中获得心理上的补偿。游览，这无疑是一种好方法。在一个风和日丽、桔柚飘香的日子里，他信步来到朗州属县龙阳（今湖南汉寿）。但见风物美丽、物产富饶、民风淳朴、治绩良好，这使他产生了浓厚的兴趣。

首句看似平淡，实际上包含着作者的惊奇之感。在官府门前，一般都送往迎来，车马喧阗，但这里大白天连尘土都没有飞起一点。可见龙阳县令不同于一般俗吏，是位淡泊廉洁之士。次句写百姓能在县衙门前的河中自由捕鱼，足见这里政宽事简，人民各安其业。第三句中的"主人"是指龙阳县令。诗人以州司马的身份来到属县，县令理当以"主人"身分来接待。不过这位"主人"并没有按照俗例来款待客人，而是把客人引到沅江大堤上观赏美景。看来县令也是一位雅士。"小人纵观黄犬怒",写客来以后引起的小小的骚动,看似闲笔,却有深致。至少说明两点,一是平时县中来客甚稀,所以偶来一位陌生之人,孩子们便少见多怪,连黄犬也狂吠不止。二是写出了县令的平易近人。若是一位作威作福的县令,百姓避之唯恐不及,哪里还敢"纵观"呢!"鹧鸪惊鸣","桔柚垂芳",从听觉、视觉、嗅觉多方面着笔,写龙阳县的美景、物产,使人有身临其境之感。用"垂"字形容桔柚,也许不算新奇,但"照窗户"三字下得醒豁,颇能引起联想。原来东汉襄阳太守李衡遣客户种桔千株,号称千头木奴,正在龙阳,事见《襄阳记》。"桔柚垂芳",既是实景,又是用典,意谓李衡种桔之举,垂芳至今,而使家家受惠。称颂县令,暗用循吏事,既不着痕迹,又十分得体。最后两句与开头紧相呼应。上句说吏不扰民,下句说民无讼事。全诗无一句颂,而赞颂喜悦之情溢于言表。

刘禹锡是一位以定邦安民为己任的政治家。永贞革新虽然失败了,但他仍然坚持这一理想。这首小诗向人们透露的,正是这方面的消息。

(吴汝煜)

平 蔡 州

（三首选一）

蔡州城中众心死，妖星夜落照壕水。

汉家飞将下天来，马箠一挥门洞开。

贼徒崩腾望旗拜，有若群蛰惊春雷。

狂童面缚登槛车，太白天矫垂捷书。

相公从容来镇抚，常侍郊迎负文弩。

四人归业闾里闲，小儿跳踉健儿舞。

　　唐宪宗元和十二年（817），丞相裴度统兵讨伐蔡州叛镇吴元济。刘禹锡当时远在连州闻讯喜极，写了《贺门下裴相公启》。禹锡早年参与永贞革新，目的之一就是要削平叛镇，现裴度的主张与他完全相符，因此当平蔡成功的喜讯传来时，他情不自禁地写下了三首热情洋溢的颂歌。本诗是其中的第一首。

　　蔡州是淮西节度使治所。这一带自唐德宗建中三年（782）起先后被李希烈、吴少诚、吴少阳、吴元济等割据三十余年。吴氏父子用严刑峻法控制局面，不准人民夜里燃烛，不准两人在路上说话，不准在家里用酒食招待客人。首句写元济之恶。俗云："哀莫大于心死。""众心死"三字意谓蔡州人民在吴元济的屠刀下忍辱偷生，哀哀欲绝。"妖星"喻吴元济，"妖星夜落照壕水"，谓吴元济恶贯满盈，行将灭亡。以下六句便笔饱墨酣地叙写官军袭破蔡州的情形。"汉家飞将"用西汉名将李广典故，喻李愬。李愬在裴度的支持下，雪夜奔袭蔡州城。自淮西割据以来，官军从未深入到蔡州腹地。吴元济做梦也没有料到李愬会有这一手，因此当官军破城而入时，他在床上没有起来。奇袭的成功，使唐军的声威大振。作者从"贼徒"一边着笔，极写其惊恐之状，加以衬托，使唐军的声威得到了充分的显示。城破以后，吴元济一度依凭牙城顽抗，终因军心离散，人无斗志，而束手就擒，并被关进囚车，押往京师。"大帛"句写出了举国上下欢欣鼓舞、奔走相告的喜庆景象，而作者自己无比兴奋的心情，也跃然纸上。

平蔡之战的成功，与裴度的擘画正确和李愬的出奇制胜是分不开的。刘禹锡对裴、李两人都很敬重，因此诗中特别刻画了裴、李的形象。"相公"指裴度。"常侍"指李愬。裴度进入蔡州以后，宪宗曾下令严惩吴元济党羽。裴度没有完全照办，对胁从者多加赦免。"从容"两字准确地写出了裴度冷静、沉着、宽厚的大臣风范。李愬也颇识大体。他虽然立了大功，但并不居功自傲，裴度前来镇抚，他负矢郊迎，彬彬有礼。在骄兵悍将比比皆是的中唐时代，堪称楷模。诗中对裴、李两人着墨不多，但抓住了他们最可贵的特质，因而形象逼真鲜明。结尾两句，写蔡州人民安居乐业，喜跃欢蹦的景象，与首句"众心死"适成对照，强有力地说明了平蔡之战为民除暴的巨大意义。

本诗在叙事之中夹带着强烈的主观情韵。诗中句句叙事，又句句抒情。昂扬、豪迈的基调和跳荡的韵脚，使全诗洋溢着无比振奋的喜庆之情。刘诗一般来说是比较含蓄的，但本诗是例外。这正如郑板桥所说："至若敷陈帝王之事业"，"描摹英杰之风猷"，"岂言外有言，味外取味者所能秉笔而快书乎?"（《郑板桥集·潍县署中与舍弟第五书》）

（吴汝煜）

秋日送客至潜水驿

候吏立沙际，田家连竹溪。

枫林社日鼓，茅屋午时鸡。

雀噪晚禾地，蝶飞秋草畦，

驿楼宫树近，疲马再三嘶。

潜水驿未详在何处。唐朗州（今湖南常德）东北一十五里有潜水（见《嘉靖常德府志》卷二），或即驿站所在地。

刘禹锡的五律大概被他的七绝和乐府小章所掩，鲜为人称。其实，他的很多警句就产生在五律之中。"唯有达生理，应无治老方。"（《闲坐忆乐天以诗问酒熟未》）"莫道桑榆晚，为霞尚满天。"（《酬乐天咏老见示》）诗情与哲理相映成趣，益人心智，给人启示。本诗的颔联也是有名的警句。不过，它不像上述二联那样，在思想深度上取胜，而是在艺术匠心的安排上显示特色。"枫林社日鼓，茅屋午时鸡。"各以三个名词的组合来渲染乡村社日的欢乐景象。画面明净，动静结合，时空观念很突出。社日是我国古代春秋两次祭祀土神的日子。由"枫林"二字，可确定诗人所写为秋社；地点当然是在潜水驿附近，那里有一片红彤彤的枫树林。特定的节令，特定的场合，构成了特定的意境美，能引发读者丰富的联想。读这一联诗，仿佛可以从纸上听到鼓声、鸡声及欢腾的人声，但十字之中，连一个动词也没有。这不能不说是独出机杼的创造！后来晚唐诗人温庭筠的名句"鸡声茅店月，人迹板桥霜"（《商山早行》），即脱胎于此。宋王安石曾把这一联诗亲笔书写，挂在刘楚公的府第之中（见《苕溪渔隐丛话后集》卷二十），可见他是很欣赏的。苏轼曾指出，王安石的得意之句："静憩鸡鸣午，荒寻犬吠昏。"也有取于此。（《能改斋漫录》卷三）

诗的主题是送客。全诗八句，通过八幅生动的画面烘托出一片热气腾腾的丰收景象。这种景象给送别的场面增添了欢欣热烈的气氛，使一切离情别绪不驱自散，故能兴象高妙，不落送别诗低沉哀伤的俗套。从这个意义上说，颔联与全诗的精神境界也是谐合的。

（吴汝煜）

西塞山怀古

王濬楼船下益州，金陵王气黯然收。

千寻铁锁沉江底，一片降幡出石头。

人世几回伤往事，山形依旧枕寒流。

今逢四海为家日，故垒萧萧芦荻秋。

西塞山在今湖北大冶东，长江中流要塞，三国时，孙吴江防前线，诗所云"千寻铁锁"，当即布于此处，故题云云。

本诗的起笔就不同俗手。诗人不从眼前景物落笔，而是先用简炼的笔墨描写了发生于西塞山一带的一场惊心动魄的鏖战，展示出一幅气势磅礴的历史风云画卷。公元 280 年，晋武帝发兵二十余万，分六路进攻江南的吴国，命王濬率水师从益州（今四川成都）顺江流而下，直取金陵。当时吴主孙皓残暴好杀，早已为吴人所唾弃。刘禹锡对王濬的历史功绩极为钦仰，故篇首即点出了他的大名。"楼船"是一种高大的战舰。"下益州"，是指自益州而下。"下"字置于"益州"之前，使之与"楼船"紧相承接，这就渲染出一种浩浩荡荡、居高临下的进军气势。"王气"代指王朝运祚。"王气"黯然而"收"，说明吴国败亡之局已定。"千寻铁锁"是吴军在险要地带设置的拦江铁链。孙皓不修德政，把国家的存亡只系于几根铁链，因此铁链一旦"沉"入江底，吴国也就只好打出"降幡"，在历史的长河中"沉"没了。

"人世几回伤往事"一句，承上启下，把读者的思想轻轻地带回到现实。"几回"两字概括了整个南朝三百余年的历史。这期间，走马灯似地换了六个王朝。这些王朝的统治集团都迷信山川地形之险，但最后都失败在人事不修。"山形"句以拟人化手法写出了西塞山超然物外的精神。这同英雄们的忙于争霸和到头来霸业荡然无存适成鲜明对照，更突出了他们的可悲。

通过古今对比，诗人深感大唐二百年统一基业的弥足可珍。"今逢四海为家日"，以欣喜的口吻褒美当世，表现了他维护国家统一的原则立场。结句以悲悯的口吻批判历史。"故垒"是六朝英雄们的战守遗迹，"萧萧"状其冷落荒芜。"芦荻"逢"秋"，更增其索漠衰败的凄凉之感。结句写得"故垒"如此不堪，不仅可以使当世藩帅睹之夺气，亦足令后世野心家为之寒心。

就通篇而言，前半一气呵成，后半天巧偶发，而以才气、卓识贯串其间，诗人将事语、景语、情语抟成一片，复将怀古、慨今、垂诫后世融为一体。全诗纵横开阖，夭矫变化，胜意叠出，余味曲色，构成有浩渺时空感的诗境。实为唐人七律中不可多得的神品。

（吴汝煜）

松滋渡望峡中

渡头轻雨洒寒梅，云际溶溶雪水来。

梦渚草长迷楚望，夷陵土黑有秦灰。

巴人泪应猿声落，蜀客船从鸟道回。

十二碧峰何处所？永安宫外是荒台。

松滋渡在今湖北松滋西，唐时属荆州江陵府。穆宗长庆二年（822）春，刘禹锡赴夔州（今四川奉节）刺史任所，途经此地，写了这首感慨至深的名作。

首联以富于特征性的事物"轻雨""寒梅""雪水"，描绘出春寒料峭的气氛。复以"云际溶溶"四字点出题中"望"字。自松滋渡向西远望，但见滚滚江水从高山峡谷之间奔腾而来。其时，诗人长期贬官的苦闷仍重重地压在心头，因此面对着滚滚的江水，心潮便不自禁地激荡起来。颔联发吊古之幽情。"梦渚"是春秋战国时期楚王游猎的云梦泽，"楚望"是泛指楚地的山川。《左传·哀公六年》云："三代命祀，祭不越望。江、汉、睢、章，楚之望也。"楚王的游猎之盛，楚国山河的壮丽，都为古人所羡称，但现在怎么样呢？诗人作了令人伤心的回答。"夷陵"是楚先王陵墓所在地，在今湖北宜昌东南。楚顷襄王二十一年（前278），秦将白起攻入郢

973

都，烧毁楚先王陵墓，夷陵遂化为"秦灰"。

颈联抒伤今之感慨。《巴东三峡歌》写旅愁云："巴东三峡巫峡长，猿啼三声泪沾裳。"出句化用此歌，不烦绳削而愈见出旅愁之深长。对句则极言旅途之艰险。以上两联，将怀古、伤今、写景、抒情融为一体，创造出一种雄奇、浑厚的艺术境界，足以引发读者丰富的联想。尾联主要抒写怅惘之情。"十二碧峰"指巫山十二峰，"何处所"三字不是寻找具体的地方，而是虚拟一笔引出结句："永安宫外是荒台。""永安宫"为蜀汉刘备所建，在今四川奉节。"荒台"即云梦之台、高唐之台。据宋玉《高唐赋序》说，楚襄王曾于此台昼寝，梦与巫山神女欢会。此事杜甫曾发出过"云雨荒台岂梦思"的怀疑。刘禹锡把云梦之台称为荒台，既见其荒凉，又有讥楚王淫放之意。尾联由楚国故地的荒凉景象触发兴亡之感。这尚是作者浅层的思想。实际上"荒台"所在的夔州，正是作者要去的地方。在诗人看来，现实与历史有着惊人的相似之处，宪宗晚年及新即位的穆宗俱荒淫失德。国事如此，深堪忧虑。

全诗以"荒台"作结，非谓夔州之大、古迹之多，除荒台之外，无一可称，而是将一腔惆怅悲怆之情，倾泻于荒台之上，以深诚当世而已。故王夫之评此诗云："自然感慨，尽从景得，斯谓景中藏情。"（《唐诗评选》卷四）

（吴汝煜）

酬乐天扬州初逢席上见赠

巴山楚水凄凉地，二十三年弃置身。

怀旧空吟闻笛赋，到乡翻似烂柯人。

沉舟侧畔千帆过，病树前头万木春。

今日听君歌一曲，暂凭杯酒长精神。

唐敬宗宝历二年（826）冬，刘禹锡由和州刺史奉召回洛阳，与罢苏州刺史返京的白居易相遇于扬州。白居易写了《醉赠刘二十八使君》诗。刘禹锡就写了这首酬答诗。

白居易在赠诗中说："亦知合被才名折，二十三年折太多。""二十三年"指刘禹锡被贬官后离开朝廷的时间。事实上，到写诗时为止，刘禹锡离开朝廷只二十二年，大概时令已入冬季，白居易认为即使马上回朝，亦已到了次年（827），因而预为计入一年。刘诗的首联是顺着白诗说的，所以也用了"二十三年"。此联"凄凉""弃置"等词应和了白居易对他的同情，并包孕着无穷的感慨。颔联是就"凄凉"一词而言的。旧日的友人如王叔文、柳宗元、凌准等，有的被无辜"赐死"，有的受尽折磨而死，自己空有怀旧之情，而旧友终不可复得，此情此心，能不凄楚苍凉！"闻笛赋"是指西晋文人向秀为悼念无罪被杀的嵇康而作的《思旧赋》。因赋中有"听鸣笛之慷慨兮，妙声绝而复寻"两句，故云。"烂柯人"原指晋人王质。相传王质进石室山砍柴，看见两个童子下棋，一局才终，身边的斧柄（柯）已经腐烂。回到家乡，才知道已经过了百年，事见《述异记》。作者用这个故事抒写物是人非、世道沧桑之感，这一切都是紧扣住"凄凉"二字展开的。颈联就"弃置"而言。长期贬官，"弃置"南荒，内心当然十分痛苦，故颈联沉舟、病树自喻，谓由贬地归来见万物更新；所可叹者，自己已成衰朽老翁。前几句由凄凉、弃置领脉，迤逦而来，备极低回唱叹之致。尾联振起豪劲，谓今见白诗，稍舒悲怀，故"暂凭杯酒长精神"，切奉酬乐天之意，亦略见诗人倔强意志。

此诗意甚悲而调甚快，意气盘折，足见"诗豪"本色。"沉舟""病树"一联，白居易服其神妙，谓"在在处处，应当有灵物护之"，盖因虽状凄凉，而意象宽远，妙合哲理，又借末联一振，故见精神。

（吴汝煜）

始闻秋风

昔看黄菊与君别，今听玄蝉我却回。

五夜飕飗枕前觉，一年颜状镜中来。

马思边草拳毛动，雕盼青云睡眼开。

天地肃清堪四望，为君扶病上高台。

此诗约作于唐文宗开成五年（840）七月刘禹锡为秘书监分司东都时。首句"昔看黄菊与君别"的"君"字，有人说是指诗人自己，还有人说是指秋风。细加推敲，都扞格难通。

刘禹锡有一篇《秋声赋》，不仅基调与此诗相同，而且赋中的一个意象："骥伏枥而已老，鹰在韝而有情"，与此诗颈联相仿，当作于同一时期。《秋声赋序》云："相国中山公赋秋声。""相国中山公"指李德裕，李德裕于开成五年七月奉诏入京拜相（《旧唐书》本传），七月正是秋风始至的时节。"赋秋声"即写作《秋声赋》。由此分析，"君"字当指李德裕。刘禹锡与李德裕最后一次分别是在文宗大和三年（829）九月。其时刘禹锡在朝任礼部郎中，李德裕由检校礼部尚书出为郑滑节度使。九月正是黄菊盛开的季节，所以首句实际上是追叙十一年前与李德裕分别的情形。李德裕是裴度所赏识的政治家。刘禹锡对他的政治才干非常钦佩。现在听说李德裕受到武宗重用，可以一展宏图，当然感到格外欢欣。遗憾的是自己已经老病退休，不能共商国事，故次句有"今听玄蝉我却回"的感叹。当时刘禹锡的健康情况已经很坏，颔联具体描述了自己的衰病情状，但是，他想到国家振兴将有希望，便不由自主地振奋起精神来。

颈联是名句，历来为人传诵。胡马与大雕都是酷爱秋天的。秋风一起，胡马抖动卷曲的毛，思食边地的白草，渴望到广袤的边塞驰骋；大雕则睁开睡眼，一意想上青云盘旋翱翔。本联把这两种意象组合在一起，一写其远，一写其高，正好寄托了作者自己高远的志趣和昂扬奋发的精神。故俞汝昌说，此联"英气勃发，少陵操管，不过如是"（《唐诗别裁集引典备注》卷一五）。李德裕在《秋声赋》中曾流露出"发已皓白，清秋可悲"的低沉情绪，本联这样造境立意，实际上也是对李德裕的勉励。尾联主要表达作者欢欣的心情和对李德裕的属望。武宗即位后，刘禹锡的政敌有的已经死去，有的被贬官了，所以说"天地肃清"。刘禹锡一生怀抱刷新政治的大志而始终得不到施展才能的机会。这次李德裕得到了，他怎能不扶病登台，西望长安，寄予深情厚意呢？

（吴汝煜）

秋 风 引

何处秋风至？萧萧送雁群。
朝来入庭树，孤客最先闻。

诗题属乐府琴曲歌辞。"引"是引唱或序奏之意，后为乐府体裁之一。此诗写作时间不可确考，但从诗的感情内容而言，大概作于贬官朗州时期。

首句"何处"二字问得突兀。"秋风"之来，乃时序使然，很难说清楚它来自何处。但这一问，却使人看到了诗人百无聊赖而又无比敏感的心态。由于诗人老是想着自己是由京师贬来朗州的，因此竟觉得"秋风"也该是有来处的了。在这两句中还暗寓着对比之意：雁能自由南飞，而自己却必须久留贬所；雁尚有群，而自己却孤身一人。在对比之中，愈加衬托出自己的凄凉可悲。

三、四两句依然抒写内心的百无聊赖和特殊敏感，但手法有所不同。不是借助对比，而是运用曲笔。《唐诗训解》卷六云："秋风起而雁南矣，孤客之心未摇落而先秋，所以闻之最早。"《唐诗广选》卷六引蒋仲舒语云："不曰不堪闻而曰最先闻，语意最深。"这些评语都很有道理。自然界虽然有四季的叠代，而诗人却感到自己那颗痛苦的心，一直处于衰秋之中。因此当自然界的秋风吹动庭树的时候，诗人的心境之秋立即与外界的物境之秋相感应而陡增无穷的辛酸苦恨。"朝来"两字还告诉读者，诗人彻夜未眠，用笔之曲，令人三叹。 （吴汝煜）

元和十年自朗州承召至京戏赠看花诸君子

紫陌红尘拂面来，无人不道看花回。
玄都观里桃千树，尽是刘郎去后栽。

宪宗元和十年（815）春，刘禹锡、柳宗元、韩泰等人由贬所奉召至京。正值京城"花时"，便相约赏花。本诗是赏花之后所作。

诗的前两句写长安居民看花的盛况。据李肇说："每暮春，车马若狂，以不耽玩为耻。"（《唐国史补》）以此而言，"无人不道看花回"当是实情，其间并无寓意。后两句便不同了。诗人在发表感慨。这种感慨可以从两方面去理解：一、离京十年，后栽的桃树都长大了，开花了，"木犹如此，人何以堪？"这是文人对景感慨的常情，不关涉到别人。二、把观中桃花比作满朝新贵，讽刺他们是在排挤自己出朝后才被提拔起来的。刘禹锡动笔之初，主观上是否有这层意思，尚值得研究，但客观上却给政敌以可乘之机。一些别有用心的人便说此诗有意讽刺在朝大臣，并把是非播弄到了宪宗耳里。结果刘禹锡被贬为连州刺史，与刘禹锡一起进京的柳宗元等人也同时贬为远州刺史。

从诗题"戏赠"两字可以看出，此诗原是一时兴到戏谑之作。被贬出京师十年，刚刚回来，借看花的机会稍稍舒一口怨气，诗亦写得俏皮、含蓄，富于个性色彩，但竟因此得祸，这就难怪王安石要不无惶惧地说:"玄都戏桃花，母子受颠沛。疑似已如此，况欲谆谆诲。"(《王文公文集》卷三八)   (吴汝煜)

再游玄都观绝句 并引

　　余贞元二十一年为屯田员外郎，时此观中未有花木。是岁出牧连州，寻贬朗州司马。居十年，召至京师。人人皆言，有道士手植仙桃，满观如烁晨霞，遂有前篇，以志一时之事。旋左出牧，于今十有四年，得为主客郎中。重游兹观，荡然无复一树。唯兔葵燕麦动摇于春风耳。因再题二十八字，以俟后游。时大和二年三月某日。

　　百亩中庭半是苔，桃花净尽菜花开。

　　种桃道士归何处，前度刘郎今又来。

　　要鉴赏这首诗，小序提供的信息至关重要。它说明：一、写作时间是在刘禹锡被贬官朗州二十四年之后，即唐文宗大和二年（828）春。二、本诗是《元和十年自朗州承召至京戏赠看花诸君子》诗的续篇。三、诗中的"菜花"是指"兔葵燕麦"。

　　如果说，前一首诗原不过是抒发一时感慨，那末，这首诗显将矛头指向了那些借前诗以兴风作浪的佞人乃至宪宗皇帝了。前两句描绘了玄都观里的荒凉景象。原先红霞般的桃花已经荡然无存，代替它的是一些"兔葵燕麦"之类的野菜之花。"兔葵"之"兔"指菟丝，菟丝一词在古书中使用，时有寓意。古歌曰："田中菟丝，何尝可络！道边燕麦，何常可获！"（《太平御览》卷九九四引）后世以"菟丝燕麦"比喻有名无实，小引易"菟丝"为"兔葵"，意思稍晦，但讽刺在朝权贵的有名无实，仍隐然可见。

三、四两句抒写对于打击陷害自己的政敌的蔑视，并表示了不屈的斗争意志。"种桃道士"暗指唐宪宗李纯。李纯重用宦官，迫害参与永贞革新的朝官，但他最后还是被宦官所杀。刘禹锡作为受迫害的当事人，能看到这一结局，实际上是一种胜利。因此读此诗，仿佛看到诗人在环顾玄都观的荒凉景象后突然放声大笑起来。

（吴汝煜）

竹 枝

（二首选一）

杨柳青青江水平，闻郎江上唱歌声。

东边日出西边雨，道是无晴还有晴。

　　本篇与《竹枝词九首》不作于一地。《竹枝词九首》作于夔州，本篇作于朗州，属于黄庭坚所说的"湖湘"竹枝，声调与夔州竹枝微有不同。

　　诗中写一对初恋情人颇具戏剧性的相会及其微妙的心态变化。春到江畔，绿柳如烟，碧绿的江水平铺千里。江畔一对初恋的情人无意中互相发现了对方，情郎佯作不知，故意唱起了一支动人的歌。女郎侧耳细听，初时尚觉不关于己，渐渐听出声声传情，心中充满了爱情的喜悦。刘禹锡以其追光摄影之笔，截取了这一爱情的小插曲。他抓住眼前"东边日出西边雨"的实景，移入了女郎乍疑乍喜的复杂心情，借助谐声双关手法，用天气的"晴"与"不晴"，来谐对方的"有情"与"无情"，把两种不相关的事物巧妙地统一在意境之中，造成了一种旖旎妩媚的美感。情郎的黠慧可爱，女郎的天真纯洁，都被写活了。

　　谐声双关是我国民歌中习见的表现手法。《诗经·旄丘》："琐兮尾兮，鹑鹑之子。"据张西堂说："鹑鹑"为"流离"之谐声双关。

（《诗经六论》)在汉魏六朝乐府诗中，双关用得更为广泛。如《读曲歌》"石阙生口中，衔碑（悲）不得语"，即是。而本诗的谐声双关用得更为贴切自然，因而韵味也显得更为深厚。　　　　　　　　　　（吴汝煜）

竹 枝

（九首选一）

山桃红花满上头，蜀江春水拍山流。

花红易衰似郎意，水流无限似侬愁。

夔州是竹枝词的故乡。刘禹锡任夔州刺史（821—824）时对《竹枝词》产生了浓厚的兴趣，作有《竹枝词九首》和一篇序文。从序文看出，夔州青年联歌《竹枝》时，还有舞蹈配合和乐器伴奏，热闹非凡。歌词虽然鄙陋，但曲调十分动听。刘禹锡写的《竹枝词》在曲调上保持了民间《竹枝》的韵味，且文词极为优美。

本篇是《竹枝词九首》中的第二首。诗中的女郎热烈地爱恋着她的丈夫（或情人），而那个男子却无情地把她抛弃了。她感到愁思百结，无法排遣，就唱了这支动人心弦的歌。第一、二两句是兴。诗人以山桃花的花瓣纷纷落满山头和蜀江春水的奔流不息起兴，紧接着从中引出两个新颖贴切的比喻，用女郎的口气写出了愁怨产生的原因和内心愁绪的深长。美好的爱情就像是盛开的山桃花那样令人陶醉，但是曾几何时，山桃花凋谢了，美好的爱情也幻灭了。这两者在"易衰"这一点上竟是如此的相似，触景生情，怎能不使姑娘悲愁怨恨、为之心碎呢？失恋的怨愁，将日夜萦绕心头，与滚滚东流的春水一样，永无休止。两者在"无限"这一点上又极为相似，对景感怀，又怎能不使姑娘愁上添愁，为之心瘁呢！全诗至此戛然而止。由于比义紧扣兴义，所以上下文之间交相辉映。女郎炽热而又深沉的感情同明媚的自然景色溶合在一起，意境鲜明如画，韵味悠然不尽。

（吴汝煜）

浪淘沙词

（九首选一）

日照澄洲江雾开，淘金女伴满江隈。

美人首饰侯王印，尽是沙中浪底来。

《浪淘沙词》原是唐代教坊曲名。刘禹锡的《浪淘沙词》共九首，都是七言四句，实际上是七绝。本诗是其中的第六首。在艺术上有两个显著特色。首先是意高格高，别开生面。诗的前两句描绘了这样一幅画面：一轮红日喷薄而出，驱散了江上的晨雾，江中小洲露出明净秀美的面容，从沉睡中醒来。一群群淘金姑娘，披着霞光，在江水弯曲之处，正从事着辛勤的淘金劳动。诗人赞美劳动生活，并由此产生联想，把令人羡慕的美人的首饰和令人畏重的侯王的金印与她们的淘金劳动联系起来，而把自己的热情赞美之意寄于言外，意格的崇高与境界的优美实为侪辈所不及。

本诗的第二个特色是思出常格，能够从人们不经意处提炼出警句来。美人的首饰，侯王的金印，究竟从何而来？唐人咏妇女首饰的诗句虽多，但一般不去考察它们的来历。侯王的金印，唐人当然重视得很，一般都说是出自皇帝的赐予。如钱起诗："几年丹阙下，侯印锡书生。"（《送郑书记》）便是显例。此诗则云："美人首饰侯王印，尽是沙中浪底来。"这两句歌颂了劳动的创造力，反映了生活的本质，精警高卓、炼意有神，确实是不可多得的佳句。　　（吴汝煜）

石 头 城

山围故国周遭在，潮打空城寂寞回。

淮水东边旧时月，夜深还过女墙来。

本诗是组诗《金陵五题》中的第一首。作于和州刺史任所（824—826）。据小序，诗人写作此诗时并未到过石头城（在今江苏南京），因此诗中所写，都是凭虚构象。

首句写石头城的险要形势。石头城最早建于汉献帝建安十七年（212）。南朝视为重地，不断地加固城墙，因此尽管经历数百年之久，而城墙依然完好。诗中对石头城的具体形状和景象，不事刻画，只是准确地选择了"故国""周遭"等浑朴的实词，暗暗透露出作者的内心活动：六朝君王为了巩固自己的统治，利用山川地形之险，可谓煞费心机。

次句写石头城景象的冷落荒凉，谓坚城犹在，大江仍旧，唯独六朝无存。山川地形究竟帮了他们什么忙呢？

三、四两句把哲理与诗情融为一体，抒发了更为深沉的感慨。六朝的兴亡无不与一定的时间和空间联系在一起。世人为年寿所囿，往往既不察今，又不知古，历史上的种种荒唐谬误就这样被沿袭下来了。而对于月亮来说，它是跨越古今的，因此诗人要请月亮来作为古今的见证者。"旧时月"，是指历史长河中之月，"夜深还过女墙来"之月，是指今人眼中之月。古今的治乱得失和兴亡变化，月亮看得清清楚楚。诗人特别把今人眼中的月亮称为"旧时月"，显然是为了增强吊古的情韵，逗引读者去回顾六朝兴亡的历史，总结其教训，以作为现实政治的借鉴。 (吴汝煜)

乌 衣 巷

朱雀桥边野草花，乌衣巷口夕阳斜。

旧时王谢堂前燕，飞入寻常百姓家。

这是《金陵五题》之二。朱雀桥是横跨在秦淮河上的大桥（一说是浮桥），位于朱雀门外，为晋时交通要道。当时人来人往，车水马龙，现在只有无主野草花，寂寞开放。乌衣巷位于秦淮河南岸，靠近朱雀桥。东晋时，这里住着王导、谢安等豪门贵族，他们出舆入辇，何等气派！如今只剩下一道残阳的余晖。诗人抓住野草开花和夕阳西下两组荒凉衰飒的景物，和同昔日繁华有关的两个地名，构成一种意象化的喻示：时光流逝，人世变迁，盛极一时的王、谢贵族，由于自身的腐朽，终于在历史上销声匿迹了。

"旧时王谢堂前燕，飞入寻常百姓家。"这是千古传诵的名句，其含意历来有两种不同的理解。一说如谢枋得说："世异时殊，人更物换，高门甲第，百无一存。唯朱雀桥、乌衣巷之花草夕阳如旧。不言王、谢第宅之变，乃云旧时燕飞入寻常百姓之家，此风人之遗巧也。"（《唐诗品汇》卷五十一引）另一说如施补华说："若作燕子他去，便呆。盖燕子仍入此堂，王、谢零落，已化作寻常百姓矣。如此则感慨无穷，用笔极曲。"（《岘佣说诗》）细按二说，虽然微有不同，但都不直说王、谢已变为寻常百姓，而托兴于燕，因此都是耐人寻味的。

（吴汝煜）

和乐天春词

新妆宜面下朱楼，深锁春光一院愁。

行到中庭数花朵，蜻蜓飞上玉搔头。

　　唐文宗大和三年（829），朝廷上的党争加剧，政局出现险象。白居易不肯卷入党争。他在《春词》诗中借一个宫女（或闺妇）的口吻写道："斜倚栏杆背鹦鹉，思量何事不回头？"表达了要急流勇退、及时回头的想法。刘禹锡的和作也以宫怨为题材，抒写自己遭受冷遇，无由展才的政治感受。

　　起笔"新妆宜面"四字，写出了宫女的丽质和慧心。她的梳妆打扮不是讲究脂粉与首饰的珍贵，而是讲究一个"宜"字，即把珠翠、粉黛、发式与玉颜构成一种整体的匀称的美，一切都恰到好处。正是这样一位秀外慧中的姑娘，却被"锁"在庭院之中消磨美好的青春。这是多么可恨的现实！

　　大概是"天生丽质难自弃"吧，宫女在梳妆之时心中就切盼着能获得君王的关注和宠爱。这种思想活动，在诗的首句"下朱楼"三字中已经暗暗包含了，至次句"锁""愁"两字，便渐渐明朗，原来君王是不易见到的。四周"锁"得铁桶似的，哪有机会去见皇上呢？最后两句是心理描写的传神之笔。宫女来到深锁的庭院，既无法见到皇上，又不甘就此罢休，于是只好耐心等待。"数花朵"

不唯是捱时刻的妙法，亦是排遣愁绪的妙法。人生的烦恼与可悲，不在于该得到而得不到，而在于总想把失望变成希望。《西京杂记》卷二记载："武帝过李夫人，就取玉簪搔头。"自此以后，宫女都喜欢用玉搔头作为发簪。此时此刻，诗中的宫女正在想着此事。在孤独与寂寞中她执着地渴望着能得到这样的际遇。遐思既深，木然不动。结果，有情的帝王没有被感动，无情的蜻蜓却充当了知音，好像是来安慰她似的，轻轻地飞上了她的玉搔头。

（吴汝煜）

白居易

白居易（772—846），字乐天，晚年自号香山居士、醉吟先生。下邽人（今属陕西渭南）。唐德宗贞元十六年（800）进士。自校书郎累官至左拾遗充翰林学士。因屡上奏章请求革除弊政，为权贵所挤，元和十年（815）贬江州司马。后改刺忠、杭、苏三州，官至秘书监及刑部侍郎。大和三年（829）以太子宾客分司东都，又迁河南尹、太子太傅等职。武宗会昌二年（842）以刑部尚书致仕。

白居易是中唐平畅自然、通俗浅切诗风的开创者和代表作家。他和元稹等人倡导的《新乐府》、长篇排律以及"流连光景"的小碎篇什在当时即产生过较大影响，有"元和体"之誉。他的诗歌或直切地反映社会现实或真率地抒发个人情怀，善于通过眼前景、口头语，营构感人的艺术境界。宋张镃评为"目前能转物，笔下尽逢源"（《读乐天诗》）。他在题材、风格、表现形式等多方面摆脱了盛唐诗的传统，不仅启开了宋诗的门径，同时也逗露了中唐以后诗词分流和诗与戏曲、小说等俗文学交汇的两种趋向。现存《白氏长庆集》七十一卷，诗近三千首，数量之多，在唐诗人中首屈一指。　　　　　　　　　　　　　　（朱金城）

买　花

帝城春欲暮，喧喧车马度。

共道牡丹时，相随买花去。

贵贱无常价，酬值看花数。

灼灼百朵红，戋戋五束素。

上张幄幕庇，旁织笆篱护。

水洒复泥封，移来色如故。

家家习为俗，人人迷不悟。

有一田舍翁，偶来买花处。

低头独长叹，此叹无人谕：

一丛深色花，十户中人赋。

这首《买花》诗是白居易著名的十首《秦中吟》中的一首。《秦中吟》约作于元和五年（810）前后，其时诗人正任左拾遗、翰林学士，并刚开始创作《新乐府》五十首。《新乐府》同其"讽喻诗"中代表作品的《秦中吟》一样，也体现了诗人"文章合为时而著，歌诗合为事而作"（《与元九书》）的宗旨，系诗人取贞元、元和之际在长安"闻见之际，有足悲者"之事创作而成。十诗分咏十事，"一吟悲一事"（《秦中吟十首》序），并即以其事为题。这十首诗题为：《议婚》、《重赋》、《伤宅》、《伤友》（又云《伤苦节士》）、《不致仕》、《立碑》、《轻肥》、《五弦》、《歌舞》、《买花》。由其诗题可知《秦中吟》所咏从婚姻至赋税，无所不包，题材范围十分广泛；而其中涉及尤多者乃当时达官贵人的奢侈生活，如《伤宅》《轻肥》《歌舞》等皆是。这首《买花》诗也属此类题材，它截取了富贵之家不惜一掷千金购买牡丹花的一个生活侧面，以小见大地抨击了贵人们糜民钱财的奢侈行径。

全诗分两段四节。前段三节。第一节从开头至"相随买花去"四句，写京城暮春时分车马喧阗去买牡丹花的盛况。第二节从"贵贱无常价"至"戋戋五束素"四句，写花价之昂贵：百朵灼灼红牡丹，竟相当于二十五匹帛的价值！《易经·贲卦》："束帛戋戋。"束帛，指五匹帛；戋戋，堆积的样子。第三节自"上张幄幕庇"至"人人迷不悟"六句，写将花买去后小心移栽养护的样子，并以"家家习为俗，人人迷不悟"两句总绾前段。综合起来，前段十四句是以近似白描的手法描写了京城豪门家家在暮春以高价买花并仔细养植的情景。后段一节六句，写一偶来买花处的田舍翁见此情景发出感叹：一丛深色牡丹的价值，竟相当于十户中等人家的赋税！

全诗质直明白，诗人并不直接发议论，而是通过前后两段对豪门高价买花和田舍翁暗自感叹情景的铺叙来两相对照，以鲜明的对比自然而然地产生震撼人的效果，从而不言自喻地反映了靠赋税供养的豪门贵族写交纳赋税的百姓间悬若霄壤的生活状况，抨击了豪门挥金如土的奢侈风气。诗人在前段诗中一连使用了"喧喧""灼灼""戋戋""家家""人人"等叠字以强调热闹、兴盛之状，与后半段田舍翁独自暗叹的凄凉状况形成鲜明的对比，加强了全诗的艺术效果。

与诗人约略同时的李肇在《国史补》中记载道："京城贵游，尚牡丹三十余年矣。每春暮，车马若狂，以不耽玩为耻。执金吾铺官围外寺观，种以求利，一本有值数万者。"于此可见，诗人在《买花》中所抨击的确实是当时京城达官贵人一种普遍而持久的风习，在大家都习以为常的氛围下，诗人独能站在"田舍翁"的立场上痛斥其不合理之处，可称是独具只眼的。

（李宗为）

重过寿泉忆与杨九别时因题店壁

商州南十里，有水名寿泉；
涌出石崖下，流经山店前。
忆昔相送日，我去君言还。
寒波与老泪，此地共潺湲。
一去历万里，再来经六年；
形容已变改，处所犹依然。
他日君过此，殷勤吟此篇。

这是白居易以五言古诗形式所作的一首"感伤诗"。

元和十年（815），白居易因上书请加紧追查刺杀宰相武元衡的刺客的背景，由太子左赞善大夫贬为江州司马，后又迁忠州司马。至元和十五年（820）冬方自忠州召还，拜尚书司门员外郎。在贬谪离京去江州赴任时，他曾经商州（今陕西商县），当时正在商州的朋友杨九曾送他至州南十里寿泉而别。六年后诗人返京，复经寿泉，乃忆及当年杨九送他的情状，感而赋此诗，并题于寿泉之店壁。

全诗十四句，分三层。第一层四句写寿泉，写它位于商州南十里，发源于石崖，而流经诗人经过的寿泉店。第二层四句，回忆六年前与杨九在此处分别时相对泫然的情状。第三层六句，写当今重过此处所生的感慨与对杨九的思念。商州位于长安东南二百里处，在秦岭之东南，是被谪东南的必经之地。写寿泉而写其"流经山店"，兼示当贬谪途中的旅情。诗人以言事剀切而被谤斥逐，内心是非常愤懑痛苦的，故其与杨九分别时涕泪纵横，一方面是惜别，一方面固也是由于内心的隐痛。当时诗人年方四十四，算不上年老，但因为灰心失意，自己感觉上已经衰老，故称"老泪"。同时所作《初贬官过望秦岭》诗中，他也曾强调自己的衰老："望秦岭上回头立，无限秋风吹白须。"与长安一别六年，由于生活艰辛，诗人在外貌上变化较大。同时所作《恻恻吟》"泥涂绛老头斑白，炎瘴灵均面黎黑"二句，可作此诗"形容已变改"句之注脚。末二句，诗人说明自己题诗于寿泉店壁之意，是为了使杨九日后经过时能情意恳切地吟诵它，以此含蓄地表达了自己对还在远方的杨九的思念不置。

白居易诗素来以坦易著称，而这首诗更是白诗中最坦易的作品之一。全诗无一句有求工见好之意，无一词有争难斗险之情，纯为触景生情，因事起意，称心而出，随笔抒写，然而其"眼前景，口头语，自能沁人心脾，耐人咀嚼"（赵翼《瓯北诗话》），这就是白居易诗的最大特点。

（李宗为）

上 阳 人

上阳人，红颜暗老白发新。

绿衣监使守宫门，一闭上阳多少春。

玄宗末岁初选入，入时十六今六十。

同时采择百余人，零落年深残此身。

忆昔吞悲别亲族，扶入车中不教哭；

皆云入内便承恩，脸似芙蓉胸似玉。

未容君王得见面，已被杨妃遥侧目。

妒令潜配上阳宫，一生遂向空房宿。

宿空房，秋夜长，夜长无寐天不明；

耿耿残灯背壁影，萧萧暗雨打窗声。

春日迟，日迟独坐天难暮；

宫莺百啭愁厌闻，梁燕双栖老休妒。

莺归燕去长悄然，春往秋来不记年。

唯向深宫望明月，东西四五百回圆。

今日宫中年最老，大家遥赐尚书号。

小头鞋履窄衣裳，青黛点眉眉细长；

外人不见见应笑，天宝末年时世妆。

上阳人，苦最多：

少亦苦，老亦苦。

少苦老苦两如何？

君不见昔时吕向《美人赋》，

又不见今日《上阳白发歌》！

　　这首《上阳人》又题作《上阳白发人》，是白居易讽喻诗代表作《新乐府》五十首中的第七首。《新乐府》五十首是元和四年（809）诗人在左拾遗任上时所作，于序文中诗人标举这一组诗的创作特点与目的云："其辞质而径，欲见之者易谕也；其言直而切，欲闻之者深诫也；其事覈而实，使采之者传信也；其体顺而肆，可以播于乐章歌曲也：总而言之，为君、为臣、为民、为物、为事而作，不为文而作也。"与同为诗人讽谕诗代表作之《秦中吟》相较，《新乐府》在句式上也不取五言，而取于七言中杂以三言、九言、十言等句式之乐府诗体；在内容题材上也自一般社会现象扩展至政治上和宫廷中的许多令人民不满的现实，是白居易讽谕诗的重大发展。

　　《上阳人》标题下，原有小注云："愍怨旷也。"其小序云："天宝五载以后，杨贵妃专宠，后宫人无复进幸矣。六宫有美色者，辄置别所，上阳是其一也。贞元中尚存焉。"诗人在此诗中，以东都洛阳行宫上阳宫中一白发宫女为典型，表示了他对当时宫廷广选妃嫔、造成大量怨女旷夫的不满，对将青春葬送在深宫中的宫女们表示了深切的同情。《资治通鉴》元和四年三月："翰林学士李绛、白居易上言：'……宫人驱使之余，其数犹广，事宜省费，物贵徇情。'"此诗当为同时之作。

全诗分为五段。自开头至"零落年深残此身"为第一段，开宗明义、简洁地交代了作为全诗中心人物的上阳宫女的身世。"红颜"老去，"白发"新生，形象鲜明地突出了这一宫女自十六岁至六十岁这四十四年漫长岁月中外貌的变化。唐制京都各园苑各设监一人，从六品下；副监一人，从七品下。六、七品官着深、浅绿色公服，故诗中称为"绿衣监使"。第二段从"忆昔吞悲别亲族"至"一生遂向空房宿"八句，转而描写宫女昔时自被选入至发配上阳宫的遭遇。由于她长得美丽动人，人们都说她一入宫中便能受到君王的宠幸，孰料正因为她的美貌，反为杨贵妃妒嫉，配守上阳宫。古谓受到君王临幸为"承恩"。"侧目"则为形容人怒恨之状。由"秋夜长"，至"东西四五百回圆"为第三段，具体描写宫女在上阳宫里寂寞度日、独守空房的漫长岁月。在前八句中，诗人撷取了"秋夜""春日"作为一年四季、日日夜夜的代表，又在秋夜中选择了残灯、暗雨，在春日中选择了莺啭、燕栖的景象作具体描写对象，以此衬托了上阳人"夜长无寐""日迟独坐"的凄凉、孤苦的心情。黄莺悦耳的啭鸣，上阳人因愁闷而厌闻；梁上双飞双栖的飞燕，她因老去而不再妒忌。"梁燕双栖老休妒"既暗示了她年轻时对双燕的妒嫉之情，又不落痕迹地点明了时光的流逝。后四句即承接此句而洗炼地描写了漫长的四十四年岁月的逝去。由于平淡无聊的幽禁生活年年如此，岁岁相同，所以时光的流逝对上阳人来说既是"长"而"迟"的，又是春去秋来非常迅速的。"不记年"，既表明年深月久难以记忆；也描写了她生活之平淡无聊，无须记忆。由于生活之平淡，只有明月之东升西落、缺而复圆成为时光逝去的表征。第四段自"今日宫中年最老"至"天宝末年时世妆"六句，接着描写了上阳人当前的情状，诗人所着重描写的是她那早已过时的装束和化妆。"大家"是当时宫廷中对皇帝的习称，"尚书"是指唐代宫中相当于三国、北魏时女尚书之职的尚宫、尚仪、尚服、尚寝等等女官职衔。上阳人由于年老资深，被遥加以尚宫之类的封号，然而除此之外，四十四年幽禁生活给了她什么？由于与外界隔绝，她仍可笑地以天宝末年流行的小头鞋、窄襟衣、细长眉为时髦的妆扮就是她所得到的一切。"外人不见见应笑"一句，以看似发噱的笔调写出了沉重的酸辛，最是含蓄动人。末段，诗人"卒章显其志"，直接抒写了自己的感慨：上阳人那样的宫女，无论年轻、年老都是最痛苦的人！诸君若要知道年轻宫女的痛苦，请读吕向的《美人赋》；若要明了年老宫女的痛苦，则请看我这篇上阳白发人的诗歌吧！

诗人在这首诗中，以不大的篇幅描写了上阳人入宫四十四年的一生，写得洗炼简洁而又从容不迫、细腻生动。诗人熔叙事、写景、抒情、议论于一炉，又采用错落有致的音韵和句式，使此诗读来亲切自然而又富于变化。王若虚《滹南诗话》称"乐天之诗，情致曲尽，入人肝脾，随物赋形，所在充满，殆与元气相侔"，标举白诗之曲尽情致而又自然浑然。这首诗即较突出地显示了白诗的这一特点。

（李宗为）

卖炭翁

卖炭翁，伐薪烧炭南山中。

满面尘灰烟火色，两鬓苍苍十指黑。

卖炭得钱何所营？身上衣裳口中食。

可怜身上衣正单，心忧炭贱愿天寒。

夜来城外一尺雪，晓驾炭车辗冰辙。

牛困人饥日已高，市南门外泥中歇。

翩翩两骑来是谁？黄衣使者白衫儿。

手把文书口称敕，回车叱牛牵向北。

一车炭，千余斤，宫使驱将惜不得。

半匹红纱一丈绫，系向牛头充炭直。

　　《卖炭翁》也是白居易《新乐府》组诗中为人盛赞的一首诗，诗题下原有小注云："苦宫市也。"所谓"宫市"，就是宫中购买的意思。旧制，宫廷所需，由官府向民间采购。德宗贞元末年，改由宦官置办。宦官们不携任何文书，到市场中看到所需之物，口称"宫市"，随心所欲付出很少代价，货主就只能眼睁睁看着他们将货物取去。宦官们还要向货主勒索所谓"门户钱"和"脚价钱"，甚至于货主"有赍物入市而空归者"。这种公开的掠夺，使百姓深受其害，以致"每中官出，沽浆卖饼之家，皆撤肆塞门"(《新唐书·食货志》)。在这首诗中，诗人即以一个卖炭老翁的遭遇为典型，抒写了宫市给从事集市贸易的百姓所造成的深重苦难，抨击了这一形同抢掠、极不合理的现象，可与韩愈《顺宗实录》的有关记载参看。

全诗分三小段。第一段从开头到"心忧炭贱愿天寒"，诗人以既简炼又形象的语言勾画出卖炭翁工作和生活上的艰辛。在描述其工作之艰辛时，诗人用了间接的对人物肮脏衰老的外貌加以描写的方法；写其生活之艰辛，则又直接地以一问一答加以表述。这种参差变化的描写方式，既使人物形象生动亲切，也使文字跌宕起伏，摇曳生姿。"可怜身上衣正单，心忧炭贱愿天寒"二句由"身上"下笔写老人的心理活动，以强烈的反差，显示了人物的悲苦境地，是全诗的点睛之笔，枢纽之句。第二段自"夜来城外一尺雪"到"市南门外泥中歇"，承上写"天从人愿"，老人盼到了大雪，又历尽辛苦，在冰天雪地中，拉着一车炭来到长安的市场上货卖。这四句对老人从清晨到中午驾着牛车辗着冰雪运炭去集市，作了形象的描写。

最后八句是全诗的第三段。正写宫市，表现"天算不如人算"老人悲惨的愿望也就此成了泡影。两名宫使骑马而来，口称敕令，仅以"半匹红纱一丈绫"为代价，就将卖炭翁费尽辛苦烧成的一车炭取入宫中去了。唐代宦官，品级高的穿黄衣，无品级的穿白衣，故诗人以"黄衣使者白衫儿"分写两名宫使。"翩翩"二字在这里既是形容两骑的轻快，也兼写两名宦官姿态之焕然。诗人用以使两名宫使与满面尘灰、两鬓苍苍、牛困人饥的卖炭翁形成鲜明的对照，进一步推波助澜地强调了卖炭翁的艰辛困苦。至此，诗人已蓄足笔力，从而一泻而下地直陈了卖炭翁卖炭的结果，不作任何描写，甚至也不像大多《新乐府》诗那样直接加以评论来"卒章显其志"，却已自然而然地将卖炭翁的悲惨遭遇和诗人的愤懑之情，渲染得淋漓尽致。

刘熙载《艺概》云："代匹夫匹妇语最难，盖饥寒劳困之苦，虽告人人且不知，知之必物我无间者也。……白香山不但如身入闾阎，目击其事，直与疾病之在身者无异。"又云："香山用常（语）得奇，此境良非易到。"此诗以明白晓畅的文字，将一个艰辛度日的卖炭老人受宫市之害的苦况描写得入木三分，如同身受，显示了诗人博大的心胸和非凡的功力，诗中以少量言简意赅的虚写来衬托实写，以寥寥几笔对宫使的描写来反衬对卖炭翁的刻画，都起到了画龙点睛的作用，尤见作者运笔之妙。"可怜"二句的枢纽作用，更见布局之匠心。凡此均足见写《新乐府》诗似易实难的特点。

（李宗为）

井底引银瓶

井底引银瓶，银瓶欲上丝绳绝；

石上磨玉簪，玉簪欲成中央折。

瓶沉簪折知奈何？似妾今朝与君别。

忆昔在家为女时，人言举动有殊姿：

蝉娟两鬓秋蝉翼，宛转双蛾远山色。

笑随女伴后园中，此时与君未相识。

妾弄青梅倚短墙，君骑白马傍垂杨。

墙头马上遥相顾，一见知君即断肠。

知君断肠共君语，君指南山松柏树。

感君松柏化为心，暗合双鬟逐君去。

到君家舍五六年，君家大人频有言：

聘则为妻奔是妾，不堪主祀奉蘋蘩。

终知君家不可住，其奈出门无去处！

岂无父母在高堂？亦有亲情满故乡。

潜来更不通消息，今日悲羞归不得。

为君一日恩，误妾百年身。

寄言痴小人家女，慎勿将身轻许人。

　　这是白居易《新乐府》中最富于戏剧性的一首"讽谕诗"。题下原有小注云："止淫奔也。"所谓"淫奔"，古代指青年男女未经父母之命、媒妁之言而私自结合，然而诗歌本文却更多表现的却是他对那些因自由恋爱而受到极度歧视的妇女的同情。

　　全诗以第一人称写成。诗人以一女子向丈夫诀别时历数往事的口吻，真切细致地描写了她悲欢离合的经历和内心活动，并提出自己"寄言痴小人家女，慎勿将身轻许人"的劝告。诗人并未站在封建礼教的立场上禁止"淫奔"，而是出于对那些遭遇悲惨的女子的同情而提出劝止的，这就使他有可能将那女子的悲欢离合写得细致入微，感人至深。以弃妇口吻所作的弃妇诗，自先秦、汉魏以来历代不绝，已成为我国古典诗歌中特有的一个类别，如《诗经·氓》、乐府《上山采蘼芜》、曹植《弃妇诗》等等皆是，然以情节之亲切生动而言，则无过于白居易这首《井底引银瓶》。故宋元以下，此诗之情节一再被敷衍演饰为曲艺、戏曲，如宋官本杂剧有《裴少俊伊州》，诸宫调有《井底引银瓶》，宋元戏文有《裴少俊墙头马上》，元杂剧有白朴《鸳鸯简墙头马上》等等，使此诗更加闻名遐迩。

　　全诗可分为五段。第一段六句，以"井底引银瓶""石上磨玉簪"托物起兴，借绳绝、簪折来譬喻美好如银瓶、玉簪般的姻缘不幸夭折。

　　自"忆昔在家为女时"至"此时与君未相识"六句为第二段，倒叙那女子闺中待字时的美貌和无忧无虑。"婵娟"形容美好之状。"秋蝉翼"指鬓发梳得轻薄如蝉翼，亦即所谓"蝉鬓"。"宛转"形容细长弯曲的样子。"双蛾"借喻眉毛。古人习以蛾的触须来譬喻女子弯弯的双眉，谓之"蛾眉"。这两句系以两鬓、双眉为代表来描写那女子出众的美丽，亦即上句所谓的"殊姿"。

第三段自"妾弄青梅凭短墙"至"暗合双鬟逐君去"八句，写她与男子相识、相恋乃至私相结合的经过。"妾弄青梅凭短墙"句，化用李白《长干行》"绕床弄青梅"，活画出那女子天真活泼的娇憨之态，最能表现出诗人善于从细微处着笔来描写人物形象的特点。梅子以黄色为成熟，故"青梅"亦作为女子未成熟的象征。"断肠"一般被用以形容极大的悲痛，在这儿却被用来形容一种牵肠挂肚、难以割舍的情爱。"君指南山松柏树"，用对人物动作的一个静态描写，言简意赅地概括了男子对她所作的爱情忠贞不渝的盟誓。古人习以"南山"喻长久，"松柏"喻坚贞。"暗合双鬟"则指私自结为夫妻。古代女子未婚时头梳双鬟，婚后则绾结为一个发髻。此段后四句用叠句，前联末句谓"一见知君即断肠"，后联首句则云"知君断肠共君语"，叠用"断肠"；前联末句云"君指南山松柏树"，后联首句则谓"感君松柏化为心"，叠用"松柏"。此法常见于建安诗人笔下，如曹植《赠白马王彪》"我马玄以黄"句下接以"玄黄犹能进"，然而建安诗人所用叠语皆置后句之首，白居易则稍加变化，既存繁弦促节、一气贯注之妙，又不显痕迹。

自"到君家舍五六年"至"今日悲羞归不得"十句为第四段，写女子到男家备受歧视，又无颜归见父母，以至进退维谷的处境。"大人"，指父母。"聘则为妻奔是妾"出于《礼记·内则》之"聘则为妻，奔则为妾"，"聘"即古代婚姻六礼中之"纳征"，用以代表"纳采""问名"等六礼;"奔"即私奔,指男女未备六礼而私相结合者。"不堪主祀奉蘋蘩"就是说不能担任正妻才能担任的捧祭物去祭祀祖宗的职务。蘋、蘩皆植物名,上古祭祀祖先时用为祭品。《诗经·召南》有《采蘋》《采蘩》两篇,毛序释为大夫之妻能循法度不失职,则可奉祭祀。祭祀祖先在封建时代是主妇的重要职责。故诗人举以概括那女子在夫家所受之歧视和欺压。

第五段最末四句为全诗之结尾。诗人于对比那女子私奔前后之两种境况,描写了她进退两难的困窘后,以那女子口吻表白了她对短期恩爱换来终身痛苦的悔恨,并告诫年轻多情的闺中女子不要步她后尘,轻易地许身于人。这是诗人作此诗之宗旨。

此诗首段起兴,末段收束,全诗的中心为中间三段。诗人在这三段中以叙事为主,分别叙述了一个未经正式婚礼、私自成婚的女子婚前、相爱乃至婚后的情景,突出描写了她婚前的无忧无虑,相爱时的热烈真诚及婚后所受的轻视凌辱。全诗篇幅不多,却序次井然地勾画了一个天真活泼、真诚热烈的少女形象和她的爱情悲剧,用笔凝炼而又举重若轻,不落痕迹。其中写男女相悦、一见钟情的一段形神兼备,尤其精彩。《唐宋诗醇》赞李白《长干行》云:"儿女子情事,直从胸臆中流出,萦回曲折,一往情深。"本诗此段差亦似之。

(李宗为)

长 恨 歌

汉皇重色思倾国，御宇多年求不得。

杨家有女初长成，养在深闺人未识。

天生丽质难自弃，一朝选在君王侧。

回眸一笑百媚生，六宫粉黛无颜色。

春寒赐浴华清池，温泉水滑洗凝脂。

侍儿扶起娇无力，始是新承恩泽时。

云鬓花颜金步摇，芙蓉帐暖度春宵。

春宵苦短日高起，从此君王不早朝。

承欢侍宴无闲暇，春从春游夜专夜。

后宫佳丽三千人，三千宠爱在一身。

金屋妆成娇侍夜，玉楼宴罢醉和春。

姊妹弟兄皆列土，可怜光彩生门户。

遂令天下父母心，不重生男重生女。

骊宫高处入青云，仙乐风飘处处闻。

缓歌慢舞凝丝竹，尽日君王看不足。

渔阳鼙鼓动地来，惊破霓裳羽衣曲。

九重城阙烟尘生，千乘万骑西南行。

翠华摇摇行复止，西出都门百余里。

六军不发无奈何，宛转蛾眉马前死。
花钿委地无人收，翠翘金雀玉搔头。
君王掩面救不得，回看血泪相和流。
黄埃散漫风萧索，云栈萦纡登剑阁。
峨嵋山下少人行，旌旗无光日色薄。
蜀江水碧蜀山青，圣主朝朝暮暮情。
行宫见月伤心色，夜雨闻铃肠断声。
天旋地转回龙驭，到此踌躇不能去。
马嵬坡下泥土中，不见玉颜空死处。
君臣相顾尽沾衣，东望都门信马归。
归来池苑皆依旧，太液芙蓉未央柳。
芙蓉如面柳如眉，对此如何不泪垂？
春风桃李花开日，秋雨梧桐叶落时。
西宫南内多秋草，落叶满阶红不扫。
梨园弟子白发新，椒房阿监青娥老。
夕殿萤飞思悄然，孤灯挑尽未成眠。
迟迟钟鼓初长夜，耿耿星河欲曙天。
鸳鸯瓦冷霜华重，翡翠衾寒谁与共？
悠悠生死别经年，魂魄不曾来入梦。
临邛道士鸿都客，能以精诚致魂魄。
为感君王展转思，遂教方士殷勤觅。

排空驭气奔如电，升天入地求之遍。

上穷碧落下黄泉，两处茫茫皆不见。

忽闻海上有仙山，山在虚无缥缈间。

楼阁玲珑五云起，其中绰约多仙子。

中有一人字太真，雪肤花貌参差是。

金阙西厢叩玉扃，转教小玉报双成。

闻道汉家天子使，九华帐里梦魂惊。

揽衣推枕起徘徊，珠箔银屏迤逦开。

云鬓半偏新睡觉，花冠不整下堂来。

风吹仙袂飘飖举，犹似霓裳羽衣舞。

玉容寂寞泪阑干，梨花一枝春带雨。

含情凝睇谢君王：一别音容两渺茫。

昭阳殿里恩爱绝，蓬莱宫中日月长。

回头下望人寰处，不见长安见尘雾。

唯将旧物表深情，钿合金钗寄将去。

钗留一股合一扇，钗擘黄金合分钿。

但教心似金钿坚，天上人间会相见。

临别殷勤重寄词，词中有誓两心知。

七月七日长生殿，夜半无人私语时。

在天愿作比翼鸟，在地愿为连理枝。

天长地久有时尽，此恨绵绵无绝期！

元和元年（806）十二月，白居易任盩厔（今陕西周至）县尉，与友人陈鸿、王质夫同游仙游寺时，一起谈起关于唐玄宗、杨贵妃的传说。王质夫因白居易是"深于诗，多于情者"，请他"试为歌之"，使这"希代之事"能流传下去，于是白居易就创作了这首《长恨歌》，同时还由陈鸿作了传奇小说《长恨歌传》。《长恨歌》一出，立即风靡于时，传诵于"王公、妾妇、牛童、马走之口"（元稹《白氏长庆集序》）。诗人自己在编集诗集时也称"一篇长恨有风情，十首秦吟近正声"，自许为压卷之作。

《长恨歌》之所以脍炙人口，除了其艺术上的成就之外，与其题材也很有关系。此诗写的是玄宗和杨妃的爱情悲剧，故以"长恨"为题。诗中前半所述大抵出于真实的历史，后半部分写玄宗遣方士至海外仙山觅得杨妃仙灵的故事则来自民间传说。玄宗和杨妃的故事，本为唐人艳称，屡形于诗歌；现在加上传说的点缀，其事更为缠绵悱恻，哀惋动人。故后世掇取《长恨歌》情节敷演而成的小说、戏曲不胜枚举，最著名的有宋乐史《杨太真外传》、清洪昇《长生殿》等。

《长恨歌》全诗凡八百四十言，一百二十行，大致可分为四个段落。第一段二十六行，写杨妃的姣好美貌及其入宫后备受宠幸的盛况；第二段十六行，为由盛入衰的转折，写突然爆发的安史之乱惊破了玄宗的骊宫春梦，并且导致了杨妃的死亡；第三段三十二行，写杨妃死后玄宗在蜀中及返回长安后对她的思念之忱；第四段四十六行，写玄宗遣方士于海外仙山寻觅到死后成仙的杨妃，由杨妃的赠物寄词描述她对玄宗的思念，并由末句之"此恨绵绵无绝期"归结到题目"长恨"上去。全诗的主旨就是由诗题和结尾所点明的"长恨":一对因恩爱逾常而生死悬隔的恋人天上地下苦苦相思,却永远不能再相逢的那种难以解释的憾恨。这里有历史的教训,有人生的哲理,但更多的是诗人作为"多于情者"对他们爱情悲剧的同情。

此诗第一段自开头至"不重生男重生女"。开端第一句"汉皇重色思倾国"即开宗明义,意含双关。"汉皇"指汉武帝,借指唐玄宗,兼以汉武帝与李夫人比附唐玄宗与杨妃。李夫人死后,汉武帝亦曾遣方士求其魂魄来相会。"倾国"也用李延年赞李夫人"一顾倾人城,再顾倾人国"之语,借指美人,然而也照应下文的战乱。故此开头一句已暗启下半篇之全部情事,可见诗人构思之精妙。"杨家有女初长成"指杨贵妃。杨妃相传小名玉环,先曾册封为寿王(玄宗之子)妃,此诗称"养在深宫人未识",论者多以为是诗人有意隐讳。然而与此诗兼行之《长恨歌传》却并未讳言这一史实,故诗人当为避免行文枝蔓而作此言。"回眸一笑百媚生,六宫粉黛无颜色",乃形容杨妃之美丽压倒六宫妃嫔。"粉黛"为妇女化妆所用,这里借代指后宫妃嫔。"华清池"是在骊山上的温泉,唐玄宗在温泉建华清宫,常去避寒。"金步摇"是一种悬有垂珠的金钗,行走则珠摇,故名。"金屋"也用汉武帝故事,《汉武故事》载汉武帝幼时曾表示若娶表妹阿娇为妇,"当作金屋贮之"。"列土"即分封土地,指封为贵族。此段极言杨妃入宫后因娇美为玄宗宠爱,以至泽及兄妹,影响被于天下,盛极必衰,伏下了"长恨"的祸根。

　　自"骊宫高处入青云"至"回看血泪相和流"为第二段。诗人写悲剧产生，却先从极乐处下笔。前四句先述玄宗与杨妃在骊山华清宫歌舞作乐，然后陡然以"渔阳鼙鼓"与上文之"缓歌慢舞凝丝竹"形成鲜明对比，使气氛为之一变。渔阳郡属范阳节度使管辖，此处以之借代安禄山所辖范阳、平卢、河东三镇八郡。鼙鼓乃骑兵所用小鼓，其声短促迅急。"惊破霓裳羽衣曲"是诗人自己极得意的诗句，在后来所作《霓裳羽衣歌》中犹标举这一诗句云："君不见，我歌云：惊破霓裳羽衣曲。"因《霓裳羽衣曲》于散序、中序之后为"霓裳破"十二遍而乐终，故一"破"字在这儿又双关专门用语。又霓裳曲至"入破"后方作"宛转柔声"，此诗则以惊天动地之鼙鼓与之对举，相映成趣而更见诗人结撰之工。"翠翘金雀玉搔头"与上句之"花钿"都是妇女所用的首饰，因限于字数而拆为两句，移置于后。此段写杨妃之死纯用旁敲侧击之法，以首饰"委地无人收"陪衬，又以玄宗"回看血泪相和流"渲染，却已将悲剧气氛烘托得恰到好处，为下半篇"长恨"之展开作了适当的铺垫，并留下笔墨回旋的余地。

　　第三段自"黄埃散漫风萧索"至"魂魄不曾来入梦"，通过玄宗入蜀，在蜀中行宫，返驾途经杨妃所葬之马嵬坡，独处西宫、南内等经历的叙述，以景中寓情、情景交融的笔法层层深入地描写了玄宗对杨妃的相思之情。其重点尤在于"归来池苑皆依旧"句后之十八句，因返回长安后所见皆为曾与逝者同处之景色人物，诗人抓住人物触景生情、睹物思人的心理，以情景交融的笔法，由春入秋，自昼及夜，一层层作了细致的刻画，将人物悲痛哀婉的心情写得跃然纸上。秋景凄凉，夜晚孤寂，更能烘托出人物愁苦的感情，故其间诗人又以秋夜为描写之重点。写西宫南内生活之十八句中，写秋天的占十三句，而写秋夜的又在十三句中占了八句，这八句所着重描写的又是"孤灯挑尽未成眠"的情景。最后，笔头轻轻一转，由夜不成眠转入"魂魄不曾来入梦"作为收束，又从"魂魄"二字展开下段。

第四段从"临邛道士鸿都客"到末句，承上段而写方士为玄宗觅得杨妃魂魄。在这一内容取自民间传说的段落中，诗人以旖旎的笔调描写了魂魄已登仙界的杨妃对下界玄宗的深情。"临邛"乃县名，即今四川邛崃。"鸿都"为后汉首都洛阳之宫门，此处借指长安皇宫。"太真"是杨妃入宫前度为女道士时之道号。"小玉"是吴王夫差的女儿；"双成"姓董，《汉武帝内传》中西王母的侍女；二者在这里都借指仙宫中的侍女，即《长恨歌传》中所谓"双鬟童女"和"碧衣侍女"。诗人用"揽衣""推枕""起徘徊"等动作和道士所见"云髻半偏""花冠不整"等形象，刻画了杨妃急于接见玄宗使者的迫切心情，以此衬托她对玄宗的殷切想念。下文则分两层对杨妃寂寞相思之苦恼作正面描写，一层是"玉容寂寞泪阑干"的表情，另一层则是杨妃对方士的自述。"阑干"，指涕泪纵横的样子。接着对玄宗之相思相应，诗人写了杨妃托使者寄物以表相思之忱，由此又因欲取信于玄宗而引出他们当年在长生殿所作的誓言："在天愿作比翼鸟，在地愿为连理枝。"比翼鸟即鹣鹣，古代传说中只有一目一翼成双作对才能飞行的鸟。连理枝指枝干连生在一起的树木。这一表示永不分离的誓言，与玄宗、杨妃悬隔天壤，相思而不能相见的处境形成鲜明的对照，自然而然地归结出"天长地久有时尽，此恨绵绵无绝期"的感慨，点明了"长恨"的题旨，全诗至此便戛然而止。

《长恨歌》是一首篇幅宏大的叙事诗。所写时间跨度近二十年，空间跨度则由长安到蜀中，从人间到仙境，其体制结构和内容都博大宏丽，古代文人诗中罕有其匹；然而全诗于一气舒卷之中既有波澜起伏的情节描写，又有完整鲜明的人物塑造，序次井然而又生动出色，最能表现出诗人游刃有余地驾驭诗歌语言的高超技艺。

除了结构上的精心布置外，此诗最大的特点是情景交融、边叙事边抒情的描写手法和前后照应、紧密钩连的句法特点。"黄埃散漫风萧索，云栈萦纡登剑阁"等句中，诗人以景色之变换叙事，又以景物之气氛烘托人物感情，叙事、写景和抒情已交融到浑然一气、乳水难分的程度。诗人将情节的进展，景物的变换和抒情的回环往复糅合一体，既极大地扩展了诗歌的容量，又层层深入地渲染出蕴蓄在人物内心深处的难以言传的感情。句法上的前后钩连在此诗中也表现得非常鲜明。上两句以"芙蓉帐暖度春宵"作结，下两句则以"春宵苦短日高起"起句，以"春宵"二字钩连；上两句以"东望都门信马归"作结，下两句则以"归来池苑皆依旧"起句，以一"归"字钩连：这是采用顶真格来钩连前后。诗中用得更多的是意象上的承接沟通。如上两句以"太液芙蓉未央柳"作结，下两句则以"芙蓉如面柳如眉"起句；上两句以"孤灯挑尽未成眠"写长夜难眠，下两句之起句则以"迟迟钟鼓初长夜"承接；上两句之结句写"魂魄不曾来入梦"，下两句则以"临邛道士鸿都客，能以精诚致魂魄”转入对魂魄的寻觅。这样层层沟通、处处钩连的句法，使这一长篇巨制的诗歌在形式上序次井然，一气呵成，结合其内容上紧扣“长恨”题旨的描写方法，使全诗在内容和形式上浑然一气，天衣无缝。

金人王若虚在《滹南诗话》中说：“乐天之诗，情致曲尽，入人肝脾，随物赋形，所在充满，殆与元气相侔；至长韵大篇，动数百千言，而顺适惬当，句句如一，无争张牵强之态。此岂捻断吟须、悲鸣口吻者之所能至哉！”这一评语所标举的特点，在《长恨歌》中表现得最为淋漓尽致，是此诗成为白居易诗歌中的压卷之作、成为历代传诵的千古绝唱的重要因素。

（李宗为）

琵琶行

浔阳江头夜送客，枫叶荻花秋瑟瑟。

主人下马客在船，举酒欲饮无管弦。

醉不成欢惨将别，别时茫茫江浸月。

忽闻水上琵琶声，主人忘归客不发。

寻声暗问弹者谁，琵琶声停欲语迟。

移船相近邀相见，添酒回灯重开宴。

千呼万唤始出来，犹抱琵琶半遮面。

转轴拨弦三两声，未成曲调先有情。

弦弦掩抑声声思，似诉平生不得志。

低眉信手续续弹，说尽心中无限事。

轻拢慢撚抹复挑，初为《霓裳》后《六幺》。

大弦嘈嘈如急雨，小弦切切如私语。

嘈嘈切切错杂弹，大珠小珠落玉盘。

间关莺语花底滑，幽咽泉流冰下难。

冰泉冷涩弦凝绝，凝绝不通声暂歇。

别有幽愁暗恨生，此时无声胜有声。

银瓶乍破水浆迸，铁骑突出刀枪鸣。

曲终收拨当心划，四弦一声如裂帛。

东船西舫悄无言，唯见江心秋月白。

沉吟放拨插弦中，整顿衣裳起敛容。

自言本是京城女，家在虾蟆陵下住。

十三学得琵琶成，名属教坊第一部。

曲罢曾教善才伏，妆成每被秋娘妒。

五陵年少争缠头，一曲红绡不知数。

钿头云篦击节碎，血色罗裙翻酒污。

今年欢笑复明年，秋月春风等闲度。

弟走从军阿姨死，暮去朝来颜色故。

门前冷落车马稀，老大嫁作商人妇。

商人重利轻别离，前月浮梁买茶去。

去来江口守空船，绕船月明江水寒。

夜深忽梦少年事，梦啼妆泪红阑干。

我闻琵琶已叹息，又闻此语重唧唧。

同是天涯沦落人，相逢何必曾相识。

"我从去年辞帝京，谪居卧病浔阳城。

浔阳地僻无音乐，终岁不闻丝竹声。

住近湓江地低湿，黄芦苦竹绕宅生。

其间旦暮闻何物？杜鹃啼血猿哀鸣。

春江花朝秋月夜，往往取酒还独倾。

岂无山歌与村笛？呕哑嘲哳难为听。

今夜闻君琵琶语，如听仙乐耳暂明。

莫辞更坐弹一曲，为君翻作琵琶行。"

感我此言良久立，却坐促弦弦转急。

凄凄不似向前声，满座重闻皆掩泣。

座中泣下谁最多？江州司马青衫湿。

此诗与《长恨歌》同为白居易诗作中最为人称道的名篇。唐宣宗李忱在为诗人所作悼诗中云"童子解吟《长恨》曲，胡儿能唱《琵琶》篇"，即拈出这两篇歌行来描述白诗的脍炙人口。

诗前有序云："元和十年，予左迁九江郡司马。明年秋，送客湓浦口，闻舟中夜弹琵琶者，听其音，铮铮然有京都声。问其人，本长安倡女，尝学琵琶于穆、曹二善才，年长色衰，委身为贾人妇。遂命酒，使快弹数曲。曲罢悯然，自叙少小时欢乐事，今漂沦憔悴，转徙于江湖间。予出官二年，恬然自安，感斯人言，是夕始觉有迁谪意。因为长句，歌以赠之，凡六百一十六言，命曰《琵琶行》。"诗中所咏，亦即序中自"送客湓浦口"至"是夕始觉有迁谪意"之意。

全诗可分为三大段。第一段自发端至"唯见江心秋月白"，写邀请商人妇弹奏琵琶的经过及其所奏琵琶曲之声调；第二段自"沉吟放拨插弦中"至"梦啼妆泪红阑干"，写商人妇自述其身世；第三段自"我闻琵琶已叹息"至结尾，写诗人由此引起的对自己贬谪生活的感伤。

第一段又可分为两部分，前一部分写因江头送客而邀请商妇弹奏琵琶的经过，至"犹抱琵琶半遮面"为止。开头两句极为精炼地概括了地点、人物、事件、时间以及环境气氛。接下去几句，由秋夜送客，临别把盏引出"举酒欲饮无管弦"，又进而引出琵琶声。经过这一重重铺垫，女主人公才"千呼万唤"地出场，而出场的亮相，却又是"犹抱琵琶半遮面"。这一节女主人公的出场，诗人笔力贯注于气氛的烘托和场面的铺排，于女主人公的外貌不著一字，却已将她凄凉落寞的神情曲曲传出。精心结撰而不露痕迹，语不惊人而出人意表，最见白居易"用常得奇"的功力。此段后一部分为全诗的精彩部分，诗人在这一部分中以变化灵动的笔墨和绘声绘色的譬喻，集中描写了商妇所弹奏的琵琶乐曲。以用笔而言，此节先出以舒展和缓，中间渐次峻急，却又一转而"凝绝不通声暂歇"，而后又突出奇兵，陡然一扬，复戛然而止，归于寂然，短短二十四句中断续相连，波澜叠起。以譬喻而言，诗人在这一节中妙喻连珠，调动了听觉、视觉、触觉等各方面形象，将起伏回荡的琵琶乐曲描绘得有声有色，精彩纷呈。通过这一节对琵琶乐曲的描写，诗人形容了商妇弹奏琵琶技艺的高妙，同时也展现了她历尽沧桑、起伏回荡的心曲。

第二段中，诗人通过商妇的自述，以从容不迫的语言，为她的半生坎坷谱写了一曲缠绵悱恻的悲歌。"虾蟆陵"位于长安城东南曲江附近，是当时歌姬舞妓集中居住的游乐场所。"缠头"是指艺妓献艺后观众赠送绫帛之类表示赞赏。"钿头云篦"指镶有珠宝、镂有云纹用作头饰的梳篦。以上都描写琵琶女嫁作商人妇之前因色、艺俱绝所过的欢乐豪华的生活。自"弟走从军阿姨死"以下，笔调一转，叙述她如今的沉沦冷落。"夜深忽梦少年事，梦啼妆泪红阑干"两句，对她弹奏琵琶时所流露的跌宕起伏、缠绵悱恻的心情作出了解释。

第三段写诗人听了琵琶曲以及琵琶女的自述后所引起的感慨。这里诗人丝毫不提贬出京城以前的生活，也不涉及被贬后生活中的其他方面，而集中笔墨描述了"浔阳地僻无音乐"所给他带来的苦恼，这是诗人善于剪裁之处。写琵琶女时详于昔，写自己时则略之，以彼形此，这是行文互见之法；写自己贬后之苦，集中于由欣赏琵琶曲而引起的"无音乐"之苦而略于其他，以此形彼，更是照应主意、细密凝炼之处。结尾六句，由诗人与琵琶女的对话重新转入弹奏琵琶及听者的感受，最终归结为"江州司马青衫湿"。"青衫"是唐代文官中品级最低的服色，"江州司马"则突出了诗人被贬后的身份，这正是一篇之主意所在。白居易被贬为江州司马，是由于上书请急捕提刺杀主持平叛的宰相武元衡的刺客而受到谗毁，这对于他政治上的雄心壮志是个沉重的打击；当时诗人已四十四岁，年龄老大而位卑言轻，更遭贬谪而投闲置散，使他顿生美人迟暮、天涯沦落之感，这首长篇叙事诗所主要抒发的，正是诗人的这一深沉的感慨。

这首诗通过对一沦落天涯的乐妓的描写，寄寓诗人无辜被贬，壮志难酬的沦落之恨；又通过对乐妓音乐的描写，将内心难以言传的幽怨愤懑的感情形容得一波三折，淋漓尽致。环绕着这种幽怨愤潋的感情,全诗步步映衬,处处点缀,笔意层出不穷而又细腻熨帖、联贯回护,将琵琶曲、琵琶女的身世和诗人的感慨紧密地绾结一气,融合为一。而诗中三处对秋江月色的描写,更为全诗敷设了澄明而凄迷的背景,使这种感慨获得了更深广的时空感。诗中有长段的形容,长篇的叙事和整段的议论,却又一气贯注,相互映衬。这一切都表现出诗人构思之工,结撰之妙。然而,这一切构思结撰又丝毫不露痕迹,显得自然平易,语语顺惬。袁枚《续诗品三十二首》之《灭迹》篇,评白居易诗云:"织锦有迹,岂曰蕙娘?修月无痕,乃号吴刚。白傅改诗,不留一字。今读其诗,平平无异。意深词浅,思苦言甘。寥寥千年,此妙谁探?"《琵琶行》正突出地表现了白居易诗的这一特点。

(李宗为)

醉后狂言酬赠萧殷二协律

余杭邑客多羁贫，其间甚者萧与殷。
天寒身上犹衣葛，日高甑中未拂尘。
江城山寺十一月，北风吹沙雪纷纷；
宾客不见缔袍惠，黎庶未沾襦袴恩。
此时太守自惭愧，重衣复衾有余温。
因命染人与针女，先制两裘赠二君。
吴绵细软桂布密，柔如狐腋白似云。
劳将诗书投赠我，如此小惠何足论？
我有大裘君未见，宽广和暖如阳春。
此裘非缯亦非纩，裁以法度絮以仁。
刀尺钝拙制未毕，出亦不独裹一身。
若令在郡得五考，与君展覆杭州人。

长庆二年（822），白居易在朝中任中书舍人，上疏论河北用兵等事，皆不听。当时，唐朝内则朋党倾轧，政事日荒；外则两河复乱，民不聊生。白居易感到自己在朝中已不能有所作为，便主动请求外任，希望在自己治理的地方可以施行仁政，造福于当地人民。他在当年七月除杭州刺史，此诗作于同年冬季，他刚到任不久。寻绎诗意，他当时命人做了两件丝绵袍赠送给萧、殷二人，二人投诗函道谢，他便又作了这首诗赠答，并且在诗中表白了自己将在杭州施行仁政，造福百姓的决心。诗题中的"萧、殷二协律"指萧悦、殷尧藩。萧悦，兰陵（今山东峄县）人，善于画竹，参看《画竹歌》。殷尧藩，嘉兴（今属浙江）人，元和时进士。协律即协律郎，正八品上，属太常寺，是掌管音律的官职。二人与白居易友善，在杭州时相往还。

此诗可分为三段，每段八句。第一段前四句写萧、殷二人之清贫；后四句写冬天风雪交加而自己未能施惠于宾客百姓，使他们免于寒冷。写萧、殷二人之清贫而先说"余杭邑客多羁贫"，从大处落笔，暗伏末段之将以仁义"展覆杭州人"。"葛"是古人制作夏衣的材料，"甑"是古人蒸饭用的陶器。东汉人范丹，字史云，辞官去职而家中贫穷，常常断炊，以至于饭甑中布满灰尘，乡邻们作"甑中生尘——范史云"的歌谣。这里引用这一典故来形容萧、殷二人之清贫。第五句"江城"即指杭州，杭州滨钱塘江，故谓。"山寺"则指萧、殷寄居之处。唐代士人常赁居于寺庙。结合《画竹歌》来看，二人所寄居的或即为天竺寺，寺在西湖边天竺山上。第七句的"绨袍惠"用战国时代须贾、范雎的典故。范雎曾为须贾的门客，后至秦国为相。须贾因国事到秦国，范雎故意穿破衣求见，须贾赠以绨袍。第八句"襦袴恩"用东汉廉范的典故。廉范任蜀郡太守，百姓作歌称颂，有"平生无襦今五袴"之言。"襦"是短袄，"袴"为套裤。第二段写诗人制裘相赠的心意和经过。中间描写绵裘细软柔暖的两句亦为第三段伏笔，不能作等闲看。最后自称赠裘为"如此小惠何足论",一方面是对萧、殷二人"劳将诗书投赠我"的谦虚之辞,另一方面又藉以引出下文之大志。第三段即承前段之赠裘而将自己施行法度为表、仁义为里的政治的大志譬喻为"不独裹一身"之"大裘",向萧、殷二人表白了自己将在任期内以此"展覆杭州人"的决心。其中"若令在郡得五考"句是指在杭州按常规任满任期。唐代自元和二年(807)规定,诸州刺史等官,均应经过五次对政绩的考查,才可转官。

此诗由杭州邑客多贫,萧、殷天寒乏衣而及赠裘,又由赠裘之"小惠"而及施行仁政之大志,序次井然,略无波澜,看上去平和率易而乏龙腾虎跃、大气飞动之姿。然而,其中用典使事,譬喻形容,呼应转接,都熨帖自然,丝毫不见斧凿痕迹,深得浑沦沉潜之道;通篇之结构,每段间层层递进而又首尾相应,也整齐圆转而巧于运用:真所谓"灵机内运,锻炼自然,何等慎重落笔"(清潘德舆《养一斋诗话》),而又不露匠心者。刘熙载《艺概》所谓"诗能于易处见工,便觉亲切有味",正指白居易这一类诗而言。

白居易后在杭州修堤濬井,以供灌溉饮用,施惠于杭人非浅,以至他在离任时杭人"耆老遮归路,壶浆满别筵",留恋难舍,则此诗所咏,非徒大言夸饰。然而在赋税繁重的当时,他作为区区一个地方官,所施的惠政毕竟只是杯水车薪,因此仍不免"税重多贫户,农饥足旱田",只能"唯留一湖水,与汝救凶年"(引文均见《别州民》)而已!

(李宗为)

画 竹 歌

植物之中竹难写，古今虽画无似者；
萧郎下笔独逼真，丹青以来唯一人。
人画竹身肥拥肿，萧画茎瘦节节竦；
人画竹梢死赢垂，萧画枝活叶叶动。
不根而生从意生，不笋而成由笔成。
野塘水边碕岸侧，森森两丛十五茎。
婵娟不失筠粉态，萧飒尽得风烟情。
举头忽看不似画，低耳静听疑有声。
西丛七茎劲而健，省向天竺寺前石上见。
东丛八茎疏且寒，忆曾湘妃庙里雨中看。
幽姿远思少人别，与君相顾空长叹。
萧郎萧郎老可惜，手战眼昏头雪色。
自言便是绝笔时，从今此竹尤难得！

　　此诗本题为《画竹歌并引》，"引"即序。其序文曰："协律郎萧悦善画竹，举时无伦。萧亦甚自秘重，有终岁求其一竿一枝而不得者。知予天与好事，忽写一十五竿，惠然见投。予厚其意，高其艺，无以答贶，作歌以报之，凡一百八十六字云。"这里的"协律郎萧悦"亦即《醉后狂言酬赠萧殷二协律》诗中的萧协律，与诗人友善，在杭州时相往还。

这是一首题画诗。题画诗初盛于杜甫，其《画鹰》《戏题王宰画山水图歌》等诗皆传诵于后，对后世题画的发展有巨大影响。白居易这首《画竹歌》，继承了杜甫题画诗的一些特点而又有所创造。

此诗可分为三段。第一段自开头至"不笋而成由笔成"十句，泛写萧悦画竹之特色。其中心部分是通过与他人画竹的对比，突出萧悦画竹之特点：茎瘦节竦，枝活叶动。"不根而生从意生"句点明画从意出，将画竹的特点与画者的人格胸襟联系起来，为以下一段对画竹的具体描写作铺垫，赋以更深一层的涵义，是画龙点睛之笔。

第二段自"野塘水边碕岸侧"至"忆曾湘妃庙里雨中看"十句，是全诗的中心部分，具体描写萧悦赠送诗人那幅画竹"一十五竿"的图画。这段起始两句写这画竹图的全景：十五竿竹分为两丛，挺立在野塘岸侧。"婵娟不失筠粉态"以下四句则专写图上画竹之滋润美好，栩栩如生。"西丛七茎劲而健"以下四句则又进一步分别描写画竹之西、东两丛，以互文并见的手法，进一步形容画竹之生动逼真和劲健疏寒。上段形容画竹之生动逼真云"不似画"，"疑有声"，此处则进一步指实为"天竺寺石上""湘妃庙雨中"之秀筠疏竹。天竺寺、湘妃庙为南方名胜，两处之竹皆以秀美著称，诗人以彼处之名竹暗喻画竹，复以"石上""雨中"形容其劲健疏寒，使读者宛若置身画中。盛唐诗僧景云咏《画松》云"曾在天台山上见，石桥南畔第三株"，与此同一作意。

由"幽姿远思少人别"以下六句则为第三段。"少人别"是指很少有人能领会、甄别。由此一转，转入对作画者萧悦的感慨。"与君相顾空长叹"一句，诗人巧妙地将画竹、画者和自己绾合联系起来，大大拓展了此诗的意蕴。惋惜萧悦之衰老，字面是惋惜此画已成绝笔，实即惜"幽姿远思少人别"，纵然劲健，不免疏寒。末句"此竹尤难得"与首句"竹难写"遥相呼应。

此诗由画及竹，由竹及人，叙次井然，结构严谨。全诗读来语语顺惬，一气呵成。其妙处尤在以真竹喻画竹，复以画竹拟画者，宾主错综，意在言外。诗人复以"举头""低耳""省向""忆曾""相顾"等句，将自己处处穿插，更丰满了全诗的意蕴。清陈仅《竹林答问》云："诗中当有我在，即一题画，必移我入画，方有妙题；一咏物，必因物以见我，方有佳咏。"此诗不仅"移我以入画"，"因物以见我"，且处处紧扣画者，以画见人，可见诗人之匠心。

（李宗为）

赋得古原草送别

离离原上草，一岁一枯荣。

野火烧不尽，春风吹又生。

远芳侵古道，晴翠接荒城。

又送王孙去，萋萋满别情。

　　相传白居易作此诗时年仅十六岁。唐人张固《幽闲鼓吹》记载，白居易入京应举，以诗卷谒见诗人顾况，顾况起初以其名字打趣说："米价方贵，居亦弗易。"后披卷见此诗，即赞叹道："道得个语，居即易矣。"因而为他广为延誉，白居易顿时声誉鹊起。

　　这是一首以古原草来比喻别情的送别诗。首联直切诗题中"古原草"三字。起句点"原草"，"离离"是形容野草繁密茂盛的样子。次句言原草代谢，生生不息。两句一从空间之广邈，一从时间之深远对古原草作一总体的描写。颔联承次句，进而描写古原草生命力之顽强旺盛。这一联用的是流水对，对仗精工而又流利自然，并且对野草顽强的生命力描摹得生动警策，成为脍炙人口的名句。颈联则又反掉而承首句，进一步具体描摹原上草繁茂的情景。"远芳""晴翠"都以对原上草状貌之描绘来借代它，两者又各有侧重，不相重复。"远芳"侧重形容其广邈芬芳，"晴翠"则形容其光泽色彩。"侵""接"二字是句中诗眼，将原上草蔓延伸展的"离离"之状描绘得十分生动，且赋予一种动态，使诗句意趣活泼而毫无板滞之感。"古道""荒城"紧扣题面之"古"字，又反衬出原上草的勃勃生气。以上三联皆咏古原草，至末联方点明送别之意，并将古原草与送别绾合一气。此联化用《楚辞·招隐士》成句："王孙游兮不归，春草生兮萋萋。"《楚辞》原句说的是睹春草而怀念出游未归的人，以萋萋春草暗喻思念之情，此联却化用其意，以送别时所见之萋萋春草来形容比喻送别时的离愁别恨，而一"又"字，复使此联似乎承接《楚辞·招隐士》之句而来，使当前的离愁中又蕴含着将来的思念，并且紧扣"一岁一枯荣"句，令诗意环回生姿，余韵悠然。用典如此，已达到神行无迹的化境。

此诗通篇以古原草隐喻别情，首尾元气贯注，相生相顾，浑沦无迹。措辞用语自然流畅而又工整警策，使事运典妥帖浃洽而又玲珑跳脱。朱庭珍《筱园诗话》云："短章贵醖酿精深，渊涵广博，色声香味俱净，始造微妙之诣。"白居易此诗可以当之。　　(李宗为)

除苏州刺史别洛城东花

乱雪千花落，新丝两鬓生。

老除吴郡守，春别洛阳城。

江上今重去，城东更一行。

别花何用伴，劝酒有残莺。

      • •

  唐敬宗宝历元年（825）暮春，五十四岁的诗人出任苏州刺史，行前到洛城东探花，写下了此诗。诗中交织着晚年出刺苏州的欢愉与离别东都的惜恋。

  诗为五律。首联对起，上句写落英缤纷，如同飞雪，下句写自己白发新丝，与花落相互映衬，暗示着诗人出刺苏州已是他仕宦生涯中的"暮春"时节。颔联切入诗题，表现赴任的兴奋和别洛的惆怅。腹联追忆当年出刺杭州的往事，用再下江南引出对东都的依依不舍，重新回到城东探花的中心话题上。末尾点出诗人此时此刻的孤寂：花下独酌，唯有落红与残莺作伴。

  此诗与一般咏花之作有别，它以叙事语言为主，而未有细腻生动的情景描述，这正是白氏晚年作品的特色之一。但在貌似平淡的文字下面，在似续似断的诗句之间，蕴藏着诗人深沉丰富的情韵。诗人巧妙地利用了律诗对仗的功能，不著痕迹地表现他赴任与别洛的矛盾心态。"老除吴郡守"本应值得庆贺,而对以"春别洛阳城",则不免令人有错过赏花季节的惋惜;"江上今重去"本应为再度重游江南而兴奋,可对以"城东更一行",似乎有今后恐难再见洛阳牡丹一面之悲。作者此时是喜是哀,是思是恋,实难判别。

诗的结尾似乎也是含蓄的,"残莺"指代残春,是象征着诗人衰颓之年中的一丝光明,还是象征着他的孤独和不被理解?大概都有一点。

沉挚复杂的情感,而以回互交叉的笔法道出,在平易之中微寓拗健。所以近人高步瀛评曰:"香山晚年之作,多近颓唐,此首特觉风格遒上。"(《唐宋诗举要》)

(朱易安)

宴　散

小宴追凉散，平桥步月回。

笙歌归院落，灯火下楼台。

残暑蝉催尽，新秋雁带来。

将何迎睡兴？临卧举残杯。

　　唐文宗大和五年（831），诗人为河南尹，住东都洛阳，时有小宴，这首诗就是一次宴散后的即兴之作。

　　这是一首五律，写作手法上则带有古诗的叙事结构。首起两句交代事由，点出"宴散"的主题：告别了友人，踏月而归。颔联两句由平桥回望宴处，在写主归宾去，繁华歌舞已散场的同时，思绪似乎仍沉浸在宴聚欢乐的回味中。颈联两句写诗人慢慢从回味中清醒过来的感受：他从凉爽之中意识到了秋意，又从热闹以后的清冷之中领略到一丝孤单。所以结尾处百无聊赖地说，他要安睡了，临睡前要把杯中的残酒饮尽。

　　此诗的立意和构思体现了中唐以后近体诗的特点。首句"追凉散"是诗眼。全诗实写"宴散"以后人们心理上由奋亢渐转"凄凉"的细微变化，从中给人以哲理性的启示。诗歌的基调看来明朗平和，但凉意隐贯其中，至结尾两句终于掩抑不住而浮现纸面。诗人用睡眠加酒来回避宴散后的冷漠，难道他也能用二者来逃脱人生宴散后的孤凄吗？白氏晚年的即兴之作往往带有某种寓言性和哲理性，这是一例。

描写宴散的孤冷心境，诗歌语言却很美，诗人的形象竟那么安详，这要归功于作者对时空概念的巧妙运用。诗人心境的变化都隐伏于一系列时空概念的变化之下：当他人离席之后，酒宴歌舞已不复存在，诗人依然用笙歌、灯火等形象渲染气氛，使这些虚幻的形象替代宴散后开始转变的心情。"残暑"一联又将一夜的时间推移延展到季节的更替，诗人难以入眠，从听蝉到闻雁，实是描写诗人独守残夜、感受人生流逝的孤寂，而字面的感觉却是暑热过后，清凉的秋意促人好睡。这样，诗的兴寄虽深，而留给读者的印象却仍好像是"平桥步月回"时那种轻快和满足。因此使评论者在理解"笙歌"一联时引起分歧：宋人大多以为是"看人富贵"，清人则批评他们"断章取义"，看来后者的眼光要深刻得多。　　　　　（朱易安）

秋雨夜眠

凉冷三秋夜，安闲一老翁。

卧迟灯灭后，睡美雨声中。

灰宿温瓶火，香添暖被笼。

晓晴寒未起，霜叶满阶红。

这首五律为白居易于唐文宗开成元年（836）所作。诗人以极为寻常的语言叙述了一件极为寻常的事，是白氏晚作之典型。

全诗洋溢着安闲、惬意的情趣，诗人以自己美好的感觉驱散了三秋的凉冷、夜雨的烦躁、独卧的孤凄，轻松地描绘了一次深夜安眠的过程。首二句即以对仗起笔，点出题意。颔联进入睡眠的境界，着力于睡意甜美的刻画。颈联写室内的温馨，加强安详、满足的气氛，于是有结尾之晓晴而犹不思起，于自得自足中窥见窗外落叶满阶，经霜而更红。

夜卧本是生活中极平常的行为，而此诗却通过一系列连贯的睡态，勾勒出诗人以自我为中心的精神世界。外界的寒冷并不能影响他的生活，外界的风雨并不能左右他的情绪。一种豁达的乐观，在诗的结尾处，化作晓晴和霜叶——秋天里生机的象征，暗示了年迈诗人对生命的渴求。虽然处处浮现出卧态，则毫无懒散之意。由此可见晚年的白居易，庄禅合一，以心为佛，闲适中见出活泼向上的心态。

此诗语言通俗平畅，而动词和形容词之选用却具有很强的概括性，表意准确而洗炼。但诗句的语言结构上则显露出元和以后的新风貌，突破了传统五律的浑圆，如颈联两句，本应为"宿灰瓶火温，添香被笼暖"之意，诗人却故意倒装，不仅为了协调平仄，而是通过这种扭拗在平畅中增添一种曲折，显然是受到了杜甫创新的影响。

（朱易安）

自河南经乱关内阻饥兄弟离散
各在一处因望月有感聊书所怀寄上
浮梁大兄於潜七兄乌江十五兄兼
示符离及下邽弟妹

时难年荒世业空，弟兄羁旅各西东。

田园寥落干戈后，骨肉流离道路中。

吊影分为千里雁，辞根散作九秋蓬。

共看明月应垂泪，一夜乡心五处同。

　　唐建中三年、四年（782、783），军阀朱泚、李希烈叛乱，诗人离开家乡，避祸江南，从此弟兄离散，各自东西。不断的干戈、家庭的变故，使亲人们很少有团聚的机会。德宗贞元十五年（799），诗人居住在洛阳侍奉母亲，中宵望月，引起了他对故乡下邽的思念之情。

　　首联以"时难年荒"起句，回忆河南兵乱、关内饥荒、因而兄弟离居的惨景，国难家难接踵而来，给人的感觉十分沉重。颔联上、下句分承一、二句描绘了故园荒芜、无人耕织的凄凉，淡淡地勾勒出一幅骨肉分离的"流民图"。为诗的后半部分作了充分的铺垫。颈联承接骨肉分离主题加以发挥，形象地写出弟兄飘零，如同失群孤雁，形影孤单；又好像秋日飞蓬，根摧叶残，任风吹徙。最后两句，是说分散在"浮梁""於潜""乌江""符离"的弟兄和在洛阳的作者，五处都在怀念着故乡下邽。点明望月有感的题意，以共同的事物——月，表达了异地的人们心心相印、盼望着亲人欢聚的共同愿望。

这首诗代表着诗人早期七律作品的风格，艺术手法也比较接近盛唐七律的传统。诗人重视鲜明生动的形象语言，在铺叙上花去较多的笔墨，使全诗转折环节显得明晰顺畅而易懂。诗人通过比较简单的意象，描绘了时局、民情、骨肉飘零的痛苦，始终围绕着思乡的主题，令人感到真切动情，而不用作过多的思考，便自然接受了他的这种情感传导。清人蘅塘退士评论说："一气贯注，八句如一句，与少陵《闻官军作》同一格律。"(《唐诗三百首》)这足以说明此诗"主情而不主意"的特点。

（朱金城）

欲与元八卜邻先有是赠

平生心迹最相亲，欲隐墙东不为身。

明月好同三径夜，绿杨宜作两家春。

每因暂出犹思伴，岂得安居不择邻？

可独终身数相见，子孙长作隔墙人。

　　唐宪宗元和十年（815），诗人任太子左赞善大夫，居住在长安昭国坊，与元宗简过从甚密。元宗简迁入新居升平坊后，诗人写了一首七律，希望和他做邻居。

　　这是一首饶有趣味的友情诗，用叨叙家常的口吻开头。首两句先郑重其事地宣布，卜邻并非仅仅找处安身之地，而是两人息息相通、心心相印。进而想象两人成为近邻后的美妙情形：一轮明月，两人携手同赏；一行翠杨，装点着两家春色。"三径"指松菊竹三条小路，象征着隐士的园圃，恰好与前句中的"欲隐东墙"相呼应。颈联仍转回诉说卜邻的意义和重要性。结尾则落在卜邻的迫切和真诚上：不仅为了你我多见几面，而且为了我们的子孙世世代代友好相亲。

　　这首诗的构思布局很缜密，起句即点题出意，涵盖全篇，然后句句细贴，一层深过一层。结句推出高潮，而又遥应首句，给人一种转掣不测而又一气呵成的感觉。

诗的用典甚巧。"卜邻"隐含《左传·昭公三年》"非宅是卜，惟邻是卜"句，暗寓有德之意。"隐墙东"用东汉王君公遭乱避世墙东，侩牛自隐事。"三径"则用东汉高士蒋诩之典。三典连用，不露形迹地表达了贬后复召的诗人，以官为隐、亦官亦隐的人生态度。

明人江进之曾说白居易的诗"前不照古人样，后不照来者议，意到笔随，景到意随，世间一切都着并包囊括入我诗内"。此诗亦可算是一例。诗人随意拈出一束生活中的浪花，随意挥洒，给中唐的诗歌带来了新风貌。此时诗人的近体诗中议论成分已相应增多，除去"明月"一联，全诗已不再将形象语言作为艺术表现的主要组成部分。诗中的虚字也相应增多，以使句与句之间的关节灵动透脱。不过白氏诗歌仍保持着叙事顺序的思维习惯，因而跳越跨度不大，也就依然保持着容易理解和语言流便的特色。诗中呈现出来的新题材和新格调，对元和以后的诗产生了深远的影响。　　(朱易安)

钱塘湖春行

孤山寺北贾亭西，水面初平云脚低。

几处早莺争暖树，谁家新燕啄春泥？

乱花渐欲迷人眼，浅草才能没马蹄。

最爱湖东行不足，绿杨阴里白沙堤。

此诗为白居易苏、杭写景作品中的著名诗篇，写于唐穆宗长庆三年（823）出剌杭州时。

钱塘湖即西湖，孤山寺又名永福寺、广化寺，位于孤山之上。贾亭指唐贞元年间贾全为杭州剌史时建造的贾公亭。白沙堤即今天的白堤，筑于六朝。

除了以上地名之外，全诗无一典故，均用白描，笔触舒展流畅，风格清新明快，艺术化地记录了诗人信马春行于迷人景色中的悠然心境。

首二句点题，突出了湖与春天的气候：风和日暖，空气湿润。镜面似的湖中映出白云，水天浑一，所以说"云脚低"。中间两联以早莺、新燕、乱花、浅草等景物勾勒出一幅生机盎然的江南早春图。随着诗人的马蹄，一幅幅画面掠过，拼接出一个完整的美丽的春天。这里，诗人运用了"争""啄""迷""没"等动词，不仅使早莺、新燕充满了生命的活力，就连花和草也有一种争春的动感。一经点拨，整幅图画都活动起来，妙不可言。末二句稍作议论，展现了诗人愉悦自得的情趣。同时又扣住题意，反复诗旨，真可谓"句句回旋，曲折顿挫"。

诗的中间两联，是此诗成功的关键所在。诗人选择早春时节最典型的景物，着力于对蓬勃生机的刻画，预示着生命前程的远大。诗歌的意象也开始复杂起来，表现出两重或多重的意义。如"暖树"一词，虽没有出现"阳光"之类的词汇，却给人以春光的温馨。通过早莺新燕的辛勤，我们似乎看到了春耕的繁忙，一切都在重新开始。如果说前一联给人动力，那么后一联则体现出一种憧憬与追求。春花向茂，将装扮整个世界，浅草待长，将遍布大地，而目前不过刚刚开始。正因为如此，才能引出诗人长久的留恋，最终写出了结尾的两句，而"绿杨阴里"似乎又运用了延长时间概念的方法，或许那已经是初夏的景色了。

这首诗的结构和句式有一定的代表性，白氏写景同类作品中，有不少采用了与此相同的结构和句式。

（朱易安）

江楼夕望招客

海天东望夕茫茫，山势川形阔复长。

灯火万家城四畔，星河一道水中央。

风吹古木晴天雨，月照平沙夏夜霜。

能就江楼消暑否？比君茅舍较清凉。

　　唐穆宗长庆三年（823），白居易任杭州刺史，这首诗是当时招朋友夜饮的即兴之作。

　　这是一首格调工稳的七律，以描写景色和赏景的感受为中心。描写景色的层次极为分明，犹如讲究透视法的水粉画一般。首二句突出了登高夕望的气势，重点写山水，山连水，水接天，延绵雄阔。颔联从俯瞰的角度，写夜色中的光和亮；万家灯火与一道星河交相辉映，装点了钱塘的景色。星河一句，诗人画出了水中倒影，更增添了几分澄澈清新的感觉。颈联两句开始夹杂感官的错觉，用比喻和夸张手法写风月：风吹树叶之声颇似沙沙秋雨，月照平沙疑是洁白冰霜。同时，诗人又在字面上提醒读者，此时正值暑"夏""晴"夜，强调秋凉的感觉不过是一种消暑的手段，于是，很自然地引出末二句主宾夜饮的对话，扣住了"招客"的题意。

　　如果把此诗比作一幅江楼夕望的画图，那么，诗的构思则是作画的顺序。诗人从远眺起笔，粗线条地勾勒余杭的山水，进而环顾杭城的灯光并由与灯影相辉的星河，自然收到江楼所在的湖水之上，从而慢慢将笔从旷远的天际转向楼阁四围的描写，再从风声月色见出消暑的人物形象，景色由远及近，而感觉则愈来愈细，真可谓"坐驰可以役万景"，既有眼力，又有笔力。

此诗的两联中，"灯火万家"一联对得极美，散落的万家灯火，与一道银河映入水中，恰好是前面"海天"与"山势"从傍晚到夜间的变化，给人一种神奇的梦幻之感，颇得后人的赞赏。宋人黄庭坚《登快阁》诗中的名句"澄江一道月分明"，似乎亦受到白氏此诗的影响。

（朱易安）

西湖晚归回望孤山寺赠诸客

柳湖松岛莲花寺，晚动归桡出道场。

卢桔子低山雨重，栟榈叶战水风凉。

烟波淡荡摇空碧，楼殿参差倚夕阳。

到岸请君回首望，蓬莱宫在水中央。

此诗作于唐穆宗长庆三年（823）白居易任杭州刺史时。诗题揭示了写作时间和地点：诗人偕友人由孤山寺归舟，回望夕阳中的寺庙，诗兴勃发，对客挥毫，就末二句观之，诗当作于舟中。

一叶扁舟，荡漾在湖中，回眺孤山，眼前立即出现了非身入山寺而体察不到的美景——由湖光山色映衬出来的孤山寺的整体形象。诗从"晚归"起笔，首二句简洁地概括了山寺的形貌和游人离散的情景。颔联写山寺间的特色景物，卢桔即金桔，被山雨浸润的金桔树低垂下枝头，阔阔的棕榈叶在风中舞姿婆婆。这两句不仅慧眼独具地拈取金桔入诗，使深翠的山色隐隐地缀上几点金黄，设色雅丽；而且以"低""重""战""凉"四字写出了水气迷蒙，使景物逐渐虚化顺势于腹联中，将视线移向远杳，碧水蓝天，熔合于烟波淡云，夕阳的余晖中留下了楼殿剪影，那楼殿本十分高大，又为光影烘托，似乎与日相傍，起伏隐现，"倚""参差"，生动地传达出这种感受。这样自然而有末二句预拟登岸再望的错觉，湖中的孤山寺当似神话传说中的海外仙境蓬莱宫。此处代称孤山寺，因为倒映在水中，也有双关的意义。

细细阅读这首诗可以发现，诗中两句一景，随着小舟的移动而移动，当小舟离孤山愈远，景色便渐渐朦胧，篇末化实为虚，而于究竟如何像蓬莱仙境，更不著一词，纯任读者自己去想象。遂于详略得间中，见虚实相生之妙，使庄严宝相的佛寺，似乎真带有了神彩灵光。这种从近到远、从清晰具体到模糊朦胧的变化，正是运用审美方法中的"距离感"来为景物传神的范例。　　　　　（朱易安）

杭州春望

望海楼明照曙霞，护江堤白踏晴沙。

涛声夜入伍员庙，柳色春藏苏小家。

红袖织绫夸柿蒂，青旗沽酒趁梨花。

谁开湖寺西南路？草绿裙腰一道斜。

　　这是白居易余杭山水近体诗中较为别致的一首，以江南市民生活为基调，将人与景组合在一起，编织出情趣盎然的春望图。

　　望海楼是诗人官邸的东楼，诗的前二句点明"春望"之意，格调清新明快。伍员庙指胥山上为纪念伍子胥而建的伍公祠，杭人称钱塘江潮为"子胥潮"。苏小即南齐时钱唐名妓苏小小，此处是泛指。颔联二句中"夜入""春藏"两词写活了余杭的自然景观和市人的平凡生活，看似平常，却又是衬托春意中的人和事。红袖指织绫的女工，柿蒂是一种绫缎的花纹。青旗指酒肆门前的帜幡，梨花即梨花白酒。腹联二句写的也是杭地的特色：海内闻名的锦缎和浙江的酿酒，使人联想富甲天下的杭州，人们劳作的繁忙，工余的欢畅。结尾二句用拟人手法写湖东一隅的景色，诗人在诗下自注："孤山寺路在湖洲中，草绿时望如裙腰。"诗人似乎把西湖当作美人，那青草铺成的小道正像她扎的一条绿色的裙带。

此诗与同类作品相比，句式结构并无大的变化，但意象的多重组合，却令人耳目一新。诗人运用具有双重意义的名词，如柳色、柿蒂、梨花等等，既写春色，又含有特指的意义，大大增强了诗的容量和张力。虽然诗的重心仍然在"望"字上，但又让人感觉到诗人对春的生活的参与意识。此外，他还将余杭的名胜与早晚时间的变换交替嵌入诗中，表现春意的持续性，并以绿为底色，错杂"红""青""白"各色，使人目不暇接。以热烈的气氛和浓郁的色彩替代了往日的平淡和素雅，这对中晚唐浓丽风格的形成不无影响。多重意象的运用加强了诗歌的含蓄和跳跃度，这也是传统唐诗流变中值得注意的现象。

（朱易安）

览卢子蒙侍御旧诗多与微之唱和
感今伤昔因赠子蒙题于卷后

早闻元九咏君诗，恨与卢君相识迟。

今日逢君开旧卷，卷中多道赠微之。

相看掩泪情难说，别有伤心事岂知？

闻道咸阳坟上树，已抽三丈白杨枝。

卢子蒙侍御即卢贞，时年近八十，与元稹交好。唐武宗会昌元年（841），七十岁的诗人闲居洛阳，此时元稹已去世十载，翻阅朋友们昔日酬赠之作，诗人无限感慨，他在卢贞的诗卷后题下这首七律。

诗写得颇似书信，情感朴素而深厚。起头两句说作者与诗卷主人卢贞相见恨晚的友谊，点出元稹是两人相交的媒介。接着转为对亡友元稹的思念，短短四句，便把三人之间的感情纽带连接起来，宛转而下，不露凿痕。五、六两句写诗人与元稹之间的友谊，但不落追忆往事的俗套，而将笔墨花在诗人此时此刻万般滋味俱袭心头的情态：两位新朋友面对旧诗卷，思念共同的老朋友，潸然泪下。这是共同的相通的感觉，但两人各自又有各自的伤心事难以启口，这是新朋友别于老朋友的隔膜，因而相对无言。千语万言，欲说还休，真是"此时无声胜有声"。由此诗人再次转向对亡友的怀念和慨叹：往事如烟，元稹墓上的白杨已经很高了。《唐宋诗醇》评论说："清空一气，直从肺腑中流出，不知是血是泪，笔墨之痕俱化。"

此诗以说议为主，着重刻画主观心理。诗人放弃了传统诗歌以比兴为主的艺术手法，以明白如话的简朴语言代替形象语言，将细微的情绪颤动准确地表达出来，凭借情感的波澜叠起来紧紧扣住读者的心，无疑是一次成功的尝试。诗人对这种情感多用"侧面描写"的方式，给欣赏环节留下广阔的联想天地，这也是中国传统诗歌所追求的境界。诗的结尾以遥想墓地来表达怀念亡友、感慨人生等丰富繁复的意义，成为晚唐及宋以后此类诗的模式，这里可以拈出两例：

故人坟树立秋风，伯道无儿迹更空。
　　　　　——杜牧《重到襄阳哭亡友韦寿朋》
想见江南原上墓，树枝零落纸钱空。
　　　　　——王安石《思王逢原》

（朱易安）

问刘十九

绿蚁新醅酒，红泥小火炉。
晚来天欲雪，能饮一杯无？

这首即兴小诗作于诗人被贬江州时期，以诗代柬，是唐人的特长。

绿蚁是一种酿制的米酒，上有浮米粒似蚁，微呈绿色，因称"绿蚁"。新酒酿成，诗人亲切地招呼他的朋友一同夜饮。诗歌充分运用了色彩：绿色的酒，红亮的火，洁白的雪……更缀以"新""小""一"等字样，遂在清丽之中逗露出一段雅趣。篇末以问代请，更见舒徐远韵，灵动意兴。如果不是俗客，想来必不厌待客之物的简素，而当欣然命驾，与诗人对雪温酒，共渡冬夜，笔者的这种想象也正是小诗引而不发、在读者心中所产生的艺术效果。

诗的语言清浅可爱，择字以细小简朴为长，标志诗人元和末年诗风的转变与进境。有人认为，"元和体"包括那些流连光景的作品，此诗恰好体现了"眼前景，口头语"的特点。此类诗当属于元和时期一种新的创制。

（朱金城）

采 莲 曲

菱叶萦波荷飐风，荷花深处小船通。

逢郎欲语低头笑，碧玉搔头落水中。

接天莲叶，映日荷花，铺满了夏季的河塘。清风卷起串串涟漪，花丛深处，划出一叶扁舟，呵，原来采莲女正在等她的情人！不见面，想得慌，见了面，羞得慌。瞧：姑娘抿着笑，一低首，呀，竟掉下了簪发的玉搔头！

这是多么美妙的一刹那，诗人的笔，好似照相机的镜头，抓拍下了这可爱的情态。画面上，荷花和碧波烘托出青春的活力，姑娘的羞涩慌乱，显得如此天真纯洁，充满着对美好未来的憧憬。

这就是白氏《采莲曲》所表现的主题——江南水乡青年男女爱情生活的一个小片断。

《采莲曲》是乐府曲名，属《江南弄》七曲之三。诗人因题创作，大多写爱情。此诗紧扣诗题，写得生动而富有情趣，语言朴素无华，接近民歌的风味。首句中的"菱叶"代指荷叶。碧玉搔头即碧玉簪，古代妇女的一种首饰。诗用古绝句写成，不受近体格律约束，风格上也脱尽了南朝以来文人乐府诗矫揉造作的习气，可与王昌龄的"荷叶罗裙一色裁"媲美，而以动作反映人物细微的心理变化，则为白诗所长。

（朱易安）

惜牡丹花

（二首选一）

惆怅阶前红牡丹，晚来唯有两枝残。

明朝风起应吹尽，夜惜衰红把火看。

　　唐宪宗元和五年（810），诗人的好友元稹被贬为江陵府士曹参军，新进寒士集团与权贵之间的对抗日益激烈。诗人虽然仍旧留在翰林学士的位置上，却时时感到压力和对前途的迷茫。诗中常常流露出对美好事物衰败的惋惜和留恋，此诗正反映了这种怯弱的心态。

　　暮春时节，风雨交加，翰林院北厅的牡丹渐渐凋落。诗人惦念着残花，深夜不眠，举着蜡烛，观赏那残剩在枝头上的几朵幸存者。全诗扣住"惜"字，把诗人这种超出常情的惜态写得淋漓尽致。

　　与一般的惜花之作不同，诗人避免了对牡丹花衰落等凋蔽景象的直接描绘，而把"惜"表现于对牡丹的情感上。因此，诗人笔下那残花依然娇艳美好。茫茫黑夜里，一盏灯火照耀着两枝深红的牡丹，显得那样雍容华贵，不减盛时之貌。当这一美好的形象保存在记忆中，诗人的怜惜之情也就得到了满足。这种残而不败、惜而不悔的艺术效果似乎给人一丝光明和希望，或许这正是诗人对生活的一种祈求和象征？

（朱易安）

暮 江 吟

一道残阳铺水中，半江瑟瑟半江红。
可怜九月初三夜，露似真珠月似弓。

　　此诗为元和后期白居易在江州司马任上所作。诗人在长江边上
捕捉了黄昏前后变幻不定的奇景，充分运用对光和色的敏感，运用
类似摄影中两次曝光的技法，描绘了他眼前的和心目中的大自然。

　　诗的前两句，写夕阳西下时江面上呈现出半明半暗的景象。
"瑟瑟"，是碧玉，这里形容江水碧绿，残阳泼血将半边江面染得殷
红，而在背阴处碧水淳蕴，仍似半幅静光盈盈的绿绸。后两句则写
明月东升、露水初下时的夜色。诗人巧妙地将前半首夕阳西下的壮
观与后半首新月初生的静美，自然地融合起来：写暮色时，突出了
奇——夕阳下江面上光怪陆离的美；写月夜时，给人清澈、高迥的
感觉。转换之间，既柔和协调，更欲人远思，曾被后人誉为"暮色
秋江图"。

　　此诗格调自然流畅，但却十分讲究构思的精巧和布局的合理，
从诗人着意刻画残阳与月牙的审美角度以及诗歌所追求宁静、空灵
的氛围等艺术表现方法中，均可见出中唐以后绝句"以意为主"的
倾向。

（朱易安）

杨柳枝词

（八首选一）

红板江桥青酒旗，馆娃宫暖日斜时。

可怜雨歇东风定，万树千条各自垂。

唐大和、开成年间（828—838），白居易与刘禹锡过从甚密，两人所作乐府新曲《杨柳枝》流传甚广。《杨柳枝》原为古曲，又名《折杨柳》或《折柳枝》，唐开元时已入教坊。至刘、白二人翻为新声，七言四句，词章音韵清亮动人，颇有南方民歌风味。

此为《杨柳枝》八首之四，歌咏姑苏一带的春光。诗的前二句选择了最富情趣的江南景物加以描绘：红色木板铺成的小桥，青青的酒旗高高悬起，姑苏灵岩山上，吴王夫差所建的馆娃宫，在斜日余晖中，似乎也细缊着缕缕暖香。后二句正写杨柳，选择了雨歇风定后，千条碧丝垂挂树梢的景色，她们是那么安娴可爱，如同一个个细腰的美人，娉娉袅袅，楚楚动人。

诗歌创造了一个宁静、空灵、梦幻般的意境，妙处在于布局与构想。唐时《杨柳枝》都咏本题，柳是诗中咏歌的主要对象。诗人脱出了"枝袅轻风似舞腰"之类粘皮着骨的描写，而略形写神，着重表现杨柳的娴静之态。他截取了雨霁黄昏时的片断，在水洗般清澄、落霞般绚丽的江南景物及其所特具的梦幻般的气氛中，以馆娃宫与杨柳枝相对，吴人称美女为娃，这样就使读者在意念上产生杨柳与美女的若即若离的联系，加以吴国风韵的往古联想，就使"万树千条各自垂"的弱柳，似乎也带上了思古之幽情，从骨子里透出一股娴静的美感来。清人查慎行认为末二句"无意求工，自成绝调"（《初白庵诗评》），其实，佳处更在全篇。

（朱易安）

杨柳枝词

一树春风千万枝，嫩如金色软于丝。
永丰西角荒园里，尽日无人属阿谁？

传说诗人有艺妓二人，樊素善歌，小蛮善舞（一说樊、蛮为同一人）。诗人曾有句"樱桃樊素口，杨柳小蛮腰"。会昌年间，白氏年事已高，放二人离去，遂赋寓所永丰坊柳以寄意。诗作传入禁中，颇得皇帝赞赏，于是派人截取永丰柳两枝，植于御苑。诗人闻知，又作一绝："一枝衰残委泥土，双枝荣耀植天庭。定知玄象今春后，柳宿光中添两星。"（事见《云溪友议》）二诗遂成双璧。

本诗以柳喻人，前两句写春柳的娇美，充满着蓬勃的生机，象征小蛮等人的青春活力；后两句写永丰园荒，无人赏柳，既暗示自己衰老，应将春柳移于他处，以免误了好时光之意；又微露爱妾将去，不胜惆怅之情。心理复杂婉曲，而以咏物体写来，最为得体。从字面意思看，春风浩荡，"柳色黄金嫩"（李白句）的绰约风姿与永丰"西角"的"荒芜"，适成对照，读者不免为那柳树的青春生怜惜之情，而为它的未来起担忧之心，从而不露痕迹地取得了托物寓意的艺术效果。

"永丰"一词在后世成为咏柳之典，如苏轼《洞仙歌》："永丰坊那畔，尽日无人，谁见金丝弄晴昼。"这或许也因为"永丰"这一地名用得巧妙。永丰义同常春，然而实际上今日已经衰芜，更添怅惘之感。先此皎然《诗品》曾论诗用地名，以能切近诗境者为上。如得读此作，当不使为遗珠。

（朱易安）

后 宫 词

泪尽罗巾梦不成，夜深前殿按歌声。

红颜未老恩先断，斜倚薰笼坐到明。

　　一位失宠宫人的泪水湿透了罗巾，辗转反侧，夜不成寐，那续续断断传来的歌舞声使她不得安宁，她想着她荣华的过去和凄凉的往后，不知不觉，天色已明。诗歌细致地表现了被抛弃的妃女痛苦的心态和情态。

　　后宫词是唐诗的传统题材，白居易此类诗大多反映深宫妇女的悲惨命运，并以描摹妇女情态、心理的细腻见长。此诗首句与末句都写彻夜未眠的状况，但前者是动态的，悲态表现为泪流不尽、翻来覆去不能入睡；而后者则是静态的，人物形象已经是欲哭无泪、失神失态了。从写泪到无泪的过程，生动地显示了无法用语言表达的怨恨。二、三两句描写宫女心态。"夜深"句写前殿正遇恩宠的宫女之歌声，更刺激了她的悲感。"红颜"一句点出悲感原委，由感受歌声更感受冷落，并进而深化为古往今来宫女普遍的命运。至此悲愤的情绪已发展到高峰，但惯受压抑的宫女终究不敢嚎啕，只能默默地忍受这种煎熬。能安慰她的唯有那薰笼中的一丝暖香而已，这形象是何等的怯弱和凄清！　　　　　　　　（朱易安）

李 绅

李绅（772—846），字公垂，祖籍亳州谯县（今安徽亳州）人，寓居无锡。元和元年（806）进士。穆宗时入翰林，与李德裕、元稹合称"三俊"。敬宗时被贬端州司马。武宗时拜相，出为淮南节度使。于诗首创"乐府新题"，针砭时事，与元稹、白居易同为诗坛先驱。以歌行自负，《全唐诗》录其诗四卷。（曹明纲）

早 梅 桥

> 早梅花，满枝发，
>
> 东风报春春未彻，紫萼迎风玉珠裂。
>
> 杨柳未黄莺结舌，委素飘香照新月。
>
> 桥边一树伤离别，游荡行人莫攀折。
>
> 不竞江南艳阳节，任落东风伴春雪。

李绅有《过梅里七首》，此为其中的第五首。梅里在今江苏无锡东南三十里，诗人早年曾寓居于此，这组诗写于垂白重游、闲居无锡时。此诗外，尚有《上家山》《忆东郭居》《忆题惠山寺书堂》《忆西湖双鸂鶒》《翡翠坞》和《忆放鹤》六首，皆以疏旷闲远之笔，描写无锡山水风光、追忆当年寓居生活，风格清新淡雅。

这首《早梅桥》与《翡翠坞》相仿，写的是梅里因景物而得名的一处景观。桥因梅树早发而有名，故题中虽著"桥"字，重点却在"早梅"。诗一开始，就以流畅的节奏、明快的语言，展现了一幅生动的早梅报春图。你看，隆冬严寒尚未退尽，那满枝的梅花却已迎着料峭的东风，在紫色的花萼上绽开了她那玉珠般的花蕾，多么清幽、多么淡雅！她像一个天生的使者，为自然万物的复苏捎来了久盼的春意。"春未彻"言冬寒犹存，暖气乍露，点出"早"字。"玉珠裂"拟状梅花蓓蕾初放，色彩逼肖，阵阵幽香也随之四散，沁人心肺。"杨柳"句接写其时以先着春色的杨柳尚未现黄、鸣春的黄莺因寒畏啼，以它物之尚眠未苏作映衬，补足"早"字，邀满"春未彻"之意。"委素"句又折回正写梅花：新月初起，皎洁明净，她正默默地将自己的一片纯洁、一瓣香心尽情地托付给大千世界。此句意境优美，色香清雅，充分展示了早梅花的高洁资质。

"桥边"两句是诗人望梅、赏梅引发的想象和愿望。他感到桥边这一树盛开的早梅，似乎是为感伤离别而特意长在那儿的，她那绰约的风姿、飘逸的情韵足以让离人永驻于心，因此他奉劝那些无所事事的游荡者手下留情，不要去攀折她、损害她。末两句顺此进一步赞美了早梅独有的情怀：她不在明媚的江南春日去与其他花卉争芳竞艳，而是在完成了传递春消息的使命后，甘愿随风飘零，去伴随那催生助萌的洁白的春雪。

此诗写早梅，颇能传其神韵。后人不少咏梅佳作均有得于此，如宋代林逋的名句"疏影横斜水清浅，暗香浮动月黄昏"（《山园小梅》）、陆游的《卜算子·咏梅》词"无意苦争春"等，都明显受到这首诗的启发。大多咏梅之作在写梅时，一般不离桥、水、月，这也与此诗有关。其原因在于桥边近水处梅花先发，而这首《早梅桥》恰恰在无意间反映了这一自然规律，并为后人所注意。唐代另一位诗人张谓，曾写过一首《早梅》诗（又见《皎然集》），也涉及了这个问题。现顺附于此，以相发明："一树寒梅白玉条，回临村路傍溪桥。不知近水花先发，疑是经冬雪未销。"

另此诗用三、三、七句式，本自南朝吴地民歌，以后又为元、白等新乐府诗所常用，于此即可见两者间的嬗递转承之迹。

（曹明纲）

入扬州郭

潮水旧通扬州郭内，大历已后，潮信不通。李颀诗："鸬鹚山头片雨晴，扬州郭里见潮生。"此可以验。

菊芳沙渚残花少，柳过秋风坠叶疏。

堤绕门津喧井市，路交村陌混樵渔。

畏冲生客呼童仆，欲指潮痕问里闾。

非为掩身羞白发，自缘多病喜肩舆。

　　大和七年（833）秋，李绅从东京洛阳出任浙东观察使，途经扬州（今属江苏），写了这首入城诗，记录了当时的观感。诗前小序中的潮水指长江秋潮，大历是唐代宗年号（766—779）。李颀，盛唐诗人，开元进士，工边塞诗，风格雄放。所引一联出《送刘昱》诗，字稍有异。

　　从序的著录来看，诗人初到扬州，最感兴趣的是想领略一下当年李颀笔下的那种"见潮生"的风光。因此首联即从沙州菊、岸边柳入手，所写既是入城沿途所见，又点出节令特点，暗示傍水而行。"残花少"和"坠叶疏"以反言正，说明当时菊芳正好、柳叶未凋。诗人一路看去，兴致颇饶。次联移步换景，前句写堤绕城门，人喧街市；后句写街道与田陌交错，樵夫与渔人混杂，是典型的水乡城镇景色。其中"堤绕门津"四字，暗伏序中"潮水旧通扬州郭内"之意：因潮通城内，故筑堤绕之；今潮虽不通，堤却宛在。是验此说者，非仅赖李颀之诗也。而"混樵渔"则与"喧井市"互为补充，显示了扬州城的热闹和繁华，并可见当时淳朴的民风。

三联前句承"喧"字而下，因井市喧闹，人员拥挤，诗人怕他们一行人入得城来冲撞了生人，因此频频招呼童仆慢行，不要心急。诗的这一细节描述，再现了诗人入城后走走停停、停停走走的情景，同时也为下句的"欲指潮痕问里闾"作了铺衬。尽管在此之前他已明知扬州城内潮信早已不通，但仍为李颀诗所描写的情景所迷醉，以至见了江潮在堤岸上留下的痕迹，还想找个当地人来问问那时的情况。两句流转通脱，自然亲切。尾联以随意之笔，轻轻点出此次入城，不是步行而是坐轿，从而补出以上"冲""呼"之因，绾合全诗。以诗作年上溯，诗人此时年已六十一岁，故曰"白发"；肩舆，人抬的轿子。由此可见诗人虽然年高多病，但扬州还是引起了他的很大兴趣，景语叙事中不乏情致。

全诗皆由一"入"字生发，款款写来，如领读者随行，而起因均为一"潮"字，展转挽合，反复致意，其妙处原不仅在于以白描绘写景物，以所见验证李诗。诗家三昧，于此亦可窥一二。

（曹明纲）

悯农二首

春种一粒粟，秋成万颗子。
四海无闲田，农夫犹饿死。

锄禾日当午，汗滴禾下土。
谁知盘中餐，粒粒皆辛苦。

这是两首千古传诵、妇孺皆知的小诗，一名《古风二首》。它们所表现的虽然同是农夫耕作的艰辛，但重点各有不同：前一首突出其付出与得到的巨大悬殊，寄寓诗人对这种社会现象的强烈不满；后一首强调粮食的来之不易，隐含作者对奢侈和浪费的谴责。

在第一首诗中，作者先以"春种"与"秋成"（"成"一作"收"）、"一粒粟"与"万颗子"两两相对，其中既暗示出从"春"到"秋"、从"成"到"收"农夫所付出的血汗，同时也以由"一"至"万"的变化说明社会财富在一年中的不断增殖。它使人们由此联想到农夫一年四季与风霜雨雪、旱涝炎寒为伴，为争取一个好年成而付出的种种艰辛。第三句"四海无闲田"更把这种联想由从"春"至"秋"的一年扩展至长年累月、世世代代，正是农夫这种长时期的艰苦劳作，才使穷乡僻壤都没有了闲置荒芜的田地。这三句联贯而下，层层递进，把农夫为社会生产粮食的辛劳写得神满气足，从而为末句的反跌造成了一种强烈、尖锐的对比。"农夫犹饿死"五字因此获得了触目惊心、震聋发聩的效果，它不仅明白地揭露了这一真实的社会现象，而且在劳动者付出与得到之间出现的巨大反差中，饱含了诗人对这种现状的愤懑和对农夫的深切同情。

与此不同，作者在第二首诗中，一开始就撷取了农夫盛夏头顶烈日在地里锄禾这样一个场景，具体形象地再现了他们在春种秋收过程中的辛勤劳作。锄禾正值盛夏，烈日当空，且时值正午，其酷热不难想象。在这种赤日炎炎似火烧的恶劣气候中，公子王孙们早已手里摇着扇子，到阴凉处去避暑了，可是农夫们为了收获，还在溽暑中为禾锄草松土，那一滴滴的汗水从身上直淌下来，掉落在干热的土上……诗人面对这种感人的景象，不禁感慨万分："谁知盘中餐，粒粒皆辛苦!"诗的后二句，既可看作是诗人对当时富豪人家只知挥霍奢侈、不知体恤民情的愤怒斥责，又可看作是对己对人应珍惜粮食的自省和劝诫。正因为有了前二句的形象描写、典型表现，才使后二句慨叹议论显得分外有力，不觉空泛。此诗在后代、在民间传诵尤广，其原因固然是由于它宣扬了应爱惜、珍视粮食及推而广之的一切劳动成果的人类普遍的美德，同时也由于它在揭示这一主题时所运用的这种浅近却又形象的表现手法。

据卞孝萱《李绅年谱》考订，此二诗作于贞元十八年（801）前。另据范摅《云溪友议》等书载，诗人赴荐之初，"常以《古风》求知"，可见诗人自己对它们也很看重。这主要是因为这二首诗尤能体现出后来成为卿相的诗人关心民瘼的襟怀，以及他"不虚为文"的创作特色。

（曹明纲）

柳宗元

柳宗元（773—819），字子厚。河东（今山西永济）人。世称柳河东。贞元九年（793）进士，授校书郎，调蓝田尉，迁监察御史里行。贞元末，与刘禹锡同为王叔文所引用，参与政治改革。叔文败，贬永州（治今湖南零陵）司马。元和十年（815），徙柳州（治今广西柳州）刺史。卒于任所，故又称柳柳州。

柳宗元是与韩愈比肩齐名的古文大师，同为唐代古文运动的倡导者。韩愈盛赞其文"雄深雅健，似司马子长（司马迁）"。山水游记，峻洁精奇，玲珑幽峭，尤享盛名。其诗亦卓然自立，大多抒写贬谪生活和对山水的流连，长于哀怨，得骚之遗意。诗风熔陶（渊明）、谢（灵运）于一炉，于刻炼中呈清远萧森之致。苏轼谓其"发纤浓于简古，寄至味于淡泊"（《书黄子思诗集后》），实为肯綮之评。

（王国安）

南涧中题

秋气集南涧，独游亭午时。

回风一萧瑟，林影久参差。

始至若有得，稍深遂忘疲。

羁禽响幽谷，寒藻舞沦漪。

去国魂已游，怀人泪空垂。

孤生易为感，失路少所宜。

索寞竟何事？徘徊只自知。

谁为后来者，当与此心期！

永贞元年（805）诗人贬谪永州，拘囚十年，待罪南荒。其间"闷即出游"，穷搜山水，"上高山，入深林，穷回溪，幽泉怪石，无远不到"（《始得西山宴游记》）。然而，即使在赏心悦目之际，"暂得一笑，已复不乐"，忧伤寂寞，总是萦怀难释。作于元和七年（812）的《南涧中题》，即是一首表现这种复杂感情的纪游诗。

南涧，即《石涧记》所记之石涧，地处永州南郊。一诗一文，咏写对象虽一，但写法迥异：文以描绘山水为主，诗却即景抒怀，重在写情。全诗十六句，前八句为记游写景，后八句为即景抒情，层次井然，脉络分明。首言时当深秋，诗人独游南涧，点明时地季节。三、四两句紧承首句"秋气"，具体摹绘南涧之景：秋风萧瑟，林影参差不齐。诗人至南涧自然是为了搜奇探幽，故因有所得而遂忘其疲，深深地沉浸于大自然的景色之中，然此时此际，失侣之鸟的哀鸣、飘转不停的萍藻，却又使他触绪而感怀。

诗后八句撇景入情，抒写忧愤。封闭在心灵深处的悒郁，犹如决堤之水，再也无法抑止。想起遭贬已久，一身如游魂无寄；怀念亲友，唯有徒然流泪。魂"已"游而泪"空"垂，极言内心痛苦和悲哀。"孤生"两句是对贬后生活的沉痛概括。"罪谤交积，群疑当道"，名为谪吏，实同囚居，"易为感"，"少所宜"，话说得平淡，而实蕴含了无限辛酸。诗最后说这种寂寞至极的忧伤无可与语，只能把希望寄托于"后来者"，表现了诗人对现实的强烈的失望。

这首诗倍受历代诗论家的激赏。沈德潜从语意着眼，谓之"语语是独游"（《笔墨闲录》）。又从造句加以褒赞，谓之"平淡有天工"。然此诗最大的特色仍在于苏轼所云之"忧中有乐，乐中有忧"

（胡仔《苕溪渔隐丛话》引），既能摹难状之景历历在目，又能抒难言之情曲折尽意，境与神会，深刻地传达了诗人情绪的细腻变化，将复杂的情感融入诗的字里行间。开篇五字"秋气集南涧"，即使人感慨万端，百感交集。"秋气"一词源出宋玉《九辩》："悲哉秋之为气也，萧瑟兮草木摇落而变衰。"诗用"秋气"而不用色泽明丽的"秋色"，又下接一个"集"字，突出了诗人的主观感受，已为全诗的感情定下了基调。"回风"二句写景如画，体物之工，足见诗人对自然的深刻观察，然更浸透了诗人的萧瑟之感，故清刘熙载目之为"骚人语"。至如"羁禽"二句，既上缘"风"字，直抒耳闻目见，又兼为"兴中之比"，暗借离群之禽和飘浮之藻自比，注入身世之悲，承前启后，"即羁禽寒藻之景，动我去国怀人之思"（唐汝询《唐诗解》）。诗中除四句写景外，全为直言抒感。语言平实，犹如诗人的内心独白，仿佛得之信手，随口而出，然又含蕴深厚，句淡而意丰，"言言深诉，却有不能诉之情"，因而"妙绝古今"，成为"寄至味于淡泊"的实例。

（王国安）

中夜起望西园值月上

觉闻繁露坠，开户临西园。
寒月上东岭，泠泠疏竹根。
石泉远逾响，山鸟时一喧。
倚楹遂至旦，寂寞将何言。

　　这首诗作于诗人贬谪永州之后。从题目看，这是一首描摹月夜景致之作。但读之终篇，可知诗人实是在伤志之不伸，发抒感慨。诗最后说："寂寞竟何言。"这"寂寞"二字，虽出现在诗之末尾，但"寂寞"之情，却贯串于诗的始终。

　　诗开篇颇突兀："觉闻繁露坠。"露滴之声，至细至微，但诗人却能清晰地"闻"之，则四周万籁俱寂，诗人反侧难眠，岂不是意在言外，使人思自得之了？既然无法入眠，便开户临园。中四句承次句"开户临西园"，展现了一幅月夜清景图。月上东岭，光照竹间。"泠泠"一词下得绝妙，将无声的月光写得仿佛潺潺流动，而与上句"寒月"相映，给夜景平添了一层凄冷之色。淙淙石泉，远而弥响；惊同山鸟，时而一鸣，又是借声响来突出环境之空旷沉寂，手法渊源自梁朝王籍名句"鸟鸣山更幽"。这一段切题写景，就目所见、耳所闻着笔，糅合心理感受，气氛萧索阒寂。处身在如此环境中，自然要感寂寞而伤神了。结尾两句，由景返人，写诗人倚楹默默，长夜达旦。用无声孤寂的画面，反衬他当时心头的波澜起伏。

这首抒感慨的即景之作，写得十分含蓄。除"寂寞"二字外，几乎全是以景象烘托感情。"语语得自实景，故其神意尤觉悄然。"（蒋之翘辑注《唐柳河东集》）"寂寞"二字乃一篇之"眼"。这里诗人感到的"寂寞"，并非心如废井似的沉寂，也不仅是孤单冷清之感，乃是一种蚀心镂骨而又无可奈何的忧思和苦闷。柳诗颇得骚之遗意，这种忧思和苦闷正同屈原"举世皆浊我独清，世人皆醉我独醒"的愤激有一脉相承之处。诗直书"寂寞"二字，看似直率，但点到即收，感情的闸门稍开即阖，而让"弦外之音"留给读者去体味，仍是含蓄之笔。元好问论柳诗云："朱弦一拂遗音在，却是当年寂寞心。"（《论诗绝句》）正拈出"寂寞"一词来开掘柳诗旨意所在。

前人论此诗，对诗中景语颇加激赏，而对交织其间的"寂寞"之感却加以责难："毕竟有迁谪二字横于意中，欲如陶（渊明）、韦（应物）之脱，难矣！"其实，"迁谪二字横于意中"，恰恰是本篇，也是柳诗的特色。以"陶、韦之脱"为论诗圭臬，而抹杀不同的创作个性，是失之偏颇的。

（王国安）

秋晓行南谷经荒村

杪秋霜露重，晨起行幽谷。
黄叶覆溪桥，荒村唯古木。
寒花疏寂历，幽泉微断续。
机心久已忘，何事惊麋鹿？

在一个深秋的清晨，诗人犯霜冒露在南谷缓缓而行。霜露交零，本是深秋景象，而一个"重"字，更突出了"晓行"的感受。"荒村"是途中所经，诗人在寻路觅道之际，忽然发现了一座荒废的村落。"黄叶覆溪桥"这句涵含颇深，有桥必有人居，而今却被枯叶覆盖，以致踪迹难辨，这就既写出了秋深叶落之多，也暗示出村落荒废之久。"荒村唯古木"是对上句的补充，正是由于古木多才叶落深。"唯古木"，明无余物，突出村荒，也隐隐点出作者惋叹之情。接着二句写谷幽。耐寒山花也稀稀落落。"寂历"，凋疏枯萎之貌。谷中幽泉，似将涸竭，其流断断续续。以上六句，是这首《秋晓行南谷经荒村》为我们展现的一幅寒谷荒村独吟图，笔笔紧扣"荒""幽"二字，刻画出远离尘嚣的静谧。这里没有喧哗的人声，没有浊世的纷争，一切都显得那么幽寂，虽然又颇带荒寥。如果没有最后二句，真令人怀疑诗人是否已进入"心凝神释，与万化冥合"的境地。

诗最后二句是点睛之笔。惊动野鹿，当乃其时实有之景，触动诗人心绪，但诗人并不直接抒慨，而是反问道：我沉浮宦海，机巧之心久已忘怀，何以麋鹿见我还要惊恐远遁？故作旷达之语，似乎在申说切盼解脱世网、超然物外的心情，然恰也正好透露出他难忘用世之心而又无可奈何的悲怆情绪。读至此，回过头来再吟诵前六句，才恍然可悟"黄叶""寒花""古木""幽泉""荒村"等无一丝暖意的用语，固然是切合"杪秋"之景，但也是为了衬托作者的抑郁之情。

这首五古作于诗人贬谪之后。南谷，其地不详。首联破题入叙，中四句写荒村幽谷之景，末二句引发感慨。这种"即事成咏、随景写情"的作法，在柳诗中经常可以看到。虽是首古体诗，但对偶工整，造语简洁而描摹致密，于朴素中见锤炼之工。

清吴大受《诗筏》谓作者山水诗"虽边幅不广，而意境已足。如武陵一隙，自有日月"。此诗仅写一道幽谷、一座荒村，但陈言务去，刻画精细，于萧瑟幽荒之景中，融入自身孤寂落寞之情，显示出诗人特殊的艺术偏嗜。

（王国安）

渔 翁

渔翁夜傍西岩宿，晓汲清湘燃楚竹。
烟销日出不见人，欸乃一声山水绿。
回看天际下中流，岩上无心云相逐。

本诗当为永贞后柳宗元贬永州期间所作。

诗咏渔翁，自夜宿起，至晓行止。首句起得较平，但一个"傍"字已点明渔舟夜泊，故虽仅提到山，实已暗及于水。西岩，系指作者《始得西山宴游记》中的西山。次句写晨炊，不过是说汲水燃柴，意亦平常。而一经巧妙地借用汉语中的借代手法，顿化平凡为神奇，汲"清湘"而燃"楚竹"，清新脱俗，意境隽永，映衬出渔翁高逸超俗的形象。三、四两句确是神来之笔，"烟销日出"紧承次句，按笔势，下面则应写到人，然而偏偏宕开一笔，反而说"不见人"，以逆转取势，以引起读者的悬念，而此时此际，忽闻"欸乃一声"，视线急追而去，青山绿水，突现眼前，才恍悟渔舟已离岸远去。这两句有景有情，有声有色，苏轼盛赞此诗云"诗以奇趣为宗，反常合道为趣，熟味此诗有奇趣"（《评柳诗》，下同），即主要着眼于此两句；尤其是后一句，从诗人主观感受着墨，橹声一响，山水随之而"绿"，一个普通的"绿"字，用得恰到好处，益增诗情画趣。最后两句一气而下，写渔舟渐去渐远，回望西山，唯见悠悠白云，无心飘逐。

此诗纯属写景，无一语抒情或赞叹，但诗人的感情自然而然地流露于字里行间。唐汝询说"此盛称渔翁之乐，盖有欣慕之意"（《唐诗解》），其实岂止是"欣慕"，诗中渔翁，实已融入了诗人高洁的情怀和对自由生活的向望。

末两句苏轼以为"虽不必亦可"（《冷斋夜话》引），后世亦颇有以之为笃论而主张删却的。但就景语而言，增此两句，天、云、山、水，连成一片，一叶扁舟，荡漾其间，似乎更增江天空阔之感。况且诗是写渔翁的，末两句正是借"无心"之云衬托渔翁淡泊高洁的形象。故苏轼之言，未必为定论，是邪非邪，读者其自思之。

（王国安）

岭南江行

瘴江南去入云烟，望尽黄茆是海边。

山腹雨晴添象迹，潭心日暖长蛟涎。

射工巧伺游人影，飓母偏惊旅客船。

从此忧来非一事，岂容华发待流年。

　　唐宪宗元和十年（815），柳宗元怀着“为报春风汨罗道，莫将波浪枉明时”（《汨罗遇风》）的心情，与刘禹锡等四人奉诏进京，满心以为会被朝廷重新启用，孰料赶到长安，却被贬斥到更加荒远的地方。在前往柳州赴任的路上，诗人目睹岭外奇异险恶的风土环境，回思自己多变的遭际，不禁感慨万端，写下此诗。

　　诗题称“江行”，可知诗人是乘舟泛江赴任的。首联说诗人沿江南下，岭南的河流上致病的瘴气浮动，直薄云天，极目远眺，茅草尽处已是大海之滨。两句总写岭南风景，以引导以下景物之怪异；一写江行方向和所谪之远，以距京城愈去愈远的黯淡情绪笼罩全篇。二、三联具体描绘边地风土：雨过天晴后的两岸山腰间时时出现大象足迹；日光照射下潭水中央，蒸腾弥漫着层层水气。那种叫射工的毒虫也在此窥伺着过客的影迹，含沙待发；远远升起飓风前夕的浓云，让行旅之人胆战心惊。

以上六句极写岭南的荒僻怪异，层层渲染诗人逐客他乡的惨淡心境。五、六句在写景中又以象征手法兼寓自身屡遭窜斥、但仍未摆脱奸人伺机寻隙加以迫害的险恶处境，表现出诗人罹谗见谪后的心有余悸，触目皆惊。因此，虽然是初到岭南，但这种来自自然界和人世间的忧惧，却已充溢鼓荡于诗人的胸怀。末联正是这种心情不可遏制的迸发。"非一事"，以少言多，见出诗人烦乱的心态；"忧"字是诗眼，既点出前面景物的观感，暗寓忧谗畏讥的思虑，又慨叹自己将在这块荒疠之地空度华年。政治上的屡次打击已使诗人陷于沉郁困顿的境地，眼前这百险丛生、危难四伏的景象又使诗人倍受煎熬，怎么能不为自己的前途担心和伤感呢！

诗人在诗中极力铺写南荒环境的凄惶可怖，意在反衬自己归思之迫切，而末句充满忧郁愁苦和强欲挣扎之情的呼号，则与《寄京华亲故》"散向峰头望故乡"同意，即希望在朝旧友能援手一助，不致使他葬身瘴疠之地。不幸的是，这种在刚赴任时的预感竟被言中，四年之后，诗人即在忧愤中病卒于柳州任所。

（王立翔）

登柳州城楼寄漳汀封连四州刺史

城上高楼接大荒，海天愁思正茫茫。

惊风乱飐芙蓉水，密雨斜侵薜荔墙。

岭树重遮千里目，江流曲似九回肠。

共来百粤文身地，犹自音书滞一乡。

　　为时五个月的"永贞革新"虽然短暂，却一如历史上所有革新运动失败后的结局一样残酷：革新首领王叔文、王伾被贬斥至死，主要成员柳宗元、刘禹锡等八人分别被贬为远州司马。十年之后，柳、刘和韩泰、韩晔、陈谏等五人再次被贬到更荒远的柳州、连州、漳州、汀州和封州任刺史。由于政治上不断受到沉重打击，生活上又长年忧危贫苦、贬居柳州的第四年，柳宗元终于凄苦地卒于任所，年仅47岁。虽然被贬谪后的柳宗元仍理想不灭，信念坚定，并有所作为，但从他短暂的生命之旅和许多诗文中，我们能很清晰地感觉到始终纠缠着他的激愤不平、困厄抑郁之情。这首初到柳州时的怀友之作，正是那场变动后诗人真实心情的写照。

　　诗的开首就直抒登城楼后触目伤怀的愁思，我们仿佛能听到诗人凭栏远眺时那发自内心深处的郁勃的呼声。"茫茫"二字既描摹了"愁思"如海天般的深远辽阔，又为以下的逐层抒写渲染了气氛。第二联诗人收回目光，似想按捺一下翻腾的心潮，然而所见又是芙蓉顾长的身姿正遭受疾风的摧残，薜荔覆蔽的高墙正被密雨浸打。这情状自然让诗人联想到自身及好友那种坎坷多厄的命运，于是不禁引起心灵的阵阵悸颤。屈原在《离骚》中以芙蓉、薜荔象征高洁的品格，这里描写暴风雨中的芙蓉、薜荔，看似对夏季景物真实摹写，实则寄寓着诗人宦海沉浮和身世坎坷的无穷感叹。三、四联再由近景转向远景，内容也在浓郁的情绪中切入寄诗友人的正题：共同的理想把他们连结在一起，不幸的失败又使他们同样面对残酷的现实，他们是多么需要互相鼓励、互相支持啊！然而眼下岭树重遮、江流曲转，不仅相见无日，而且音讯难通，这怎么不令人悲从中来、忧思难遣！四联中虽一字未及思念之情，但句句透露出深沉的关切和忧愤，令人不难想见当时政治斗争的险恶和残酷。

诗篇摹景写情，赋比交融，寓意深邃，令人追思感怀诗人的政治遭遇和同道间的真挚友谊。"共来"二字似为全诗注入一丝慰藉，然"犹自"一词却使诗情再次跌入低徊悲愤之中。这种先抑复扬、扬而又抑的抒写结构，使全诗交错鼓荡着一种极其复杂的强烈感情，它的沉郁顿挫在读者心中引起了深深的共鸣。至此，篇首的茫茫"愁思"被表现得既淋漓尽致，又余音不断。

（王立翔）

别舍弟宗一

零落残魂倍黯然，双垂别泪越江边。

一身去国六千里，万死投荒十二年。

桂岭瘴来云似墨，洞庭春尽水如天。

欲知此后相思梦，长在荆门郢树烟。

　　唐元和十年（816），已有十年贬斥生涯的柳宗元，在满怀期望应召回京的情况下再度被贬，其实现"永贞革新"时的政治理想的可能愈趋渺茫自不待言，整个家庭生活也随之屡经忧患，倍遭不幸。刚到贬所柳州（今广西柳州）后，随同前来的两个堂弟之一宗直，就因病去世；事隔一年（816），宗一又要远走江陵（今湖北江陵）。这首诗就是诗人当时的送行之作。

　　诗的开首即点明送别的主题，交代了分手之处，渲染出一种凄楚黯然的气氛。这一情绪并非仅仅出于别离，其中更包含了诗人长期贬谪生活的种种复杂感受。"零落残魂"四字，极言其不堪遭受更大的情感折磨，但如今又偏逢骨肉兄弟离别，其沉痛愁苦可想而知。因此颔联不禁回首革新失败、被贬南荒的经历，以及十二年的危苦惊悸生活，字里行间充满失望愤懑之情。颈联则从身世的感叹中回到送别的现实，叙写从此兄弟天各一方，难再相见，自己尚处瘴疠之地，而宗一也前途难卜，故令人倍觉伤感。尾联以追随兄弟的相思梦作结，照应首联和醒明题意，意境飘渺疏淡，然无尽的相思之情则由扑朔迷离的梦境弥漫到整个诗篇，使人读后久久沉浸其间，难以忘怀。

这首诗的佳处，是不以单纯的离愁别绪作为送别诗的唯一内容，而是用政治遭际的感叹引发相见无期的离别之苦，又以此反衬自我身世的悲戚。两种情绪在诗人精心、自然的处理下显得融洽贯通，读来回肠荡气，真切感人。诗篇对仗工整自然，确切真实。如"一身"，寓指被贬斥的孤独；"万死"，虽系夸张，但贬居时诗人曾四次遭火灾而死里逃生；"去国六千里"，言柳州荒僻，距京城确有六千余里之遥；"投荒十二年"，正与诗人被贬生涯相符。"桂岭云瘴"既是对"南荒"自然景物的如实描绘，又暗示着自身的险恶处境；"洞庭春水"虽属想象中语，但山川阻隔、相见难再，又属情理之中。末联梦寄郢荆烟树，则将诗人魂系梦萦的相思之情，表现更加颤动人心。

(王立翔)

柳州峒氓

郡城南下接通津，异服殊音不可亲。

青箬裹盐归峒客，绿荷包饭趁虚人。

鹅毛御腊缝山罽，鸡骨占年拜水神。

愁向公庭问重译，欲投章甫作文身。

此诗作于柳宗元谪贬柳州（今广西柳州）之时。题中"峒氓"，是指生活在柳州山区的少数民族。比起永州，柳州离京城更加遥远，那里地处炎方，当时还很少开垦，人迹罕至，到处杂树参天、野草丛生，时有毒虫猛兽出没；而瘴疠之气更严重地危害着人的健康，被中原人视为畏途。不仅如此，当地的风俗习惯也和中原大不相同，人们尊崇巫术迷信，凡事（包括治病）都用求神问卜、祭杀牲口来解决，十分愚昧落后。诗中所描写的，正是这样一幅充满浓郁岭南色彩和当地民俗魅力的风俗画卷。

诗的前两句，是写诗人初到岭南，步行于柳州城南交通要道的感受：置身于摩肩接踵的山村居民中，触目皆是奇异的服饰，充耳都为陌生的语言，虽觉新奇，却同时又唤起身贬异乡的孤愁。"不可亲"三字，即透露出诗人这种难以明言的复杂感情。二、三联诗人撷取了集市、饮食、服饰和宗教等几个画面，来反映当地人民的生活习俗。箬，竹皮；峒，山穴；虚，岭南人对集市的称呼。据史载，岭南山民多养鹅，以鹅毛御寒；又用鸡骨占卜，祭拜水神。四句虽纯是客观摹写，然诗人的心绪仍可细味。在此诗人一方面感叹、惊讶当地人民生活的贫困和文化的落后，另一方面，也于愚朴的民风中体会到混沌未开的纯真可亲。而这些都是在昔日官场中难以感受到的，因此诗句中不觉流露出一丝自悲后的自慰。尾联写诗人忙于公务，苦于诉讼时的言语不通，不禁闪过除去官服，文身截发，成为那些淳朴边民中一员的奇想。诗起首之"不可亲"与中间的渐觉可亲，两种感受交错混杂，最后发为去官入俗、返真归朴的自嘲，颇见诗人当时愁苦而又无奈的心境。

诗篇以描摹岭南风俗著名，语句质朴，取例典型，归峒、趁虚、缝罽、占年等画面生动形象，多侧面地反映了当地人民的生活习俗。而诗人寄寓其中的沉郁失落感，也跌宕多变、迂徐回环，这使篇末"欲投章甫（出《礼记》，此指文明的服饰）作文身"的自嘲，读来令人别有一番酸楚的滋味。

（王立翔）

江 雪

千山鸟飞绝，万径人踪灭。

孤舟蓑笠翁，独钓寒江雪。

这是一首著名的山水小诗。

在一个众鸟飞尽、人踪难见的大雪天，四周山野一片银白，显得分外静寂峻洁。茫茫的江面上孤舟一叶，舟上一位披蓑戴笠的渔翁，仿佛全然不知风雪严寒，正独自一人执竿垂钓……诗篇仅仅二十个字，却已将我们带到一个空茫澄澈而不免凄寒、幽静清静而不免孤寂的画卷中，令人思绪纯净、万虑俱化，仿佛与诗中的渔翁一样，忘情于尘世的芜杂，沉醉于自然的纯美。

诗篇大约作于诗人贬居永州时。那万籁俱寂、独钓于冰雪中的钓翁形象，正寄托了诗人孤傲清高的情怀和节操。冰雪交加，人鸟皆绝，本不宜于垂钓，而此翁却俨然端坐，垂钓依然，其意实不在鱼，而在寻求一种心灵的解脱和彻悟。诗人似乎在探索这样一个问题，即渺小的个人又如何在宇宙中保持自我的价值？虽然这一主题曾被历代文人重复了千百遍，然而柳宗元却以在幽旷澄静之江雪中的独钓翁的形象，向人们展示了一种富有哲理性的启示和全新的意境，从而具有令人折服的隽永的魅力。

(王立翔)

酬曹侍御过象县见寄

破额山前碧水流，骚人遥驻木兰舟。

春风无限潇湘意，欲采蘋花不自由。

此诗为回赠故友曹侍御（名不详）所作，作于诗人谪居永州时。由于象县（今广西象州）在柳州附近，一般人都认为此诗作于柳州，其实永州乃潇水、湘水交会处，潇水中有白蘋洲，盛产白蘋，因知诗中"潇湘""蘋花"之语皆非泛指，"遥"字则更可证二人相距之远。

此时柳宗元已遭朝廷贬弃，失意落魄，动辄得咎，一般人不是业已淡忘，就是唯恐避之不及，而曹侍御竟能不忘旧友，以诗相赠。诗人临潇湘而读其诗，感念故人如春风般和煦的深情，渴望去象县与之相会叙旧。然而欣喜之余，忽然想起自己逐臣的身份，不由得情绪黯然，暗忖就是采摘那白蘋洲上的蘋花，以寄感激之情也难有自由，更何况动身亲往！古人常以蘋花比喻高洁的情操、忠贞的友谊，梁朝柳恽《江南曲》有"汀州采白蘋，日暖江南春。洞庭有归客，潇湘逢故人"之句，诗人即景用事，化用其诗而不著痕迹，可谓景情相得，语约意深。

"春风无限潇湘意"，既是赞美旧友的深厚情谊，又将自己的殷切思念熔化其中。末句"欲采蘋花不自由"，吐尽心中的怨戚和忧愤，却又含蓄婉转，暗用柳恽诗，意味深长。

全诗即事写景，又处处不离友情谪意。"破额山""骚人""木兰舟""潇湘意""采蘋花"，无不切合楚地特点，寓示逐臣境遇，使作品回荡着一种低回哀怨的感人情调。 　　　　　　　　　　（王立翔）

柳州二月榕叶落尽偶题

宦情羁思共凄凄，春半如秋意转迷。
山城过雨百花尽，榕叶满庭莺乱啼。

此诗为柳宗元贬居柳州时所作。回顾诗人一生，二十一年的仕宦生涯竟有十四年是在贬所度过的，他心中该有多少失意和痛苦！而二度遭贬柳州，触目尽是荒疬，又怎么能不勾起他浓重的怀乡之思？这首七绝就是在这样的环境中写下的。

诗篇开首就直抒逐客异地的凄楚心情，那长期的郁闷愁苦似乎要不可遏止地向读者劈面奔来，然而从第二句开始，诗人即转而描摹雨后山城的景色和感觉，诗情顿时转入婉委迷离：二月的景致本应百花竞放，春色醉人，但在这山城却显得萧索冷寂，一如秋天，令人凄迷不已。三、四句虽纯以景语继之，但景物的勾勒却充满了令人伤感的情调，而与前二句抒写的凄黯愁郁一脉相承。那百花飘谢、榕叶满庭、黄莺乱啼等景象，既是眼前所见之景，同时又是诗人触景伤怀的"宦情羁思"的生动写照。表面虽无涉于情，实际字里行间却无不透露出"凄凄"之音，从而补足了"意转迷"的情态。故沈德潜在《唐诗别裁集》中称其"长于哀怨，得《骚》之余意"。

（王立翔）

与浩初上人同看山寄京华亲故

海畔尖山似剑铓，秋来处处割愁肠。
若为化得身千亿，散向峰头望故乡。

在中国历史上，柳宗元是一位积极参与政事却倍受责难的悲剧诗人。他窜身边州达十四年之久，最后又身死异乡。诗人由此而生发的"宦情羁思"，实非常人所能比拟和想象。这首与浩初和尚在柳州登仙人山时写下的诗篇，便是他集中抒发这种感情的范作之一。

诗以"海畔"起首，点明柳州的地理位置，与诗题"寄京华"数字呼应，已隐露遭贬荒疠、远离故乡的愁绪。正是在这种愁绪的煎熬和引发下，诗人仿佛觉得那眼前笔立陡峭、阻隔贬地与家乡的一座座山峰，在萧瑟的秋风中变成了一柄柄尖锐无比的剑锋，时时剜割着自己思归的愁肠。诗人登山观峰，原意是遣怀消愁，不料却"抽刀断水""举杯消愁"，结果适得其反。那如刀的山峰令诗人触目惊心、倍感痛彻。然而"悲歌可以当哭，远望可以当归"，他此时不能化身千亿，伫立各座峰头，尽情眺望故乡。"化身千亿"出自佛经，诗人因浩初和尚在侧，遂信手拈来，用以形容思归心切，贴切形象，不着痕迹。"望故乡"三字点题，将前文奇异的想象、奔腾的情思均收归于此，读来令人唏嘘神伤。

　　全诗设喻新颖，联想奇特，以山峰为主体统领观感，结构紧凑；至其寓意显豁、抒情明快，完全不同于平时的"清夷淡泊之音"（《唐诗别裁集》）。究其因，当与他长期遭贬，情感堙厄愁苦之极，而一朝迸发便无可遏止有关。

（王立翔）

卢 仝

卢仝（775—835?），河南济源人，祖籍范阳（今河北涿县）。数举进士不第，长期隐居济源西北之玉川，因自号玉川子。曾至江南、燕赵一带漫游，以布衣终。据《南部新书》载，卒于大和九年（835）甘露之变，今人多有疑义。卢仝是韩孟诗派中的重要诗人，作诗以"险怪"称，意在矫俗独创，遂有过正之失。但他确实也写了些清通流美的篇章，显示出风格的多样性。《全唐诗》录卢仝诗三卷。

（丁如明）

走笔谢孟谏议寄新茶

日高丈五睡正浓，军将打门惊周公。

口云谏议送书信，白绢斜封三道印。

开缄宛见谏议面，手阅月团三百片。

闻道新年入山里，蛰虫惊动春风起。

天子须尝阳羡茶，百草不敢先开花。

仁风暗结珠琲瓃，先春抽出黄金芽。

摘鲜焙芳旋封裹，至精至好且不奢。

至尊之余合王公，何事便到山人家。

柴门反关无俗客，纱帽笼头自煎吃。

碧云引风吹不断，白花浮光凝碗面。

一碗喉吻润，两碗破孤闷。

三碗搜枯肠，唯有文字五千卷。

四碗发轻汗，平生不平事，尽向毛孔散。

五碗肌骨清，六碗通仙灵。

七碗吃不得也，唯觉两腋习习清风生。

蓬莱山，在何处，玉川子，乘此清风欲归去。

山上群仙司下土，地位清高隔风雨，

安得知百万亿苍生命，堕在颠崖受辛苦。

便为谏议问苍生，到头还得苏息否！

　　这是一首著名的饮茶诗，世人因有"卢仝七碗茶"之称。题中的"孟谏议"，指孟简。据《旧唐书》本传及《宪宗纪》载，孟简于元和四年（809）超拜谏议大夫，至六年正月，尚以谏议大夫的身份奉诏参加翻译《大乘本生地观音经》。六年八月，常州刺史崔芄调任洪州刺史，而到元和八年，孟简在常州刺史任上被征拜为给事中入京，则知孟简在元和六年秋冬至元和八年时任常州刺史。元和七年二月，韩愈因华阴令柳涧被贬事上疏不实，由职方员外郎降为国子博士，卢仝作《在常州孟谏议座上闻韩员外职方贬国子博士有感五首》，是知卢仝于元和七年春在常州一带。本诗当作于此时。

　　诗可分为四段。首六句是第一段，交代诗人收到孟谏议派人送来书信及茶饼时的情形及喜悦之情。接下去十句是第二段，写采茶的节候、茶树的生发、茶叶的采撷制作，从而突出了所赠茶饼的珍贵，从侧面反映出卢、孟两人的深情厚意。第三段共十五句，诗人用重笔浓墨，醋畅淋漓地写了饮茶的感受。最后十句为第四段，诗人在陶醉饮茶之乐时，忽然念及民生疾苦，请求最高统治者能给茶农喘息之机，稍解痛苦。

　　茶在唐建中元年（780）之前并不征税，至贞元九年（793），对茶实行两税制，"每十税一，放两税"，每岁得钱四十万贯。对茶农来说，这是一个极重的经济负担。《新唐书·何易于传》载，益昌县令何易于曾说："益昌人不征茶，且不可活，矧厚赋毒之乎？"所以卢仝在本诗最后的呼喊是具有现实意义的，非一般文人学士作诗赋时为了曲终奏雅而硬装的尾巴可比。当然卢仝发此狂吟也有他的思想基础，诗的第二句说"军将打门惊周公"，惊周公就是惊梦。语出《论语·述而》："甚矣吾衰也，久矣，吾不复梦见周公。"从这里可以看出，诗人是以儒家正统自命的，因此篇末为民请命的呼吁就不令人感到突兀，而是顺理成章的结语了。

　　一般说来，卢仝较多的诗写得很奇险，有点怪，但本诗却很顺畅，甚至很浅俚，其实用俗为奇，也是韩孟派诗的一大法门。其段与段之间的转承，又非常自然贴切。如首段结尾"手阅月团三百片"，就让读者似乎看到诗人深情地抚摸着茶饼，陷入沉思的样子。他在沉思什么呢？第二段一开头"闻道新年入山里……"原来，诗人在沉思采茶的事情，承接得很轻巧。再看第二段末尾，诗云"何事便到山人家"，沉思结束了，又回到眼前的现实中来，现实是接到友人送来的茶饼，于是乎品茶。第三段一开首"柴门反关无俗客，纱帽笼头自煎吃"，轻轻一笔，就将品茶前的气氛烘托出来了。

第三段结尾说"唯觉两腋习习清风生",第四段即云"乘此清风欲归去",紧密衔接,天衣无缝。

但这首诗确实又写得很奇,奇情、奇想,匪夷所思。以第三段为例,作者沿着饮茶时由舌面感知到心理感受,由浅层直达深层的脉络,用笔曲曲写出,道出了饮茶的快感:润喉、破闷、滋肠、浑身通泰;三万六千毛孔开张、神清气爽、最后竟然达到了飘飘欲仙的境界。这里赋、比两种手法杂用,取得了极好的艺术效果。其间奇情快语叠出,令人目不暇接。像"三碗搜枯肠,唯有文字五千卷",茶汤入肚,穷索冥搜,结果腹中仅有五千卷书,亦庄亦谐,半是实情,半是牢骚,使读者欣赏之余,如品浓茶而略带苦涩。

诗写到"七碗吃不得也",似已到了山穷水尽的地步,无话可说了。但诗人忽然笔锋一掉,接下去第四段,大有峰回路转之势,使本诗在已经达到高潮的第三段的基础上,再度推上巅峰,百尺竿头,更进一步。这奇妙的构思,体现了诗人的匠心独运。

卢仝此诗影响甚大,凡后世诗人写饮茶的,多有提及,或以七碗茶为典,或径用卢仝诗句。如苏轼《试院煎茶》"不用撑肠拄腹文字五千卷"、孔平仲《游诸佛舍一日饮酽茶七盏戏书勤师壁》"何须魏帝一丸药,且尽卢仝七碗茶"、晁冲之《陆元钧宰寄日注茶》"更期遗我但敲门,玉川无复周公梦"、耶律楚材《西域从王君玉乞茶》"卢仝七碗诗难得,谂老三瓯梦亦赊"等,历代不乏。(丁如明)

徐 凝

徐凝（生卒年未详），睦州（州治在今浙江建德）人。元和间，曾至长安求取功名，以不善干谒，失意归里，潜心诗酒，优悠自终。《唐诗纪事》引《郡阁雅谈》云"官至侍郎"，然考以徐凝"白头游子白身归"之句，恐不确。《全唐诗》录诗一卷，什九为绝句。诗多浅俗，时见佳句。　　　　　　　　　（丁如明）

忆 扬 州

萧娘脸下难胜泪，桃叶眉头易觉愁。

天下三分明月夜，二分无赖是扬州。

扬州在古代是通商要道，军事重镇，繁华无比。商业发达之区必多妓，于邺《扬州梦记》云："扬州，胜地也。每重城向夕，倡楼之上，常有绛纱灯万数，辉罗耀烈空中，九里三十步街中，珠翠填咽，邈若仙境。"于此可睹扬州夜市之一斑。此诗忆扬州风月繁华，绮情无限。

首两句为忆情。萧娘、桃叶这里都是少妇少女的代称。说她们难胜泪、易觉愁，即多愁善感之意。看来，诗人曾在此遇到过意中人，如今一别茫茫，思想起来，当然先忆念及此。

三、四句是总括。天下良宵美景，扬州独占三分之二，则扬州之可爱可以想见。天上明月，普照大地，本无所谓几分之几属某处之理，但作者偏要这么说，一方面固然因为扬州确实很美，古人有"腰缠十万贯，骑鹤上扬州"之说，但另一方面则因扬州对于诗人来说，有其难以忘怀的销魂之处。所以首两句是因，后两句是果。整首诗浑然一体，不可分割。

此诗之妙，全在于想象的奇特，三分二分虽用《左传》"三分天下有其二"成语，却将不可分割的抽象概念，化为实体，强行划分。看似无理，实是合理。人们只觉得诗人如此赞美扬州，合乎情，切于理。所以后人常以"二分明月"指称扬州。　　　　（丁如明）

李 涉

李涉（生卒年不详），自号清溪子，洛阳（今属河南）人。初隐居庐山、嵩山，后应召为陈许节度府从事，累迁太子通事舍人。元和中贬为峡州司仓参军，复召为太学博士，晚年因事流放南方，不知所终。诗多写迁谪行旅之感，擅长七绝，造语通俗，著称于时。《全唐诗》录诗一百二十余首。　　　　（方智范）

润州听暮角

江城吹角水茫茫，曲引边声怨思长。
惊起暮天沙上雁，海门斜去两三行。

　　此诗一题《晚泊润州闻角》，是旅途即兴之作。润州，今江苏镇江。角，画角，军中乐器。

　　前两句正写听角。润州濒临长江，故称"江城"，江城角声，自与在大漠荒城不同，因江水茫茫，那角声似与水波一起流动，被传送至远方，故听来尤觉悠长。"边声"本指边地之声，此处不必拘泥，只是对润州从戎将士而言，即角声。画角所奏或为思乡之曲，将士的"怨思"隐含其中，则次句中的"长"字一语双关，既指角声悠长，也可解为怨思深长。这两句应付题面，但不缴足，尚留一"暮"字待后面发挥。三、四两句则由听觉转写视觉。薄暮时分，秋雁已栖宿沙滩，竟被角声惊起，于是纷纷高飞，飞过海门

（今属江苏），渐行渐远，直至消失在暮霭沉沉的天空中。这是宕出远神之法，既写出了角声远播的效果，又将读者的视听感受引向寥廓江天，延伸到无限空间，结句韵味悠远，令人遐想不已。

（方智范）

竹 枝 词

（四首选一）

石壁千重树万重，白云斜掩碧芙蓉。

昭君溪上年年月，偏照婵娟色最浓。

宪宗元和六年（811），李涉被贬为峡州司仓参军，谪居十年之久。峡州因近三峡而得名，治所在夷陵（今湖北宜昌）。其《岳阳别张祜》诗云："十年蹭蹬为逐臣，鬓毛白尽巴江春。鹿鸣猿啸虽寂寞，水蛟山魅多精神。"可见当时心情。作于这一时期的《竹枝词》凡四首，分别记三峡风物及流连感伤的情思。此为第三首，写三峡名胜昭君溪。

首句起笔拙重："石壁千重树万重"。山高树深，可见三峡之险要。次句承以飘逸轻飏之笔："白云斜掩碧芙蓉"。碧芙蓉，即木芙蓉，灌木类。白云、碧树相互掩映，其明丽悦目正与首句之险仄偪塞对衬。苍劲与秀逸相济，写出昭君溪附近的景物特征。三句方落到昭君溪，妙在不写溪而写溪上之月。月本无情，而年年临溪，诗中"偏照""最浓"二词，又分明融入了诗人的情感，这样似乎月也显得有情了。王昭君汉元帝时为宫女，入宫前曾居此，在溪中洗香罗帕，使溪水香气四溢，于是昭君溪又被称为"香溪"。第四句中的"婵娟"，谓意态婉美。孟郊有《婵娟篇》中称花婵娟、竹婵娟、妓婵娟、月婵娟。此处婵娟表面上指二句之碧芙蓉，而其实以花暗喻王昭君。如今美人已不可见，而花月相映，依依如有无限恋情。

《竹枝词》是巴渝民歌，多赋男女恋情，声调宛转动听。刘禹锡仿作十余首，仍具浓郁的民歌风味。李涉所作，因地命篇，意境浑融，情致容与，似较刘作更趋清奇。"浓"之一字尤见特色。历来写月境都曰清曰淡，此则曰"浓"，细味之，"浓"字正切峡谷之特殊环境、诗人之浓郁情思，可谓反常得奇。　　　　　（方智范）

裴　潾

裴潾（？—838），唐河东闻喜（今属山西）人。少笃学，以门荫入仕。元和间累官右拾遗转左补阙、起居舍人，因事贬江陵令。穆宗时历兵部员外郎、汝州刺史兼御史中丞、河南尹、刑部侍郎，终兵部侍郎。《全唐诗》录其诗十五首。

（方智范）

白　牡　丹

长安豪贵惜春残，争赏街西紫牡丹。

别有玉盘承露冷，无人起就月中看。

诗一题《裴给事宅白牡丹》，又作《长安牡丹》。

裴潾于敬宗宝历初拜给事中，题"裴给事宅"当为后人增益。

这是一首即物咏怀的小诗。所咏为白牡丹，却以两句衬起。唐代豪贵赏牡丹的盛况，据李肇《唐国史补》云："京城贵游尚牡丹三十余年矣，每春暮，车马若狂，不以耽玩为耻。"当时风气又贵紫而贱白，白居易诗"一丛深色花，十户中人赋"（《买花》）和"白花冷淡无人爱，亦占芳名道牡丹"（《白牡丹》）可证。街，长安朱雀门大街。街之西为豪贵私人花园的集中地，杜牧有《街西长句》诗咏之。"春残"为三月末，豪贵赴街西"争赏"，益可见紫牡丹在当时的声价了。第三句"别"字方转入正题，咏白牡丹。"玉盘承露"，写白牡丹形象，用汉武帝建章宫金铜仙人承露盘事，而易金为"玉"，以切白色。白牡丹盛开时，花瓣晶莹，犹如玉盘，中承露水，经皓月照映，益加明洁幽雅，光彩四射。一个"冷"字，不惟写露之凉意，更写出白牡丹所受之冷遇，对表现花的形象有形神兼具之妙。末句承"冷"字伸足其意，对白牡丹穷处独居、无人"争赏"的处境，深表怜惜。

　　此诗名为咏物，实是咏怀。比兴寄托在有意无意之间，读者自可以各有会心。从不得志的士人一面看，白牡丹是其投闲置散遭遇的写照；若从"裴给事"一面立意，则白牡丹花开裴宅，为其专赏，便颇有知音难得、舍我其谁的感慨与自负了。　　　　　　（方智范）

元 稹

元稹（779—831），字微之，河南洛阳人。出身寒微。贞元九年（793）明经及第，又登制科，历任左拾遗、监察御史等职。因得罪宦官，贬江陵（湖北江陵）士曹参军。后以诗受知穆宗，官职不断升迁。长庆二年（822）拜相，后出为刺史、节度使，卒于武昌任所。

元稹工诗，"善状咏风态物色，当时言诗者元、白焉。自衣冠士子至间阎下俚，悉传诵之，号为'元和体'"（《旧唐书·元稹传》）。元稹与白居易文学观点一致，此唱彼和，在新乐府运动中，起了桴鼓相应的作用；只是元诗反映现实的深度尚不及白，诗风有时流于奥涩，也不及白之纤徐畅达、曲尽情事。其古题乐府旨趣精警，用笔生峭，文采艳发，亦有独到之处。悼亡、艳诗更独步一时。有《元氏长庆集》。

（刘初棠）

田 家 词

牛吒吒，田确确，旱块敲牛蹄趵趵。
种得官仓珠颗谷，六十年来兵簇簇，
月月食粮车辘辘。
一日官军收海服，驱牛驾车食牛肉，
归来收得牛两角。
重铸锄犁作斤劚，姑舂妇担去输官，
输官不足归卖屋。
愿官早胜仇早复，农死有儿牛有犊，
誓不遣官军粮不足。

元和十二年（817），元稹见进士刘猛、李余《古乐府诗》数十首，颇有新意，于是选而和作十九首，此即其一（《乐府诗集》作王建诗，误）。

此诗言田家军输之苦，三句一节，共五节。第一节言田家叱牛耕久旱土坚之田，以概耕耘之艰。第二节谓六十年来，田家血汗凝成如珠稻谷，悉充军粮。六十年，指天宝十四载（755）安史之乱至元和十二年（817），此举成数。第三节举官军削平海滨叛乱一役，诉军队征求之苛。收海服，指元和二年（807），宪宗削平润州（江苏南京）李锜叛乱。海服，滨海服事天子之地。第四节，说田家虽失耕牛，仍置农具，耕作不辍，竭力以供军需。耧犁，即耧车，播种农具。劚，大锄。以上四节，节节推进，极言田家为军队供粮、运粮之苦。末一节是田家的内心独白：为了让官军早日扫平叛逆，决不让军队饿着肚子杀敌。与内容相应，辞气亦由悲戚变为高亢。

元和九年（814），吴元济据淮西叛，朝廷累年征战，粮饷匮乏，以司农卿皇甫镈为判度支，"由是益为刻剥"（《新唐书·食货志二》）。时河北藩镇阴助吴元济，欲阻朝廷用兵。惟宪宗决意用兵，至元和十二年（817），终于削平淮西之乱。此诗既反映了在战争的重敛之下，农民生计维艰；也表达了田夫深明大义，愿竭力奉军以削平叛乱的言行。这正是元稹继承杜甫"三别"等名作"讽时"的特色。

古题乐府是元稹与白居易刻意竞胜之作，作诗之主旨全在于"寓意古题，刺美见（现）事"，形虽袭古，意在创新。如此诗以句式而论，则三言、七言、八言相间，七言之中，尚杂有"旱块——敲牛蹄——趵趵"这样拗峭之句，长短参差，错杂变化。全诗十五句，竟用十四个入声韵，韵密声促，适与悲苦之情辞相应。题虽承古，然能结合时事而发新意，末三句词语斩截而意旨蕴蓄。陈寅恪称元稹此类诗"旨趣丰富，文采艳发，似胜于其新题乐府。"（《元白诗笺证稿》）

（刘初棠）

连昌宫词

连昌宫中满宫竹，岁久无人森似束；
又有墙头千叶桃，风动落花红蔌蔌。
宫边老人为予泣：小年进食曾因入。
上皇正在望仙楼，太真同凭栏干立。
楼上楼前尽珠翠，炫转荧煌照天地。
归来如梦复如痴，何暇备言宫中事！
初过寒食一百六，店舍无烟宫树绿。
夜半月高弦索鸣，贺老琵琶定场屋。
力士传呼觅念奴，念奴潜伴诸郎宿。
须臾觅得又连催，特敕街中许燃烛。
春娇满眼睡红绡，掠削云鬟旋装束。
飞上九天歌一声，二十五郎吹管逐。
逡巡大遍凉州彻，色色龟兹轰录续。
李謩擪笛傍宫墙，偷得新翻数般曲。
平明大驾发行宫；万人鼓舞途路中。
百官队仗避岐薛，杨氏诸姨车斗风。
明年十月东都破，御路犹存禄山过。
驱令供顿不敢藏，万姓无声泪潜堕。

两京定后六七年，却寻家舍行宫前。

庄园烧尽有枯井，行宫门闭树宛然。

尔后相传六皇帝，不到离宫门久闭。

往来年少说长安，玄武楼成花萼废。

去年敕使因斫竹，偶值门开暂相逐。

荆榛栉比塞池塘，狐兔骄痴缘树木。

舞榭欹倾基尚在，文窗窈窕纱犹绿。

尘埋粉壁旧花钿，乌啄风筝碎珠玉。

上皇偏爱临砌花，依然御榻临阶斜。

蛇出燕巢盘斗栱，菌生香案正当衙。

寝殿相连端正楼，太真梳洗楼上头。

晨光未出帘影动，至今反挂珊瑚钩。

指似旁人因恸哭，却出宫门泪相续。

自从此后还闭门，夜夜狐狸上门屋。

我闻此语心骨悲，太平谁致乱者谁？

翁言野父何分别？耳闻眼见为君说：

姚崇宋璟作相公，劝谏上皇言语切。

燮理阴阳禾黍丰，调和中外无兵戎；

长官清平太守好，拣选皆言由相公。

开元之末姚宋死，朝廷渐渐由妃子。

禄山宫里养作儿，虢国门前闹如市。

弄权宰相不记名，依稀忆得杨与李。

庙谟颠倒四海摇，五十年来作疮痏。

今皇神圣丞相明，诏书才下吴蜀平；

官军又取淮西贼，此贼亦除天下宁。

年年耕种宫前道，今年不遣子孙耕。

老翁此意深望幸，努力庙谟休用兵。

　　此诗约作于元和十三年（818）春，淮西叛乱已平之后。时元稹在通州（今四川达县）任司马，凭其早年游历的见闻，依题悬拟；诗中所言，不一定都符合历史真实。

　　连昌宫，唐代行宫之一，故址在河南府寿安县（今河南宜阳）西。诗叙连昌宫的兴废变迁，追溯治乱之由，是篇旨含讽谕的千古名作。诗分三大段。"连昌宫中满宫竹"至"杨氏诸姨车斗风"为第一大段，借宫畔老人之口，叙宫中昔年盛况。杨贵妃本未伴玄宗往游连昌宫，念奴唱歌、二十五郎（邠王）吹笛伴奏、贵妃姐妹乘车斗风（兜风）等等，也非发生于一时一地，诗人故意将这些事情糅在一起，置于寒食禁火之日，造成一种烈火烹油的气氛；复借李謩擪笛（按笛）偷曲，侧面烘托，行文一波三折、顾盼生姿。"特敕"二字老辣，玄宗为在深宵听名娼之歌，竟特敕许念奴街上"燃烛"，招摇过市；此与"百官队仗避岐薛"二句用意相同，均寓针砭于叙事，为第三段议论下一伏笔。定场屋，压场。遍，指唐代大

曲各叠；每叠曲中，部分旋律重复出现，称"逡巡"。曲终称
"彻"。龟兹，故址在新疆库车、沙雅一带，其地之乐，唐代为时所
重。第二大段从"明年十月东都破"至"夜夜狐狸上门屋"。写安
禄山叛军攻破洛阳，连昌宫由是荒废。安史乱平之后，肃宗至宪宗
五帝（诗言"六皇帝"恐是传写之误）均未至此宫。诗借使者奉宪
宗之命至宫伐竹之机，描绘宫中荒芜破败之景：荆榛丛生，狐兔驰
逐；尘封花钿，鸟啄风筝；蛇盘斗拱（拱是建筑内弧形承重结构，
斗是垫拱的方木块，合称斗拱），菌生香案。诗中杂陈"上皇"、
"太真"心爱之物，与第一大段中有关文字相映照，由兴衰对比自
然地引出下文的议论。第三大段，托老翁之词，分析治乱之由：玄
宗任姚崇、宋璟为相，协调各民族的关系，化干戈为玉帛，以至公
拣选牧民之太守，实现开元盛世；以后，杨贵妃干预朝政，李林
甫、杨国忠等相继弄权，庙谟（朝廷制定的国家大计）颠倒，造成
了天下大乱。似人之生疮痏（疮瘢称"痏"）的混乱局面持续了五十
年。直至宪宗即位，任贤能为相，先后削平浙西李锜、西川刘闢和
淮西吴元济的叛乱，天下复归于安宁。末二句结穴，期望宪宗能孜
孜求治，以"休兵"为庙谟。

　　"休兵"之说，本是元稹早年揣摩当世要务之一。作此诗之际，
不觉流露于笔端。长庆（821—824）初，朝内对藩镇的态度，分为
主战与消兵二派。宦官崔潭峻以此诗进上，穆宗大悦，元稹因此青
云直上；而主战大臣裴度亦数上疏，责元稹与宦官勾结，谋乱朝
政。故此诗对元稹之升沉荣辱和其时政治影响颇大。

　　元稹与白居易齐名。此诗与《长恨歌》亦双峰对峙，同为我国

长篇叙事诗中的里程碑之作。此诗创作之时，曾受《长恨歌》影响，但是《长恨歌》与《传》本属一体，其本身无作诗缘起和真正收结。至于此诗则已脱离"传奇"之体裁，融史才、诗笔、赋体（如设老翁问答）于一体之中，在体裁上有所创新。篇首开宗明义，篇末结出诗旨，辞句凝重朴茂，寓针砭、讽谏于史实之中，则与白居易《新乐府》为近。陈寅恪说："《连昌宫词》者，微之取乐天《长恨歌》之题材，依香山《新乐府》之体制，改进创造而成之新作品也。"（《元白诗笺证稿》）后此，郑嵎《津阳门》诗，题材、篇幅与之相近，思想内容和艺术成就则不如远甚。

（刘初棠）

遣悲怀三首

谢公最小偏怜女，自嫁黔娄百事乖。
顾我无衣搜荩箧，泥他沽酒拔金钗。
野蔬充膳甘长藿，落叶添薪仰古槐。
今日俸钱过十万，与君营奠复营斋。

昔日戏言身后意，今朝都到眼前来。
衣裳已施行看尽，针线犹存未忍开。
尚想旧情怜婢仆，也曾因梦送钱财。
诚知此恨人人有，贫贱夫妻百事哀。

闲坐悲君亦自悲，百年都是几多时。
邓攸无子寻知命，潘岳悼亡犹费词。
同穴窅冥何所望？他生缘会更难期！
惟将终夜长开眼，报答平生未展眉。

这三首联章诗是古今悼亡诗中的绝唱。元稹原配妻子亡于元和四年（809）。至长庆（821—824）初，元稹擢为中书舍人，不久拜相，时年四十余。诗有"俸钱过十万""无子寻知命"等语，似作于显贵后。诗以"遣悲怀"为题，正说明岁月的流逝，并不能冲淡丧妻的悲哀。

第一首追忆亡妻生前处境之艰辛。首联言亡妻的身份近似东晋宰相谢安最怜爱的小侄女谢道韫，自己则贫寒如齐国的高士黔娄，门第悬殊的婚姻，对亡妻是一种委屈；何况婚后，元稹还一度出为河南尉。"百事乖"总摄二、三联，分记四件生活细事：春秋代序，为我搜茳箧（草制衣箱）寻找衣服；平居无聊，泥（软缠）她拔钗易酒；安于贫贱，以长藿（豆叶）充菜膳；暑往寒来，拾槐叶充柴禾。四句所言虽琐碎，却从不同角度撷取印象中有关生计的最深刻片段，故能以简驭繁，概括亡妻体贴入微、相濡以沫的情意，塑造善于持家的贤妻形象。尾联陡合，慨叹亡妻受尽贫穷煎熬，却未能与己共享富贵。自己虽然频繁地供祭品（奠）、请僧道超度亡魂（斋）以寄托哀思，然而死者能否得益终不可知，故内心抱憾终亦不能稍减。以此逗出下文。

第二首言己富贵之后，更忆亡妻旧情。首联以"眼前"情事，印证亡妻"昔日戏言"；"戏言"尚且都在"眼前"，则亡妻音容自是铭刻于心。语无悲字，而悲哀凄苦之意溢于言外，暗笼下文。中间二联亦举四事，反挑首联"戏言"：唐代有将亡人衣裳施舍给寺院为亡魂邀福的习俗，"衣裳已施"即指此而言；亡妻亲手所制的衣物，自己不忍动用，以作永久的纪念；曾受亡妻驱使的婢仆，自己念及旧情，对其格外施恩；梦中之事，本不足为凭。然己为稍尽心意，仍遵亡妻梦中之托，送钱财给有关亲友。此四件琐事，由物及人，由婢仆至亲友，以少总多，墨光所射，无非是沉痛之哀思。

尾联上句先谓夫妻死别本是人世常事，故以"此恨人人有"先宕开一步；下句挽合，言己与世人不同之处在于亡妻与己共处贫贱，吃尽苦辛，所以今日触目伤情，百事堪哀。"百事哀"一语，关合第一、二首所言之情事，点明哀痛时时袭上心头的原由。这就是刘熙载《艺概》所说的"远合近离"——跌宕中绝妙之法。

第三首由悼亡引起自伤。首联"悲君"承前，"自悲"逗下。人生以百年为期，而百年亦如电光石火，眨眼即过；元稹由贤妻早逝，联想到自己也垂垂老矣，故有"百年都是几多时"之叹。颔联借典以抒"悲君""自悲"之由：妻亡之后，己终年衔痛，故将及知命之年（五十岁），尚如西晋邓攸一样，膝下无子；虽曾效学潘岳，赋《悼亡》以寄哀思，然而言辞并不能充分表达内心的伤痛。颈联、尾联关合题目，言己"遣悲怀"之法有异于世人：世俗夫妻或以"死则同穴"为期，或以来生再作夫妻为愿。但在自己看来，墓穴深暗（窅冥），人死已无知觉，同葬也是枉然；至于他生姻缘，更加渺茫难期。因此，元稹只想在有生之年，以现实的方法排遣哀思，终夜不眠，思念亡妻，聊以报答亡妻在世时对己的情意。

这三首联章诗以一"悲"字贯穿始终，三诗似断实续；"悲君"而又自悲，有总有分，各有侧重。在结构上，远绍潘岳《悼亡》三章而又有所变化。诗将多年悼亡哀痛之情，汇成穷通与存亡两条线索，选取富有表现力的生活细节，用经过锤炼的浅切俗语表现出来，具有荡人心魂的艺术力量。诗人思想境界不高，辞中时露庸俗观念，然读者常感其诚而宥其鄙。后世的悼亡诗，多挹其余波。

（刘初棠）

重夸州宅旦暮景色兼酬前篇末句

仙都难画亦难书，暂合登临不合居。

绕郭烟岚新雨后，满山楼阁上灯初。

人声晓动千门辟，湖色宵涵万象虚。

为问西州罗刹岸，涛头冲突近何如？

　　长庆二年（822），元稹除浙东观察使，与至交杭州刺史白居易隔钱塘江相对。他在越州（浙江绍兴）晏游之余，以州宅夸于乐天，诗有"我是玉皇香案吏，谪居犹得居蓬莱"之语，白居易则以"知君暗数江南郡，除却余杭尽不如"作答，颇有自矜之意。元稹复作此诗，酬而谑之。

　　首联夸州宅景色恰似仙都蓬莱，非笔墨所能描绘形容，也非世俗之人所当居住。越州景色之奇惟在会稽山和鉴湖，故颔联先状州宅所在地——会稽山景：白昼，山雨过后，湿云半收，山岚乍起，城郭在雾蒙烟笼之下，颇饶"仙"气；入夜，山色台榭隐入微茫，蓦然间华灯初上，繁星点点，楼阁林霭隐现于半空之中，恍似天上。颈联书州宅所临鉴湖（一作"镜湖"）异景：千门辟，见鉴湖之广；人声动，见物产之丰；宵涵万象，见湖水清澈似镜。此二联紧顶首联"仙都"，将"难画""难书"之景略示一二，与杭州之景竞胜。尾联笔锋一转,对白居易"前篇末句"作针锋相对之答。就越州言,杭州在它之西,故称"西州",杭州之西有罗刹石,横截江涛,压揽潮头,即诗中的"西刹岸"。此以戏谑之辞,抑杭扬越,作"夸州宅"的关合之笔,在风景诗中,别具一格。

七律至杜甫境界始大,感慨始深,至元和题材弥广。此以诗代信,唱和往来,夸奇斗胜,意兴横逸,以流易之体,极富赡之思。中二联摹景有旦暮阴晴之分、高低远近之别,虽为中唐风景诗的常见笔法,然元稹镂肾刿肝,撷湖山之精英,复能化去畛畦,一似脱口成吟,非独俗士夺魄,亦令名流倾心。"绕郭"一联,尤为精警,为画境所不到。

(刘初棠)

行　宫

寥落古行宫，宫花寂寞红。

白头宫女在，闲坐说玄宗。

　　白居易与元稹《新乐府》中，均有《上阳白发人》，白居易诗作于元和四年（809）；此五言绝句与上述二诗题材相类，"白头宫女"，或即上阳白发人，作诗时间恐亦相去不甚远（参《唐宋诗举要》卷八）。上阳宫建于高宗上元年间（674—676），其地在洛阳西南，占地甚广。

　　古宫寥落、宫花寂寞、宫女白头，三句以一"宫"字贯之，犹散珠集而成串。"白头"反挑"古"字，与"红花"相映，弥见行宫之空旷、冷落和寂寞。结句暗示安、史乱后，肃宗至宪宗五帝均未驾幸洛阳，白头宫女寂寞无事，惟以谈论玄宗消闲。所"说"何事？诗未点明，便已截住，然抚今追昔，惋伤之感已溢于言外。

　　五言绝句仅二十字，离首即尾，离尾即首，然此诗语少而意深，句促而气缓，有无穷之味。潘德舆称它"足贬《连昌宫词》六百余字，尤为妙境"（《养一斋诗话》卷三）。　　　　　　（刘初棠）

离　思

（六首选一）

曾经沧海难为水，除却巫山不是云。

取次花丛懒回顾，半缘修道半缘君。

此为元稹追忆被其遗弃的恋人"莺莺"之作。贞元十六年（800），元稹与"莺莺"相恋；贞元十八年，元稹弃"莺莺"而别娶高门。在此前后，作有《莺莺传》及艳诗数十首，此为其一。

首句从"观于海者难为水，游于圣人之门者难为言"（《孟子·尽心》）点窜变化而来。沧海至广至深，无论哪条江河均无法与之相比。巫山之云，美若娇姬，据《高唐赋》言，是主动追求男性的神女所化。诗人设此两喻，不仅极誉"莺莺"美而艳，而且借以表明心迹——此生再也没有可以使己动心的女子了。此为诗中之"眼"。后二句言目前心情。唐人每以"花"喻美女或娼妓；"花"而成"丛"，则指妓女聚集之地。涉足其间而"懒回顾"，是何缘故？结句旋即解答：半因"修道"半思"君"（莺莺）。修道能淡化情欲，思君则情有所寄；置"思君"于句末，暗示这才是懒顾花丛的真正原因，与起句遥遥相应。

唐代婚姻门第之高低，往往能决定该人的仕途功名。元稹为前途计，割爱寒门之"莺莺"，迎娶高门的成之，实是人性与社会冲突而酿成恋爱悲剧。此诗用语艳而不俗，丽而不浮，深切人情。起句吐语悲慨，末二句接以委婉深沉之语，一张一弛，形成跌宕起伏的旋律，是艳诗中的极诣。

(刘初棠)

梦 成 之

烛暗船风独梦惊，梦君频问向南行。

觉来不语到明坐，一夜洞庭湖水声。

元稹于贞元十八年（802）娶韦丛（字成之，一字茂之），元和四年（809），韦丛卒。夫妻八年恩爱，一旦死别，悲不能抑，元稹于数年中，作悼亡诗三十三篇，此为其中之一。诗作于元和九年（814），时元稹自江陵士曹参军徙任通州（四川达县）司马，迁道往谒张中丞正甫于潭州（今湖南长沙）。

首二句言夜半梦惊。梦是现实生活的折射。"梦君频问"，既见其妻在世时对己情深意笃，亦暗示成之卒后，元稹思念不已，故形诸梦寐。"烛暗船风"，状惊梦后眼前所见。得梦在前，诗中反置于后，以峭健之势，渲染出风浪簸船、烛火如豆，形孤影只的凄凉之景。后二句言醒后情景：人虽不语坐待天明，然悼亡之念如洞庭湖水，恙然拍舟，无时或息。景情交融，语浅意深。

古代诗歌，以雅正为旨归，不敢多言男女之情，夫妇之爱，尤少涉及。唐之前、惟潘岳《悼亡》三首，足以名世。元稹以寻常言语，白描笔法抒不能自已之情，于平易中见真切，为悼亡诗别开生面，对后世影响颇大。

（刘初棠）

重 赠

休遣玲珑唱我诗，我诗多是别君词。
明朝又向江头别，月落潮平是去时。

　　长庆二年（822），元稹与白居易分别任浙东观察使和杭州刺史，隔钱塘江相对。"官妓高玲珑、谢好好巧于应对，善歌舞，从元稹镇会稽，参其酬唱。每以筒竹，盛诗往来。"（《唐语林》卷二）长庆四年，白居易返京任职，元稹作数诗赠别，此即其一。

　　此诗首句先造悬念：高玲珑为元、白二人嬖爱，常唱二人和答诗侑酒，这次何以命她"休唱我诗"？次句旋即点明原由：诗多别君词。元、白二人早年同窗，结为莫逆之交，中经多次别离。一"多"、一"别"，既有对往昔远别的痛楚回忆，又有垂老分袂的心灵呻吟。后二句转而悬拟明日别时之景。"明朝"一词，从今日聚思及明朝别，透出聚散匆匆、难舍难分的情绪。"又"字与上句"多"字呼应，转接无痕。"月落潮平"是凭以往送别经验虚拟之景。月落则夜色无边，潮平则江水无际，正可表现其心中无穷无尽的别情离绪。

　　唐代七绝重风调，常以否定或疑问句作波澜，然一般多用于转折、关合之处。此诗则用于首句，独具劲健挺拔之势，中以蝉联句格款接。以"别"字提调，使喷薄欲出的别情，仍以唱叹出之。这便是元稹所说的"思深语近，韵律调新""风情宛然"的格调。

（《上令狐楚启》）

（刘初棠）

贾 岛

贾岛（779—843），字阆仙，范阳（今北京附近）人，曾为僧，法名无本，后还俗，元和五年至长安，应举不第，开成中任遂州长江县主簿，官终普州司仓参军，世称贾长江。

他受知于韩愈，和孟郊交深，世称"郊岛"，又与姚合并称"姚贾"。穷困不达，性情幽僻，力矫平易浮滑之俗，以苦吟冥搜为能事，自云"一日不作诗，心源似废井"（《戏赠友人》），遂合大历清丽之风与韩孟奇险体格于一炉，专于五言近体开拓，自成其幽僻荒独、清奇瘦峭之境界，唯气局既小，境界亦仄，司空图云"贾阆仙诚有警句，视其全篇，意思殊馁"（《与李生书》），指出了其部分诗作之弊。有《长江集》。

（赵昌平）

宿 山 寺

众岫耸寒色，精庐向此分。

流星透疏木，走月逆行云。

绝顶人来少，高松鹤不群。

一僧年八十，世事未曾闻。

　　这是贾岛诗中尤为瘦劲峭刻的一首。"郊寒岛瘦"，贾岛诗清苦，却无孟郊不少诗作中的寒酸相，大抵因为善在峭刻的形象内蕴含一定的理趣，读此诗可见一斑。

　　寒岫高耸，托出精舍孤立，首联起笔先得高迥之势。"流星透疏木，走月逆行云"是动景；"绝顶人来少，高松鹤不群"是静景，"不群"字更下透八十高僧。世事未闻，遥应首联寒岫精庐，出世超尘景象。从中可以味出全诗以僧家"若动而静"、"似去而留、众动复归于静"为旨意，但却借景物说出，寒岫、绝顶、孤寺、独鹤、老僧，加上无声夜行的星月云空，遂在瘦峭之中蕴生出幽深的理趣。

《升庵诗话》称贾岛一派诗颔联常以十字一串带过，以取流走之势，颈联方用心，着意刻画。其实不然，颔联轻滑，大历贞元间诗，尤其是吴中诗人均然，初不起于贾岛，后来张籍一脉即多承其体。贾姚派诗也间有此体，但更多的却是颔联极炼，其名作除本诗外，如《题李凝幽居》之"鸟宿池边树，僧敲月下门"，《雪晴晚望》之"樵人归白屋，寒日下危峰"，《忆江上吴处士》之"秋风生渭水，落叶满长安"等均是。其实是有意矫大历、贞元轻利之弊，同时相先后以"丽"为特征的许浑、赵嘏、李商隐、温庭筠等诗，也表现出同一趋势，这是中晚之交，诗坛的一个引人注目的现象。此诗起联后本可直接，绝顶人来，但这样写就直致无味，唯以含意精炼之景物作一垫，方使全诗在动静互衬下，见出气象盘礴之意态。

韦应物有句"乔木生夏凉，流云吐华月"，似为本诗"流星透疏木，走月逆行云"所本，但层次由单而复，笔势由顺而逆，境界由宽远到迥深，可见贾岛诗之体察提炼之功。沈德潜评云"顺行则月隐矣，妙处全在逆字"（《唐诗别裁集》），是会心之论。　（赵昌平）

题李凝幽居

闲居少邻并，草径入荒园。

鸟宿池边树，僧敲月下门。

过桥分野色，移石动云根。

暂去还来此，幽期不负言。

本诗颇多争议。颔联为传诵的名句，却又为不少人批评；而全篇则更多被人讥为意脉零乱，不成篇章。其实颔联"推"好、"敲"佳，正当从全篇领会。

全诗实际上是写一次游园过程，突出一个"幽"字，只是这"游"写得不落言诠罢了。首联在总写李凝居处的幽静中兼写向园，闲是闲静之意。佛氏倡静修，静居处不仅少邻人，而且少来客，因此小径向园，也荒草菲菲。"入"字既写活了草色绵延之状，又可想见诗僧披草拂叶，行向荒园的情景。"鸟宿"两句补出到园时辰，已是飞鸟投巢、日落月起之时了。而"敲门"的动作，又由行而到，为下一联写园景伏脉。颈联是行于园中所见之景，尤切薄暮初夜景况。小桥流水当然将平绿分成两半，这在白天，因为水青野碧，界划尚不分明，唯夜月初升，野色朦胧，水光白亮，"分"界之感才格外鲜明，"移石"不是移动石头，而是移行于园石之间，古人以为云生于山石，所以称石为云根。夜气氤氲，似行云里雾间，方有似乎触动了云根之感。这境界使诗人神往，因此尾联临别时又与主人相约，幽期再度，决不食言。可见全诗并非断珠片玉，而是事隐景中，脉络似断复续，正是贾岛派诗结构的一大法门。

于是"推敲"的公案，不难判定。因为事隐景中，因为着意表现"幽静"，诗歌的意象也就必须清峭而空灵。向园时是人行草色中，游园是去来于月色夜蔼里，都幽清至极。颔颈作为前后二景的连接当然也要表现同一境界，但写静有二法，一是以静写静，一是以动写静，后者往往胜于前者。"敲"字何以胜于"推"字，即可从这两方面领会。推门无声，敲门有声，推字音哑，敲字音亮。四野静谧，皓月舒波，此时着一缁衣僧举手笃笃敲门，声响回荡空间，境界反倍显幽迥，其理与王维"空山不见人，但闻人语响"（《鹿柴》）、"月出惊飞鸟，时鸣春涧中"（《鸟鸣涧》）正同，唯此诗不着空、响、惊、鸣等字样，故尤耐咀嚼。这种致力于意境提炼而出之以新警之语的手法，是贾岛一派诗的又一特征。

意脉隐微、意象深曲以表现幽峭之思，贾岛诗之得失均在其中。本诗中二联之上句均不如下句，即是炼句过甚，不免凑对之弊的表现。至于《唐诗纪事》记贾岛赴举至京，骑驴赋诗，因斟酌"推""敲"二字冲了韩愈的仪仗，事虽不经，但作为贾派诗人的形象来看，倒也十分传神。

（赵昌平）

忆江上吴处士

闽国扬帆去，蟾蜍亏复圆。

秋风生渭水，落叶满长安。

此地聚会夕，当时雷雨寒。

兰桡殊未返，消息海云端。

　　本诗由"忆"字生发，反复尽意。玩诗意，当是诗人在长安见秋风飘起，季换时移，而动思念之情所作。因"秋风生渭水，落叶满长安"，自然想起当时此地相聚时，尚是春夏雷雨季节。于是计算时日，吴处士远赴福建已几度月缺月圆；更想到去舟未返，友人在海天之遥，又不知是何光景。这是可以想见的诗人当时自然的思绪。然而创作不等于实写生活，要把这一思念之情表现得更加深沉，诗人确实费了一番匠心。

　　在结构上，以"秋风"二句为关锁，定一篇警策，既承上接转首联帆去时久，又启下转入当时聚会情景，再自然衍为结末无限思念之情。这样四联在时间上就形成昔—今—昔—今的波折，在空间上则形成彼—此—此—彼的顺序。合以观之，则以中间两联此地之今昔之感，带动了首尾二联的彼人昔去而今犹未归。既使全诗感兴的起因处于中心位置，得到了最强烈的表现，又使与对对方的思念遥相呼应。而时、空两线同样波屈但并不一致的变化节奏，也就在动荡中显示出诗人婉曲而繁杂的心声。

在音节上，一、三两联多用韵腹为 i、ü 的字，音质扁而尖；而"秋风"一联中韵腹以 a、o、e 居多，音质洪而亮。这样就形成抑—扬—抑的变化，从而使"秋风"一联有思绪浩荡之感，也使一、三两联有不胜低回之情。

"秋风生渭水，落叶满长安"确是难得的佳句，对仗工整而气势动荡，"秋风"与"落叶"的分用，"生"与"满"二字的对应似乎将思绪生发的过程形象化了；然而二句在全诗章句结构、音调结构中的位置，也显然是其成功的重要因素。

（赵昌平）

寄韩潮州愈

此心曾与木兰舟，直到天南潮水头，

隔岭篇章来华岳，出关书信过泷流。

峰悬驿路残云断，海浸城根老树秋。

一夕瘴烟风卷尽，月明初上浪西楼。

　　贾岛诗以幽峭瘦冷称，但是这首七律却写得开阔动荡。这固然是因为对义兼师友的韩愈因谏迎佛骨而横遭贬斥的悲愤，同时也是由于七律的体势所然。大历后七律一变初盛之秀朗高华而为清爽流利，至贞元后又益以流荡。韩愈诗派于五、七言古诗（韩孟）与五律（贾岛）各极其变，而于七律一体则虽也参以杜律笔法，以矫健其气，但流荡则一承贞元以后风气，遂成开合动荡之体。贾岛笔力远弱于韩，但因寄韩所作，而唐人风气寄赠诗每仿被赠者格调，这也是本诗更接近韩愈七律的原因之一。

　　起联谓己心早随韩愈南行之舟而向潮州，十四字一气贯注，又分起彼此双方。二联继由彼此双方写别后诗邮交往，并补出本诗起因，是见韩愈岭南诸章有感而作，点题寄韩。"隔岭"字应接上联"潮水"，顺势而下，却又以南"岭"与秦"关"、"华岳"（在秦中）与"泷流"（泷水，在广东）四地名两两相对，更借"来""过"二字往复连接南北，在顺畅中见回互之态，整饬中显流荡之势。三联更承"出关书信"作悬拟，诗人似乎看见了书函载着己心跨越云峰驿路，一直到了南海之滨、潮州古城之下。这时，他更"见到"了自己敬仰的师友，在风驱瘴烟的清秋之夜，在明月银辉的朗照之下，兀立于潮州城西楼头。他在干什么呢？想必是在翘首北望，忧虑着朝中的政局，思念着京城的友朋。这样三、四两联又在顺势展开的想象中遥应起联，而有冲飙激荡、奔腾回旋之致。这种顺畅流荡中见回旋错互的布局，正是韩派七律的重要特点。

诗歌的意象也同样不同于贾岛五律之每取幽僻细小之景，而表现出宽大中见峥嵘的特色。天南、潮水、岭、岳、关、泷、峰、云、海、城、风、浪等相互组合，构成了全诗意象宏大的底色，而盘曲于云峰中的一线驿路，挺立在海浪冲啮下的一株老树，特别是瘴烟初开，秋月高楼之上的师友形象，无不给人以苍劲孤兀的感觉。二者之融洽，可谓"妥帖力排奡"（韩愈《荐士》）。

不过任何仿效，如没有自己个性化的创造，总是纸花木偶。贾岛本诗虽酷学韩愈，但"峰悬驿路残云断，海浸城根老树秋"之景物，仍有苍茫劲重中见出贾岛特有的峭僻特色；而两句中"悬""残""断"和"浸""老""秋"各三字的提炼，尤其明显。

（赵昌平）

寻隐者不遇

松下问童子，言师采药去，
只在此山中，云深不知处。

　　本诗是问答体，借童子答问的一个小小片断，为隐者传神。诗意似直而婉，似近而远，简净而饱满，尤见炼意之功。

　　首句借问童子，已写出隐者居处青松挺拔环合的清幽景色。以下三句均童子答语。童子第一答"采药去"，药或为济世活人之药，或为道家摄生永年之药，不论何者，均与青松对映，又借童子陪衬，已可想见隐者之鹤发童颜，古貌仁心。以下二答更见顿挫。"只在此山中"似有迹可循，"云深不知处"又无踪可追，于是更见隐者浮云野鹤的意态。唯因"只在此山中"一垫，"云深不知处"才更可玩味，全诗也跌宕有致，这是直中之婉。

　　诗的语言十分切近，"采药去""只在""不知处"，不加修辞，而尤切小儿口吻。但是正因由童子眼中看来、口中说出，方见童心，方见天真中的一段活泼泼的理趣。有徒如此，其师如何，也可以想见了，这就是近中之远。

　　三句答语，应有三问：首问"干什么去"，二问"向何处去"，三问"何处之具体方位"，此仅以首句"问童子"三字领脉，其余一概省略，使笔力集中，这就是简净而饱满。

（赵昌平）

三月晦日赠刘评事

三月正当三十日，风光别我苦吟身。

共君今夜不须睡，未到晓钟犹是春。

惜春诗车载斗量，这却是别具深情与巧思的一首；而巧思以深情出之，不唯不嫌纤巧，反觉婉转动人。

诗抓住两个尖锐的矛盾：一是三月晦日（月末日）本身的矛盾。三月是阳春韶光最美的一月，而此月三十日则又是春季的最后一日，过此，便是"人到中年"一般的夏季了。所以三月三十日这个日期是青春的顶巅，也是下坡路的开始，首句"正当"二字正传送出此意。二是春光与"我"的矛盾。"我"是"苦吟"之身，有二重含义，苦吟者，以诗为生命。贾岛自云"一日不作诗，心源似枯井"即是；苦吟诗人又多流落不偶，人间的春光对他来说分沾得太少太少，有此二端，因而苦吟诗人于春光尤为留恋，对春去更为敏感。二句突出"苦吟"二字，亦即此意。尤恋春光，尤少春光的"我"，又正当春光将去的时日，其悲慨怎能自禁？于是他要友人刘评事今夜共他不睡，原因就是"未到晓钟犹是春"，天亮以前的每一刻、每一分时光，他都要慢慢地挨捱，细细地品尝，因余春虽已是微末的韶华，但对诗人来说，它毕竟是分沾得太少的春光呵。于是在这对将逝的春光的近于执拗的把握中，我们看到了诗人那近于苦涩的心境与可称软弱的灵魂……

　　王世贞《艺苑卮言》:"贾岛'三月正当三十日',与顾况'野人自爱山中宿'同一法,以拙起唤出巧意,结语俱堪讽咏。"其实徒以巧拙论此诗,而不见苦吟诗人特有的心态,恐怕是隔靴搔痒的。

　　　　　　　　　　　　　　　　　　　　　　　　　　　　(赵昌平)

姚　合

姚合（779？—846？），陕州硖石（今河南陕西）人，元和十一年（816）进士，由武功主簿，历荆、杭两州刺史及陕虢观察使，官终秘书少监，世称姚武功、姚少监。诗与贾岛齐名，并称"姚贾"，工五律，多咏闲情野趣，浅切清幽，不乏新隽之语，然格局狭小，时落琐屑，开宋代永嘉四灵一派。《瀛奎律髓》云"虽贾之终穷，不及姚之终达，然姚之诗小巧而近于弱，不能如贾之瘦劲也"，论二人区分颇切。有《姚少监集》，又选王维以下二十一人诗为《极玄集》

（包国芳）

秋夜月中登天坛

秋蟾流异彩，斋洁上坛行。

天近星辰大，山深世界清。

仙飙石上起，海日夜中明。

何计长来此，闲眠过一生。

姚合诗每偪仄乏气，好用小结裹而乏大格局，此诗独能于自然宏大中见清奇之气、迥远之致，而同时仍可见贾、姚派苦思精炼的特征。只是体察得精，提炼得净，故能用常得奇，绝去笔墨畦畛。

天坛是王屋山顶峰，在今河南济源，相传黄帝于此升天，是道教胜地。诗以秋月流光，空明似有神异之感领起，写戒斋正心，独步峰顶之感受。"异"字为下文张本。"天近"二句，从心理感受上写出天坛之高迥。山高近天，故星辰显得分外大；山深远隔尘嚣，故更觉世界之本清。"仙飙"二句写坛上远眺，神思随风远飏，遥望初日正从海天云际升起。这两联景语蕴含着哲理性的悟解，登高仰月之间，诗人不仅感到了世界并不如营营终日时那样的狭小，也感到心境也似为灏气所淘洗而一片清明。于是心地发明，思神如仙飙般无拘无束，灵明似海日般一点照耀，使他顿生长住此山、萧散自在过此一生之想。"何计"一问，更见其迫切之情。

　　皎然《诗式》谓诗要苦思，"取境之时须至难至险，成篇之后，观其气貌，有似等闲，不思而得，此高手也"。贾、姚一派大抵祖承此说，而本诗是较为成功的一例。细玩"近"而"大"、"深"而"清"、"石上起"、"夜中明"等平常的语句，其中所包蕴的体察之功、传神之效，当不难自明。

（包国芳）

武功县中作

（三十首选一）

县去帝城远，为官与隐齐。

马随山鹿放，鸡杂野禽栖。

绕舍惟藤架，侵阶是药畦，

更师嵇叔夜，不拟作书题。

宪宗元和中姚合为武功县（今属陕西）主簿，县小职卑，对于年事方壮的诗人来说，当然未能惬意，然而这种牢愁并不发为高适《封丘县作》那样的愤激的调子，却多出之以疏散慵懒。诸如"醉卧慵开眼，闲行懒系腰"；"读书多旋忘，赊酒数空还"；"每旬常乞假，隔月探支钱"；"宾客抽书读，儿童斫竹骑"等等，从各个角度描述了作吏小县的生活。但是从"一朝看除目（官吏升迁的文告），终年损道心"、"作吏荒城里，穷愁欲不胜"等句联中，仍可见出诗人心中的不平。每逢此时，诗人就只能以道书山僧为遁逃薮，来求得心境的平衡，也因此其诗带有明显的佛道诗偈的影响，这种以散淡出之的隐隐的牢愁，是姚合诗的基调。也由于牢愁的底因是因官卑县小，所以诗人着意寻觅那些琐碎的景物与生活细事来表现之，故诗虽着力学陶，却缺少陶潜诗那种宽远恬静的气质，而往往落于纤琐了。而以小景细事来微见其志，也成为大和、开成后山水田园诗的一种新格局，其新巧、其偏窄，得失尽在于此。陶、谢、王、孟、韦、柳一脉至贾、姚，可说是开辟了新的一格，也由此而渐渐走向衰落。所以《武功县中作》三十首，不仅是姚合的代表作，也反映了中晚唐之交诗人两种典型心态之一。一种是愤激而发露，另一种即此诗所呈现的微漠而近于冷淡的失望，两者又共同导致了诗格的尖新。

本诗是组诗的第一首，首联是本诗也是整组诗的总纲。在远离京师（其实武功为京兆属县，并不为远）的小县，过一种亦官亦隐的生活，三十首无非写此一意。颔、颈两联申写县居之幽趣。官马随鹿，野禽杂鸣，植藤种药，绕舍上阶，无一而非"闲散"二字。然而尾联却微露本相，嵇叔夜即嵇康，有《与山巨源绝交书》，其中举为官之七不堪，其四为"素不便书，又不喜作书，而人间多事，堆案盈几，不相酬答，则犯教伤义，欲自勉强，则不能久"。诗人欲拟嵇康之不喜作书函，也就承上散野之趣，谓要断绝人事交往，一心安于小县之恬淡自然。嵇康是竹林七贤之最猖急者，而嵇书本天下第一等牢骚文字，诗人书此，则不难体味其中的微意所在了。三十首末章结六句云"诗标八病外，心落百忧中。拜别登朝客，归依炼药翁。不知还往内，谁与此心同"，正与此呼应，道出了诗人的忧愁与孤寂。

诗的颔联是名句，佳在工致而自然活泼。两句句法虽同，而景况相向对应，官马外放而与山鹿相随，野禽内飞又与家鸡共栖，正有以见内外融和、道通为一的理趣。这是姚合诗的精华所在。

（包国芳）

刘 皂

刘皂，咸阳（今陕西咸阳）人。活动于唐德宗时。《全唐诗》录存其诗五首。

(贾晋华)

旅次朔方

客舍并州已十霜，归心日夜忆咸阳。

无端更渡桑乾水，却望并州是故乡。

　　本篇一作贾岛诗，题为《渡桑乾》。但贾岛是范阳（今北京大兴）人，不是咸阳人，且未在并州（治所在今山西太原）久住。唐令狐楚选《御览集》作刘皂诗，今从之。朔方，在此处泛指北方。

　　此首七绝抒写久客远游的思乡之情，"归心"二字乃全首诗魂。久客远游与时空相关，此诗即在二者的流转之间作文章。前二句写久客，以时间的悠长表现乡愁的深长。后二句写远游，以空间距离的漫延表现乡愁的倍增。同时，由于并州已远离咸阳故土，前二句在时间的漫长中就已包蕴空间的距离。由于此去朔方尚杳无归期，后二句在空间的阔远中又已包蕴时间的递增。读者从这种复杂的时空交融变化中，自可体味到诗人绵绵无尽的乡愁。此外，首句不写"十年"而写"十霜"，给人以客居贫寒、度日如年、两鬓添霜的感觉，从而更增加了乡愁的力度。尾句"却望并州是故乡"，如力挽千钧，将前三句的归思陡然升至高层。并州离咸阳已够远了，而今又无端地北渡桑乾河，离咸阳就更远了。以"望并州"为"忆咸阳"作铺垫，从而更增加了乡愁的深度。　　　　（贾晋华　傅璇琮）

无　可

无可（生卒年不详），长安诗僧。曾与贾岛同居青龙寺，呼贾岛为从兄，则本姓或亦为贾，诗名亦与岛齐。其诗如秋涧流泉，虽波涛不兴，然清冷可悦，如"磬寒彻几里，云白已经宵"（《秋夜寄空贞二上人》）、"夜雨吟残烛，秋城忆远山"（《秋日寄厉玄先辈》）等，均为佳句。只是作品多与郎士元相杂，无法辨认。《全唐诗》录诗二卷。

（黄　坤）

秋寄从兄岛

暗虫喧暮色，默坐思西林。
听雨寒更尽，开门落叶深。
昔因京邑病，并起洞庭心。
亦是吾兄事，迟回直至今。

　　如果从事情发生的时间顺序和因果关系看，这诗的下半首应放在上半首前面。从颈联可知，无可和贾岛过去曾同在京城长安居住，由于贾岛屡试不第，襟抱难开，客居困顿，忧愤成疾，于是二人又产生了漫游江湖、归隐渔樵的心愿。贾岛曾作《送无可上人》诗，其中有二句是："终有烟霞约，天台作近邻。"可与此互证。当无可作诗之时，早已离开长安，而贾岛却依然沉浮俗世，淹滞京城。最后二句说：由于吾兄不能看破红尘，为俗事所苦，故至今在进退这个问题上，依然徘徊不定，不能践高蹈远隐之约。为此，作者因秋感兴，默坐思人，写了这首诗。次句"西林"，为位于庐山西北麓的寺庙，与东林寺相邻。东晋高僧慧远居东林，慧永居西林，二人俗姓贾，与贾岛、无可兄弟巧合，而贾岛原先也落拓为僧。次句即追思二人昔日同在山林寺院，逍遥自在，无牵无挂，与最后二句照应，言下颇有规劝期待之意。

但是，如果从作者心理活动的顺序看，从情景交感的因果关系看，原诗的组合是十分自然的。因为下半首所写，并非当时情状的实录，而是作者在作诗之时对往事的追忆。这种心情，这种思念，又是在薄暮虫声喧闹、深夜听雨难眠、清晨落叶满山这样一种特定的情景中产生的。而上半首所写的，正是这种特定的情景。颔联词清意邃，格高韵远，为千古名句。北宋诗僧惠洪认为："唐僧多佳句，其琢句法，比物以意，而不指言某物，谓之象外句。如无可上人诗曰：'听雨寒更尽，开门落叶深。'是以落叶比雨声也。"（《冷斋夜话》）元代方回作了同样的解释："听雨彻夜，既而开门，乃是落叶如雨，此体极少而绝佳。"（《瀛奎律髓汇评》）这种借对的说法，曾引起后人的激赏，但若把它作为一种自然的描写，看作"雨后叶落，亦未尝不佳"（同上引纪昀语）。

（黄　坤）

冬夕寄青龙寺源上人

敛屦入寒竹，安禅过漏声。
高杉残子落，深井冻痕生。
罢磬风枝动，悬灯雪屋明。
何当招我宿，乘月上方行？

　　这是一首冬夜思人之作。首句写一个孤寂的身影，不避风寒，步入幽寂的竹林之中，诗境与杜甫名句"天寒翠袖薄，日暮倚修竹"相近，仅用五个字，就已将冬、将人、甚至将人的品性，都包括在内，遣词造句，堪称峭洁。安禅，佛家语，犹言入定。次句写一个不眠的僧人，在夜深之际，静静地打坐，进一步将题中的"夕"字、"寺"字点出。颔联词语警拔，素来为人称道。杉为常青乔木，经霜不凋，而深井之水，虽冬犹暖。这里却说残叶从高杉上凋落，冻痕在深井中出现，极言天下寒苦之状。而在如此寒苦的景况之中，竟有人能伴陪修竹，深夜静坐，则其人之孤标高格，已尽在不言之中。颈联依旧描写，申足冬夜景状。夜深之时，四顾漆黑，风吹树枝，其动与否，固不可知；但在磬罢之后，四下静寂，这时枝叶迎风，萧萧作响，从这声响之中，可以感到树枝的摇动。故上句看似实写，实是虚摹，并非出于目见，而是发自内心。因一灯高悬，故雪屋通明，"灯"点夕，"雪"点冬，而"明"则点出未眠之人。下句词语看似平常无奇，但对当时的情景，却作了极为简明的概括。末句"上方"为山寺，即题中的"青龙寺"。

前六句描写了一个僧人在冬夜的孤寂情状，这种情状，可能是作者亲身体验的，也可能只是出自他的想象，由此诗中的僧人，可能是无可自指，也可能是所思念的源上人；前六句可理解为实写，也可看作虚拟。无论怎样看，这首诗都写出了一种幽丽深远的意境，一种高洁脱俗的情怀。

（黄　坤）

章孝标

章孝标，桐庐（今属浙江）人。宪宗元和十四年（819）进士，终身不达。诗学张籍，与朱庆馀、项斯等齐名，风格清朗自然，只是才力较弱，不见惊人之作。《全唐诗》存诗一卷。

（黄　坤）

田　家

田家无五行，水旱卜蛙声。

牛犊乘春放，儿孙候暖耕。

池塘烟未起，桑柘雨初晴。

岁晚香醪熟，村村自送迎。

　　唐代田园诗勃兴，王、孟、储、韦，一时并起，各具特色，饮誉骚坛。特别是王维，在陶渊明的诗境之外，又开辟了一个新的天地。后人所作的田园诗，在意境、手法，风格上，不是学陶，就是效王。章孝标生当唐诗趋于衰微之时，加上本身才力有限，不可能在陶、王之后，更上一层楼。

　　这首《田家》诗，辞意浅近，既不像陶诗那样以深情流注，质而实绮，癯而实腴，格调高逸，词兴婉惬，旨趣超远，意味深长；也不像王诗那样兴象华妙，气韵隽洁，在泉成珠，著壁成绘，一字一句，皆出常境。但它又吸取了陶诗的冲淡潇洒、天趣自然和王诗的词秀调雅、趣味澄洁。诗中写蛙声，写放犊，写春耕，写桑叶，写酿酒，写农俗，无一丽字，无一僻字，无一险句，无一涩句，无一典实，无一譬喻，无一字出田园之外，无一句非田家景象，通体质朴，不事雕琢。诗人不夸张，不渲染，不藻饰，甚至连最常见的比兴手法也弃而不用，却又非不经心、不用意。诗仅八句，但从春耕之前，一直写到秋收之后，真切地描绘了一幅田家的四时景图。这首诗若置于盛唐诗人集中，也许还不会被人看重，但它在雄奇险怪的韩诗、即兴讽喻的白诗之后，在艳丽纤巧的晚唐诗风之中，能自具真朴，得张籍五律清浅自然之致，当然会引人注意了。

（黄　坤）

周 贺

周贺，东洛（今四川广元西北）人。少年为僧，号清塞。姚合爱其诗，使还俗，易名为贺，字南卿。周贺诗与贾岛、无可齐名，颇多清刻之句，然终嫌未脱僧气。集中"澄江月上见鱼掷，晚径叶多闻犬行"（《晚题江馆》）等，均为人称道。《全唐诗》存诗一卷。

（黄　珅）

长安送人

上国多离别，年年渭水滨。
空将未归意，说向欲行人。
雁度池塘月，山连井邑春。
临歧惜分手，日暮一沾巾。

上国，指京城，京城为各方荟萃之地，四通八达之衢，聚散无常，来去匆匆，故云"多离别"。李白词："年年柳色，灞陵伤别。"（《秦娥怨》）灞桥在渭水支流灞水之上，汉、唐时长安人送客东行，多到此折柳赠别。次句即暗用其意。这首诗通篇平平，能够为人传诵，全赖颔联十字。"未归意"指自身不能归家的心意，"欲行人"即送别的友人。"未归意"前加"空将"二字，便有空有归意、终无归日的无限怅惘。"欲行人"前加"说向"二字更妙，这既是对

1146

行人的羡慕，也流露出对自身处境无可奈何之情。这种羡慕之意、无奈之情，无法憋在心中，非说出来不可，但也只能说说，缓解一下而已，岂能完全消除？作为一个身在异乡的异客，当送人返回故乡之时，他的心情和感触，自然是不难想见的。这二句诗妙在能写出人人意中常有、目中常见、耳中常闻的情景，而因其常有、常见，故又常常被人漫不经心地对待，一旦说了出来，便觉得格外真切、格外动人。司空图诗："世乱同南去，时清独北还。"（《贼平后送人北归》）所表达的情意，正与此相同。两相比较，司空之诗率直，不及此诗委婉蕴藉，饶有情致。颈联上句通过想象，借喻友人旅途景状，一个"月"字，写出行人星夜驰归的急切心情；下句借喻到家后的景状，一个"春"字，又露出行人返回乡里的喜悦之情，并以故乡的温暖，反衬客地的孤寒。至于最后二句，辞意浅显，已落入送别诗的俗套。

（黄　坤）